奇蹟麵包店

All You Knead Is Love

Tanya Guerrero
譚雅・葛雷諾 著
趙映雪 譯

三民書局

獻給我的女兒薇爾莉特

按著妳自己的節奏

持續前行

愛不是石頭，不是光丟在那裡就沒事了；
愛像麵包，需要搓揉發烤；並且得不斷重塑，
使它成為新的模樣。

——娥蘇拉·勒瑰恩《天堂的車床》

溫如生

1

我去了機場，穿著我現在唯一一件女孩子的襯衫，粉紫色的，領口和袖子邊緣都有細碎的荷葉邊，還鑲著兩顆心型的銀色鈕扣。這種衣服是媽媽以前喜歡給我買的，也是我發誓絕對不穿的。但不會再有這種問題了。這件衣服其實比我的尺碼還小兩號，但這不重要了。我筆直優雅的站著，肩膀和頸子以芭蕾舞者的角度抬起來。我曉得他們是怎麼站的，因為我爸媽都會買下紐約市立芭蕾舞團在林肯中心表演的季票。

襯衫，姿態，以及唇上輕輕抹上的凡士林……為了留在紐約這個我所屬的城市，我真的什麼都做了。也許媽媽會再看我一眼，改變心意。

「搭乘卡達航空第 5179 號飛往巴塞隆納的旅客請注意，我們即將在十分鐘後由 C7 號門登機。頭等艙、商務艙的旅客，以及帶有幼兒的旅客請準備。」廣播傳來女子的聲音。

好，看來就是這樣了。

我眨了眨眼睛。

媽媽用她纖細的手指順了順頸上那條愛馬仕的絲巾。她看我一眼，但那神情又似沒真的看見我，彷彿只是用她那雙玳瑁色的眼睛在掃描著報紙。

「嗯……」媽媽靠近了一步，走入光線裡。她的肌膚無瑕，唇上是低調的酒紅色，一雙眉毛完美的彎著。「希望妳可以趁這段時間省思一下，艾芭，做點改變……去西班牙對妳來說是件好事。」

我嘆了口氣，芭蕾舞者的站姿也垮了。「好。」我咕噥著。

突然間，一大群人擠過來開始排隊，他們的隨身行李碰撞著我。一位女士走過來，身上穿著和媽媽口紅一樣顏色的制服，她頭上戴著一頂可笑的帽子，帽上別著一枚有點像鹿還是羚羊之類的金色小別針。

「嗨，葛林太太，我是舒菲亞，負責在此航班照顧艾芭。」女士微笑的點點頭，然後將一張標籤貼在我胸側。我低頭瞄了一眼，倒著的字印著

艾芭・葛林

QR 5179

無家長陪同的未成年旅客

這標籤讓我覺得自己像個很笨的小孩。

「謝謝妳，舒菲亞。我可以再跟我女兒說句話嗎？」媽媽問。

上。

「當然。」空服員沒有離開，只是半轉過身將目光定在大玻璃窗外的白色飛機

我盯著腳上黑色的帆布鞋，在想若是丟下背包轉身跑掉會怎麼樣。能跑多遠才會被抓回來？

「艾芭。」

我抬起眼睛。

「請妳，試著不要恨我，這樣安排對妳最好，妳很快就會明白的。」媽媽說，一隻手摸著我的臉頰。

我立在那裡，一句話也說不出口。不管媽媽用什麼說詞，總之結論就是：她要趕我走，我被放逐了。媽媽終於讓她的威脅成真了。

「我們該進去了。」那位空服員轉過頭說。

我走開一步，但媽媽把我拉回來，「等一下。」她哭了，淚珠混合著睫毛膏滑過她蒼白的臉龐，留下一道道灰黑的淚痕。

我嚇了一跳。我從不曾看過她哭。

「哭很丟臉。」這一直就是她的話，不是我說的。

「瑪哈吉塔[1]。」她的聲音太輕，我幾乎聽不見。這是菲律賓塔加洛語的我愛

你。通常只有爸爸在旁邊時她才會說塔加洛語。

反射動作一樣，我往四周看了看，但整個航廈裡都沒有爸爸的身影。

可能她只是忽然有點感性。

隨便啦。

我緩緩後退了幾步，看著她用指尖擦掉淚水，也擦掉了她的妝。右眼下的皮膚，露出了一抹黃綠色——那是快褪掉的瘀青。

「媽媽，再見。」

我轉身背對她，就像她背叛我一樣。

我走開了，跟隨著空服員高跟鞋的喀噠聲。

喀噠，喀噠。

空服員將我的機票和護照交給另一位穿著同樣制服的女同事看一下，然後我們就走進廊道了。她開始跟我攀談起來，巴啦巴啦。「我喜歡妳的短髮，真可愛，超適合西班牙的夏天耶！」

我點著頭，拖著沉重的腳步往前走。

❶ 瑪哈吉塔 (Mahal kita) 是塔加洛語 (Tagalog)，意思為「我愛你」。塔加洛語主要使用於菲律賓，是菲律賓的官方語言之一，也是近三成菲律賓人的母語。

就這麼一次，我想跟媽媽留在家，即使回家就代表著無法遠離爸爸。並不是說爸爸常常在家，但他在家的時候，似乎無法忍受跟我在同一個屋簷下。

他不要我。而當然，不管他想要怎樣，媽媽都會順著他。

所以媽媽大概也不要我了吧。

我停在空橋和飛機入口的那個空隙前，屏住了呼吸，然後用盡力氣吸了一大口氣，彷彿這是地球上僅存的一口氧氣。

「艾芭？」空服員碰碰我的手臂。

我抖了一下。

就是此刻，我逃走的最後機會。

我的心臟猛烈撞擊胸口，似是要從喉嚨跳出來，幾乎使我窒息。我咳了幾下，又嘸了嘸口水。但喉頭那一股的害怕、生氣、難過和懊悔，咳也咳不掉。

他們真的不要我了。

我自己一個人了。

我踏過飛機門檻。

我還有什麼能失去的嗎？

沒有。

2

我忘了飛機上的廁所其實很窄。進了廁所，我發現只有馬桶蓋上有地方放背包。我換了衣服，將那件紫色襯衫塞到包包最底下。

呼吸。

然後看進鏡子裡的自己。

那是我。

真正的我。不是為媽媽改造出來的我。

我換上最喜歡的T恤，是在二手店買的。布料已經褪了色，上頭印的是搖滾歌手大衛．鮑伊，一道紅色閃電斜劃過他的臉。媽媽討厭這件衣服，爸爸更是。這實在有點諷刺，因為正是媽媽讓我知道了大衛．鮑伊的音樂。我清楚記得那是我第一次被學校趕回家，那就像是昨天才發生的事情。那天我把一盒打開了的巧克力牛奶用力砸到亞勒絲身上。她是一個六年級的不良少女，一直想把我的學校生活變成地獄。媽媽來學校接我，我們坐在回家的計程車上，她的嘴抿得緊緊的，對我無話可說。她整個人繃緊，坐在車椅的另一邊，似乎想離我越遠越好。我有時偷偷看她一眼，她只是一動不動的望向窗外。就在這時，車上的音響放了一首歌。司機轉大了音量。

但我努力，我努力……

永不墜入（現代人的愛情）……

突然，我注意到媽媽的指頭跟著在打節奏。幾秒鐘後，她的高跟鞋尖也動了起來。接著她的嘴巴輕輕哼著歌詞。

我好訝異。應該說是震驚。

我從來沒有印象她會跟著歌搖擺身體，太有趣了。我偷偷靠過去，鼓起勇氣開了口。「這首歌……很酷欸。」我小聲說。

媽媽抖了一下，彷彿我把她從夢中叫醒。不過她嘴唇不再緊閉，甚至還彎成了一抹微笑。「這是大衛．鮑伊……是經典人物。像妳這麼大時，我都在聽他的歌。」

回到家後，我立刻上網搜尋大衛．鮑伊，從此就著迷了。不知為何，他的音樂讓我感覺自己離媽媽近些，雖然在真實生活裡，她離我離得遠遠的——疏離又冷漠。

而此刻，她實實在在離我更遠了。很快，我們之間就會隔著一片大海。

把她忘了吧，艾芭。

我抓起一張面紙，將唇上的凡士林擦掉，接著又在臉上潑些冷水，然後用溼溼的手指順了順頭髮。「男生頭。」媽媽喜歡這樣講我的髮型。她說的時候總是帶著批評的口吻，好像女孩就不能剪短髮一樣，好像只有女同志才會留短髮。我曾聽爸爸說過類似的話，但他說得像在罵髒話一樣。他可能以為我沒聽到。

隨便他。

我回到經濟艙的座位上。媽媽和爸爸只坐商務艙。我想我不配坐那種高級的位子。乘客都還在走道上晃來晃去。那是一群快樂、充滿活力的觀光客，有帶著小孩要去過暑假的，有要去度蜜月的新婚夫妻，還有正興奮的要去探索世界的背包客。而只有我，是可憐的一個人。我可能是這機上唯一一個被強迫送走的十二歲小孩，要去和她一點也不熟的外婆住。再抱怨下去，馬上有人要說養我還不如養一條狗了。

「同學，請繫上安全帶。我們很快就要起飛了。」

我看了空服員一眼。「好的。」我回她，然後動作誇張的將安全帶扣上。

她走開了，我又自己一個人了。其實也不完全是一個人。我隔壁的座位是空的，但再過去的座位還有人，是一位戴著厚厚的眼鏡的老先生。他正在讀一本厚厚的書。他偶爾會抬起頭來看我一眼。我認得那眼神，每當有人想分辨我是男生還是女生時，都會用那種眼神看我。

我早就無動於衷了。

我沒理他，只是死死盯著眼前的小桌子。空服員正在示範安全規則，這樣那樣這樣那樣，我完全沒在聽。

終於，引擎轟隆轟隆響了。我閉上眼睛，等待升空。

一分鐘，兩分鐘，也許五分鐘，過去了。

然後……

咻！

飛機往前衝去，不知為何我咳了起來，覺得呼吸困難。心臟砰砰的跳，像在跑步的時候一樣。越來越遠了。遠離爸爸的怒視，遠離媽媽的吼叫。越來越快了。我的手臂痛了起來，好像被人用力捏住。

「放開！」我以為那只是我腦袋裡的聲音，卻聽到有人倒吸了一口氣。我忽的張開眼睛，是那個剛剛在看書的老先生，他的手抓著我手臂。

「抱歉，」他說，「不是故意要嚇妳……妳……還好嗎？」

我點點頭，其實不太好。一點也不好。

老先生不太確定的收回了手，繼續看他的書。

這時飛機平穩下來，周圍的乘客也都放鬆了。有人在翻雜誌，有人盯著座位前的螢幕，在看電影。

可是我還無法放鬆。我的肩膀僵硬、胸口緊繃，感覺像有一條大橡皮筋勒住我的肋骨。我試著閉上眼睛，也許我能一路睡過去。

最好是。

希望是。

想得美。

我只能看著窗外。我們已經飛到了高空，地面上的樹、樓房、道路和人都變得越來越小，像是小小的樂高玩具。

我們飛進雲層之間，這讓我感覺好過些。

也許這不是世界末日。

不管前方是什麼，不管我要飛往何處，都不可能比我原本的生活更糟了。

對吧？

3

空服員舒菲亞高高站在我身後。

她帶著薄荷味的氣息繞過我的頸項，飄進我的鼻子。

「看到妳外婆了嗎？」她問我。

好問題。

上一次看到「阿貝拉羅拉」，我才三、四歲吧。對我來說那是一段不復存在的美好時光。在爸爸酗酒之前，在他變成一個控制狂和虐待狂之前。那時他還不會禁止媽媽跟家人朋友或任何不如他意的人見面。感覺那是幾百年前的事了。現在，「阿貝拉羅拉」只是一張褪色的照片，一段遙遠的記憶，模糊的印象。她的名字其實是瑪德蓮娜，但我們都叫她「阿貝拉羅拉」——阿嬤阿嬤。「阿貝拉」是西班牙文的阿嬤，「羅拉」是菲律賓塔加洛語的阿嬤。顯然小時候，我總是把這兩種語言搞混，因此她就成了「阿嬤阿嬤」。

我的眼光掃過被擋在外圍的人群，有家長帶著蹦蹦跳跳的孩子；有穿著制服的工作人員，手舉著牌子，上面寫著「歡迎來到巴塞隆納」；還有一些路人仰著脖子，朝剛抵達機場的旅客看過來。人群之中有一位頭髮花白的婆婆，戴著金色耳環，身穿亮橘色繡花襯衫。她的眼光在人群間游移，掃到我身上，停了幾秒鐘又飄走。我不是她想找的人。但她身上有種熟悉的感覺，她的臉型、高高的顴骨像極了媽媽。

「我想……是她。」我輕聲說。

舒菲亞帶我走過去。

喀噠，喀噠。

「請問是羅德里奎茲太太嗎？」她問。

婆婆看看舒菲亞又看看我，眼睛瞇了起來。「艾芭？」在我還沒來得及反應以前，她嘴巴張得大大的，原地跳了起來。「艾芭！真的是妳！妳來了！真的來了！」

我愣了一下，不知道要做什麼或說什麼。阿嬤的興奮讓我疑惑。她上半身探過鐵欄杆，把我拉向她，讓我不知所措。我的第一反應是想推開她，但她的雙手柔軟而溫暖，她身上的味道像熱熱的焦糖，讓我投入她的懷裡。

「好啦，那我先走了。好好享受妳在這裡的時光，艾芭。」舒菲亞說完後就離開了。

阿嬤終於鬆開了我，推著我走向柵欄另一邊。「繞過柵欄，我在那邊等妳。」

「好。」

我應該要走快一點，但雙腳卻不聽使喚。還好我的行李箱有輪子，可以用拖的，要不然我一定走得搖搖晃晃。我緊抓著行李箱的拉桿，讓自己穩住。

欄杆盡頭，阿嬤看著我，歪著頭像在研究美術館裡的一幅畫。我笑了笑，感覺不太自然。我的嘴唇和臉頰笨拙的拉開，有好一陣子沒動到這兩處肌肉了。

「我早該認出妳的，妳的眼睛跟妳媽一模一樣。」她說。

我知道，小時候我總是看媽媽坐在化妝桌前，用睫毛膏刷著她長長的睫毛。**「妳有我的眼睛，艾芭，等妳長大一點，我會教妳怎麼把眼睛畫得更美。」**

「對呀。」我回答。

阿嬤張開手臂，「過來給我好好抱一個。」

我屏住呼吸，慢慢靠近她的懷裡。她一定能感覺出我的僵硬，但她仍緊緊抱住我，甚至發出了「嗯——」的聲音。

「好啦，」她終於鬆了手，「我叫了 Uber 等在外頭，我們還是趕快出去吧！」

我沒答話，只是跟著她穿過人群，經過自動門，坐上了一部黑亮亮的轎車。車子直行、穿梭、轉彎，阿嬤一路上沒有再說話。我想她知道這一切對我而言有點難以接受。啊，不是有點，是真的很難啊！怎麼接受得了？我剛離開了熟悉的生活，一個人飛過大西洋，降落在另一個國家，接我的是一個多年不見的外婆。我們彼此根本是陌生人，但她擁抱我卻抱得理所當然，好像我們上次見面是去年感恩節，還是聖誕節還是什麼節一樣。

我偷偷瞄著阿嬤的側臉，希望能想起什麼關於她的事，最好是一個能讓我感到安心的記憶。但我什麼都記不太起來，或許就只記得她身上的味道。我還隱約想起有個廚房，裡面洋溢著香草和橘皮的香氣。

她轉過臉來，看著我的眼睛。我眨了眨眼，趕緊往下盯著自己的大腿，盯著我扭動在一起的手指。皮膚感到一陣刺痛，是神經在作祟，繃得太緊了。這一切實在太突然，尤其是阿嬤——她的眼睛，她的笑意，她整個人。我想坐得稍微離她遠點，但又不想讓她覺得受傷，於是就坐著沒動。

就在這時，她伸手過來握住我的手。我努力保持不動，但手掌不自主的抽搐，我趕緊屏住呼吸。就算這麼明顯了，她還是像沒注意到似的。也許她其實注意到了，只是裝作沒看見。

不管是怎樣，她仍是笑著指著窗外掠過的風景。「看……妳可能不記得多少了，是嗎？」

沒錯，巴塞隆納跟阿嬤一樣，都太遙遠了。

我看向窗外，老舊的建築看起來像是特大號的雕塑品，新潮的玻璃大樓突兀的矗立在旁，樓房之間有許多紀念碑和棕櫚樹。遠方的海上停著遊輪以及各式各樣的船。這是個怪異的城市，像一塊拼布——每個片段看似不是那麼相合，可是整體看起來卻又蠻合理的。對這裡我一點也沒記憶。一點也沒有。

大約十五、二十分鐘後，我們往左轉進一個大圓環。圓環中央是一根高高的金屬柱子，頂端有座雕像。阿嬤放開我，指著那座雕像說：「那是哥倫布紀念碑。我們快到家了。」

家。

我試著要嚥下一口口水，但喉嚨似乎卡著什麼東西。

「家」這個字似乎很無害。

但為何我的心會像被撕裂了一樣？

就在這一刻，我好像才終於意識到紐約市已在大海另一端，幾千哩之外。

現在，巴塞隆納是我的家了。這會是我多久的家？我不確定。

突然，車子停靠在一棟大房子前，它的外牆有色彩繽紛的扇子和雨傘為裝飾，還有一條花俏的青龍從角落伸出頭來，爪子上懸吊著一盞竹製的燈籠。

「妳住這兒？」我不是故意要講那麼大聲的，但這些字就這樣從我嘴裡溜出來。

阿嬤笑了笑。「我也希望！可惜不是……這棟建築叫『布魯諾罣德洛斯之家』。

一百年前原屋主在一樓開雨傘店，現在這裡是銀行，也是對建築有興趣的觀光客會來參觀的地方。」她付錢給司機，我們就下了車。「我的公寓離這還有幾條街，可是汽車不能開進去小路，只有行人和單車可以走。」

我看過去她正要走進去的小路，真的只是條巷子，但並沒有擺滿垃圾桶❷。巷子的路面鋪著斑駁的石板，像是經過了風吹雨打。房子看來很老舊，不是普通的老舊，而是讓你感覺踩進了時光機裡，隨時會有中世紀的士兵騎在馬上向我們奔來。只不過向我們走來的都是觀光客，很多的觀光客。

我受到了一點衝擊，這裡沒有任何景象是我熟悉的。嗯，也許觀光客是熟悉的，因為紐約市也有很多。但即使周圍有我比較熟悉的一群群觀光客，我還是只能呆呆的站著。

我不像他們，我不是來這裡觀光的，不是來嚐嚐地方特色美食，買點紀念品後就回家。

這不是度假。這是我的生活了。

「走啊，艾芭。」阿嬤回頭喊我。

❷紐約市許多小巷子都是面對著整排公寓的後門。各家垃圾桶擺在巷子裡，方便垃圾車收取。

我拖著行李，試圖追上她。「妳真的住在……這裡？」我又問了一次。

她點點頭。「從 1968 年就住在這，我是八歲時從菲律賓搬來西班牙的。那時候我們哥德區比現在更令人讚嘆。這地方一直都是觀光勝地，但那時不會像現在這樣。」

我們走過另一條街，一路上我就像個大傻瓜一樣，嘴巴開開的盯著每樣東西、每個人。我咳了起來，喉嚨、舌頭甚至牙齒都覺得乾澀，大概所有口水都在暑氣中蒸發掉了。

阿嬤忽然拉住我的手臂。「啊，艾芭，我想我們需要來吃一點點心。」她把我連人帶行李拉進一家店裡。

「Oye, ¿qué tal, Magda? ❸」櫃臺後面穿著藍色圍裙的女子說。

「Muy bien, Nuria. Tengo mi nieta, Alba, conmigo . . . ¡desde los Estados Unidos! ❹」阿嬤回她。

藍圍裙的女子笑了笑，拍拍手，又眨了眨眼睛。「Así, te daré los mejores, entonces. ❺」

喔，完蛋。西班牙文。

我差點就忘記這裡的人不講英文。但總有些人會說吧？不是嗎？希望是？

天啊，我完了。

阿嬤帶我走到一張兩人座的小桌子前。「諾莉雅的吉拿棒是這裡最好吃的。如果有人說別家最好吃，真的不能信！」

我坐了下來。不到一分鐘，諾莉雅就端著一個托盤出現了。她在桌上擺了一盤裹了糖粉的炸吉拿棒，以及兩杯濃濃的熱巧克力。

「Buen provecho.❻」她說完就走了。

「嗯——」外婆呢喃出聲，這和她剛剛在機場擁抱我時發出來的聲音是一樣的。她正把一根吉拿棒沾了熱巧克力送進嘴裡，臉上的表情彷彿她在吃什麼人間美味。

「是這樣的，艾芭，我就直接了當問妳了，因為我認為先講清楚最好……妳認同自己是女生？還是男生？還是其他的？」

我嘶了一口氣。可沒料到她會這樣問。

❸ 西班牙文，意思是「瑪德妳好嗎？」

❹ 西班牙文，意思是「很好喔，諾莉雅，這是我孫女艾芭……從美國來的！」

❺ 「那麼一定要給妳們最好的。」

❻ 「盡情享用。」

4

不曾有人這樣問過我。不曾有人真心誠意的問我這個問題。學校的同學、老師、完全不認識的陌生人，甚至我父母——大家都預設了答案。

阿嬤又咬了一口吉拿棒。「欸，別一副嚇一跳的樣子，艾芭。我是個現代女性，我了解這些事情。不管妳的答案是什麼，直接告訴我，這樣我才不會傷到妳。」

我的視線從吉拿棒，到那杯熱巧克力，到腳上的帆布鞋，到門口。

我該跑掉嗎？

我的腳抽動了一下，但我仍坐著沒動。說實在的，我有地方去嗎？

我抬頭看到阿嬤的目光，本來以為外婆會是個冷漠的人，會拒人於千里之外……像媽媽那樣。結果她不是，至少目前看起來不是。除非她是在演戲，假裝自己很酷。也許她扮演一個新潮的外婆，只是為了贏得別人的稱讚。

哼……

我還猜不出來她的意圖，目前還猜不出。

我瞇眼盯著她。

就算是假裝，至少她還願意努力一下。

我清清喉嚨，「嗯，我是……女生。我的意思是，提到我的時候可以用女生的『妳』和『她』。我只是覺得這樣子打扮比較自在……」我用手拂過自己凌亂的短髮。「我不穿裙子，不化妝，不喜歡那些很少女的東西。那種打扮對我來說就像穿著戲服，讓我喘不過氣。妳懂那種感覺嗎？」

我停下來，等著外婆的反應。阿嬤又吃了一口吉拿棒，然後露出大大的微笑，擠出了一臉的皺紋。「感謝妳告訴我實話，艾芭。妳知道嗎？很少女孩在妳這樣的年齡就清楚自己是誰，就這麼有自信，這麼誠實的面對自己。妳很棒喔！」

眼淚開始刺痛了我的眼睛。但我屏住呼吸，硬把淚水憋了回去。我不想讓她看到我被傷得多重，我還沒準備好。

「謝謝。」我說。

她把盤子推向我，「現在該換妳吃吉拿棒了。冷了就不好吃了喔！」

說真的，這種吃法我覺得有點噁心。不過我還是拿起一根吉拿棒，沾了濃濃的熱巧克力。我咬了一口，吉拿棒還是熱的，上面的巧克力甜甜的，但不會太甜。

嗯——

味道還算不錯。應該說，還蠻好吃的。

到達阿嬷的公寓時，我最先注意到的是一樓的中國餐館。芥末黃的遮雨棚上印著中國字，底下有個招牌寫著 RESTAURANTE CHINO ❼。餐廳正面還掛了一排紅色的燈籠，看上去顯得老氣。

「一九六〇年代每個人都想吃中國菜，那時很流行。所以我們搬來後，我爸媽就開了這間餐廳。」阿嬷指著二樓的窗戶。「我就住在上頭。幾乎每天都在聞炒飯的味道，不過久了也就習慣了。」

「為什麼不是菲律賓餐館？妳又不是中國人。」我說。

阿嬷聳聳肩。「那時沒人知道菲律賓菜是什麼，不過別擔心，我們的菜還是很好吃。大廚蘇師傅跟我們十五年了，他太太陳姊負責管理餐廳。我就只要簽簽支票而已。」

「喔。」

「快進來吧，帶妳去放行李。」

我們走了幾個臺階，來到窄窄的玄關。玄關是黑白相間的瓷磚地，有一道旋轉樓梯，還有一個裝飾繁複的鐵籠，裡面是電梯。這簡直是古董，一定年代久遠，可能也不安全。

「這東西真的能坐嗎？」我問。

阿嬤打開鐵籠的門。「當然能坐。只是舊了，並不是壞了。」

我將行李箱拉進那個跟衣櫃差不多大的電梯裡。空間太小，我們只得肩並肩擠在一起。一秒後，門嘰嘰嘎嘎的關上，然後很慢、很慢的往上升。

「到了！」阿嬤說。

電梯外面的走廊上放滿了盆栽。走廊兩側各有一扇門。

「艾德瓦多和曼倪住在那邊，他們開了一間古董店，就離這裡幾條街的地方……這是我們家。」說完，她領我走向一道靛青色的門。鑰匙噹噹撞在一起，她扭開了鎖。

一進門，我就聞到了。炒飯。

我的表情大概太明顯，因為阿嬤馬上眨眼說：「就跟妳講了。」

我在門口徘徊了大約有一分鐘，想適應這個空間。屋子裡到處擺著奇怪的小人

❼ 為西班牙文，意思是「中國餐廳」。

偶裝飾、放在相框的照片，還有一架又一架的舊書。木頭地板上用許多塊小毛毯拼成了巨大的圖案，家具有新有舊，屋子中間是一張覆盆子顏色的絲絨沙發。

這和我們在紐約的公寓截然不同。不光是裝潢不一樣，而是整個感覺都不一樣。這裡溫暖、舒適、有人味，差別就在這裡。阿嬤的家充滿了記憶和故事。隨著歲月流逝，這些故事在這裡層層堆疊。

我有兩秒鐘沒能呼吸。

整個人都要被淹沒了。

阿嬤在屋子裡走來走去，從一個房間到另一個房間。「我應該給妳媽打個電話……嗯，擺在哪兒呢？啊哈！」她從廚房走出來，手上抓著一個室內無線電話。她按了號碼，把話筒放在耳邊。她光著腳丫走過來走過去，眼睛盯著旁邊的一塊地毯。

怦怦，怦怦。

我的心狂跳。

「歐拉[8]，伊莎貝爾，對，在這裡……不，不，她很好。我們吃了吉拿棒，現在到家了。嗯，嗯，好……」阿嬤看了我一眼。

我伸出手。

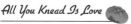

怦怦。

「我可——可以——」

「好的，掰掰，伊莎貝爾。」她掛了電話。

沒聲音了。

但我的胃、我的心、我的腦袋，我身體裡的一切似乎都在瞬間粉碎，毀壞，崩塌。我的整個世界終於崩潰。

都結束了。結束了所有的偽裝。

我呼吸急促起來，勉強吐出幾個字。「她……不想……跟我……說話？」

「喔，寶貝。」阿嬤靠過來，伸開手臂。

行李箱從我手中掉落。我的膝蓋在打顫，整個人癱坐在地上，眼淚滑過臉頰。我的耳朵裡都是媽媽的聲音，好像她就在那裡。

「**哭很丟臉，艾芭。**」

我用力閉上眼睛，用力，希望眼前能變成一片漆黑，但卻看見媽媽仍然坐在我面前，而且是坐在家裡她最喜歡的躺椅上，而不是在阿嬤的公寓。她先是凝視著我，

❽ 歐拉（Hola）為西班牙文「哈囉」。

然後往下看著她的米黃色菲拉格慕平底鞋，清清喉嚨。

「我想是時候了，艾芭。」她聲音很輕，像在呢喃。

什麼時候？

要做什麼？

吃午餐？做瑜珈？到公園散步？

她要講什麼？還是，天啊，該不會是要送我去看心理醫生？

我忽的挺直了腰，皺著眉。我的視線到處飄移，就是不去看媽媽的眼睛。她背後的藍色椅布，她腳下閃閃發亮的木地板，餐桌旁那塊土耳其地毯的流蘇，窗戶邊那棵像打過蠟一樣有大片亮麗綠葉的琴葉榕。

最終，我還是得將目光收回來看著媽媽。那沉默，震耳欲聾。

「什麼時候？」我大聲的重複她的話。

媽媽調整了一下坐姿，躺椅似乎讓她不太舒服。她看我的神情，我說不上來，似乎有點奇怪。不帶感情，好像是在面試一個管家還是什麼人。

「需要改變。我考慮很久了……」她的聲音越來越小。

「考慮什麼？」

怦怦，怦怦。

我可以感覺到心在狂跳。

媽媽又清清喉嚨。「**我一直在考慮，應該讓妳去跟阿嬤住一段時間，對妳會比較好……**」

「什麼？」我站起來，握緊拳頭。

她以前就這樣威脅過我，但我從沒把她的話當真。

「**我已經決定了，艾芭。**」她說。

我往前走向她一步。「妳是說，爸爸已經決定了，是嗎？」

她搖搖頭，一絲頭髮從她小心整理的時髦髮型逃脫了出來，搔著她的臉龐。

「**不，這是我的決定。妳爸爸已經……嗯，我們有些事得處理。妳離開一下比較好。**」

「不要！」我大吼，「**妳不能逼我！**」

「**我可以。**」她冷靜的回道。

我感覺體內有股怒火在燃燒，已經燒到外面來了。我的皮膚發紅，指節慘白。

我有太多話想說，想嘶吼。

但我說不出話來。

我的喉嚨緊繃。

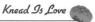

舌頭無力。

我做了唯一還能做的。

跑開。

「**艾芭！**」她在叫喊。

我死命跑得飛快，跑得越遠越好。

跑吧，沒用的。

媽說得沒錯。

她可以逼我走。而且她已經做到了。

5

阿嬤的廚房，真的是個廚房。每樣器具似乎都身經百戰，砧板上布滿刀痕，玻璃罐中裝著香草和香料，擦手布上沾著番茄汁，天花板上垂吊著各式各樣的平底鍋和湯鍋。在我們紐約的家，廚房簡直像個展示間，拋光鉻合金和花崗岩都光潔無瑕，因為那裡根本從不開伙。早餐和午餐都是我上學途中在轉角的熟食店買的，晚餐則是從電話旁的抽屜中抽出一張菜單叫外送。

從來沒有人會費心做菜給我吃。

「來，拿去，吃點東西會讓妳的臉色好些。」阿嬤遞給我一個盤子，裝著一片烤麵包，上面鋪了一團黏黏軟軟的東西。「這是『西班牙烘鮪魚三明治』，西班牙的特色在於使用硬皮麵包還有曼徹格起司⑨。在這個家裡，妳不會吃到瓶裝的美乃滋，或是從超市買來切好的麵包。」她雙手擺在臀上這樣說。

我盯著眼前漆了紅玫瑰的白色瓷釉盤，盯著盤子旁邊的綠色餐巾布和刀叉，還

⑨西班牙烘鮪魚三明治 (Spanish tuna melt) 是將西班牙著名的羊奶起司曼徹格起司 (Manchego Cheese) 和鮪魚一起鋪在麵包上烘烤，使起司融化在麵包上後食用。

有那份烤得剛剛好、呈焦糖色的西班牙烘鮪魚三明治。這一切都來得太突然了。如果阿嬤是在演戲，她應該拿到奧斯卡、艾美獎、東尼獎，所有的獎項。

我震驚的呆坐著，腦海裡只出現一個念頭：為什麼？

她為什麼要費這些力氣？她只不過是和我媽媽有關係的人。在機場時，她幾乎認不出我。我也許是她的外孫女，但感覺更像是她在人群中隨意撿到的小孩。

我打開餐巾布，擦了擦眼睛。

「謝謝」是我勉強擠出的兩個字。再多講，可能又要像剛剛那樣大哭一場。

阿嬤自己也端了一個盤子坐下來。剛開始，我們就只是安靜的吃。食物美味又療癒，每一口都像是溫暖的懷抱。當然我對於溫暖的懷抱也沒什麼經驗。

嗯。

所以被照顧的滋味是這樣。

我不介意這一切可能都是外婆為我裝出來的。

這樣的感覺真好。好久好久沒有這種感覺了。

我坐直了身子。「我——我想說，我很感激妳讓我來這裡……來和妳一起住。我會盡我所能——」

「不用說這些，艾芭……妳是我的孫女。妳終於來了，來了就好。」

我深吸一口氣，然後又吐了一口氣。

也許一切都會好轉的。

也許吧。

來到這裡後，我第一次有了安心的感覺。

我在新房間整理行李。房間很小，靠牆有一張單人床，平整的鋪著藍紫色的床單和一條花朵圖案的拼布被。枕頭旁倚著一隻白色的泰迪熊。床邊的桌子上擺著一個老式的鬧鐘和一個花瓶，花瓶裡插了一束乾燥的薰衣草。房間另一邊是衣櫃以及一個窄窄的五斗櫃。但這個房間最棒的地方，是有面大窗戶，窗前有個座臺，擺滿了枕頭，還掛著一組半透明的窗簾來遮擋陽光，讓房間裡透著柔和的光線。我可以想像自己在這裡一坐幾小時，凝視著街道和路人，以及我不曾看過的一切。

「整理得還好嗎？」阿嬤的頭探了進來。

「嗯，差不多好了。衣服都放在衣櫃和五斗櫃裡了，所以沒什麼事了。」我回她。

阿嬤看了看房間。「妳可以重新布置沒關係……我不會不高興的，我只是不知道妳喜歡怎麼樣的。」

「不用，這樣很好，比我之前的舒服多了。」我砰的趴到床上，拿起了泰迪熊。

「那是小白，妳媽媽小時候的。」

我盯著小熊棕色的塑膠眼睛和用黑線縫的鼻子。這怎麼可能曾是媽媽的呢？不知為什麼，我無法想像媽媽還是個小孩的時候。

阿嬤走進房間，坐在我身邊。「我知道妳感覺這一切像對妳的懲罰。但，艾芭，不是這樣的。妳媽媽需要一點時間來處理一些事情……而這段時間，妳和我，有機會更認識彼此。那麼多年過去了，我錯過了那麼多。」

我從餘光看見她在皺眉，好像還有話要說，卻不知道該怎麼說。而我，剛好相反，我清楚知道我想要說什麼，只是我還沒準備好。

「我知道。」這樣說是最安全的。

阿嬤笑了笑，但彷彿她臉上戴著面具。在面具下，她和我一樣悲傷。有一瞬間，我想伸手過去抱她，似乎她的悲傷和我的悲傷能讓我們變得親近。

但我還是無法卸下心防。

再說，擁抱對我而言是很陌生的，跟西班牙文一樣──我不會說，也幾乎聽不懂，光想到這點就讓我覺得自己很笨拙。

於是，我只挪了挪身子，稍稍靠近她一點。「嗯……原來媽媽喜歡小熊啊，是嗎？」我將小白抱到大腿上。

她咯咯笑了出來。「其實妳媽媽以前很怕熊，怕死了。」

「怕死了？」我看看小白，再看看阿嬤。「妳說真的？怕死了？」

「嗯，也許不能說怕死，就是有一點怕……因為在她兩、三歲的時候，有一次電視上的動物頻道在介紹阿拉斯加棕熊，她剛好看到幾隻熊在搶鮭魚吃，那個畫面很暴力又血腥。從那之後她大概做了幾個禮拜的惡夢。有一天，我在玩具店櫥窗看到了小白，心想也許這可以讓她忘記那些嚇人的棕熊——」

「有幫助嗎？」我問。

阿嬤伸手過來戳戳泰迪熊的肚子。「有啊，而且從此妳媽媽去哪裡都帶著小白……甚至她十幾歲的時候，還要我保證絕對不可以把小白丟掉。所以啊，它就還在這裡。」

哇！

不知道要說什麼。感覺好怪。我的意思是，媽媽從不曾讓我覺得她是個感性的人。她給我的感覺其實剛好相反——冷漠、淡然、現實。但現在，阿嬤卻說了一個截然不同的故事。

媽媽改變那麼多嗎？

我有太多問題，可是已經精疲力竭了。

我打了哈欠。

「喔，妳一定累了，先休息吧，我們可以慢慢再聊。」阿嬤站起來，又彎身似乎要親我的額頭。

我往後傾，順勢半閉著眼睛往枕頭一倒。「好的，謝謝。」

她躡著腳走出了房間，輕輕將房門帶上。

只剩我和小白。

我緊抱著它，很想知道媽媽是否也曾這樣抱著它。

6

我睡得不省人事。等我再張開眼睛，窗外已是一片漆黑，整個公寓靜悄悄的。我的胃咕嚕咕嚕叫。

吃了鮪魚三明治，肚子怎麼還能這麼餓？我到底睡了多久？

我趕緊爬起來，套上鞋子，慢慢打開房門，探出頭去。

一片寂靜。

感覺很奇怪。

我輕手輕腳穿過走廊。這一切似乎有些荒謬。這是外婆的房子，是我的家了。但我對這裡沒有歸屬感，好像自己不過是個外來者。這裡的空氣、味道、吱吱嘎嘎的聲響，都讓我覺得陌生，都使我迷惘。

廚房有些光線流瀉出來，也許阿嬤還醒著，可能是在喝茶還是幹什麼。等我走近時，大約在幾呎遠的地方，我聽到她說話的聲音。

她跟誰在那裡？

我悄悄靠近，停在門邊的牆壁前。剛開始，沒聽到什麼，但兩秒鐘後，阿嬤的聲音打破了沉默。

「她是妳女兒，伊莎貝爾，這樣把她趕出門很不公平。」

我倒吸一口氣，但馬上用手摀住嘴巴。

阿嬤嘆了口氣。「所以妳把她丟給我，就可以忘掉她？是這樣嗎？」

把她趕出門。

把她丟給我。

就可以忘掉她。

這些話刺痛了我。

沒人要我，連阿嬤也一樣。

「我要跟她說什麼？跟她說她媽媽想挽回那個家暴的丈夫？所以不願照顧自己的小孩，是這樣嗎？伊莎貝爾，我應該要這樣跟她說嗎？」

我從牆邊走開，淚水從眼睛湧出，滑過臉頰，滴到地上。淚眼中我的視線模糊，沒發覺自己已經站到了廚房門口。

我看不清楚阿嬤，只聽到她吸了口氣，把電話丟在桌上。「艾芭……」

我搖著頭，往後退。

「艾芭，我很抱歉。」

太遲了，抱歉已於事無補。我轉身跑出門，不想等那個緩慢的電梯，我找到了樓梯。我跑下樓，穿過玄關，跑到街上。

「艾芭！等等！」阿嬤從樓上的窗口往下喊。

我當然沒理她。

我用手背抹了抹淚眼，繼續跑。我要跑去什麼地方？什麼地方都好。街道讓人困惑，彎彎曲曲拐往不同方向。我跌跌撞撞的跑著，跑過人群、樓房、路標、信箱和噴水池。我的腿、我的腳繼續前進，即使腦袋告訴自己，我已經迷路了。

那又怎樣？

誰在乎？

沒有人在乎。

最終，我的肺不行了，身體一邊也在抽筋。我轉進一條安靜的巷子，跌坐在一個大垃圾箱後面，急促的喘著氣。過了好一會，我的呼吸才平穩下來。可是等我感覺身體恢復正常時，剛剛那些念頭又竄回腦海。

難怪媽媽連跟我講話都不願意。

我就知道。

阿嬤只是假裝歡迎我。

現在該怎麼辦？

我能做什麼？

我能去哪裡？

這一切的重量，一切焦慮和壓力，讓眼淚又重新決堤。

我真是個愛哭鬼。

但淚水止不住，我邊哭邊咳還嗆到。我沒法安慰自己，只能哭啊哭啊，直到聽見了一些聲響——鞋子踩到碎玻璃的喀喀聲。我盯著眼前的鵝卵石，接著看到一雙像是洞洞鞋還是勃肯鞋的黑鞋子。我的視線往上，對上了一雙大叔的眼睛。即使在陰影下，那雙藍色眼睛反射著光，閃閃發亮。

「Hola...¿Estás bien?[10]」那人輕聲問。

我縮了縮身子，咬緊雙唇。這是個陌生人，我不習慣接受陌生人的善意。我天生就是個多疑的人，更何況還是在紐約長大的。再說，他可能是個怪叔叔、變態，或是個連續殺人犯之類的。

我低下頭抱緊雙膝，避開他的目光，但仍將他保持在我視線範圍內。我的背頂著垃圾箱，雖然有點臭，但我沒動。我不曉得該怎麼辦。大概有超過一分鐘，那人就站在那裡，似乎想了解我是什麼狀況。然後他摸摸自己灰白的鬍子，在旁邊的水泥臺階坐下來。我偷偷把他從頭到腳觀察了一番，他除了鞋子有一點怪之外，看起來就是個普通的中年男子，大約比一般人高些，那雙敏銳的藍眼睛周圍有著皺紋。他身穿灰色T恤和牛仔褲，繫著一條舊圍裙。

不知道他想幹什麼。

他幹嘛坐在那裡？

說實在，他讓我有點緊張。

不過他讓我想起雷夢娜。她在八十一街地鐵站工作，我以前常去躲在她那邊。第一次見到她時，我縮在離售票亭不遠處的一個角落。她就在那個玻璃小亭子裡，我能聞到有檀香和可可亞奶油的香氣從小亭子的售票口飄散出來。從我坐著的角落，只能看到她頭頂上整齊的辮子髮髻。我坐了大約十分鐘還十五分鐘後，才看到她整個人的樣子，因為她來到了我面前，抿著一張蔓越莓色的嘴。

「妳遇上什麼麻煩嗎？還是發生什麼事？要我打電話給誰嗎？」她鎖著眉頭問。

我搖搖頭，將雙膝抱得更緊。

「嗯，好吧，那妳坐到那邊，至少讓我看得到妳。」她指了指亭子正對面的牆壁。「我懂人有時候需要一個家以外的地方……我叫雷夢娜，如果妳需要什麼，就喊我一聲。」

我點點頭，她就回到售票亭裡了。

我和雷夢娜可能也沒說過多少話，但差不多就是在最近這一年裡，地鐵站，她的售票亭前，成了一個讓我有安全感的地方。我曉得只要她在那裡看著我，我就會沒事的。

也許眼前這個穿著怪鞋子、髒圍裙的大叔，也是在這樣看著我。跟雷夢娜一樣，他只是想確定不會有不好的事發生在我身上。

幾分鐘過去了，我放鬆了些，呼吸平穩下來，心跳不再急促，也不抽筋了。這裡相當安靜，偶爾傳來腳步聲和笑聲。我的肚子餓得咕嚕叫，但我當作沒聽到，反正身上也沒錢，而且我也還沒打算要找路回去阿嬤的家。

過了至少半小時，大叔終於站起來。他又看了我一眼，然後從他身旁的那扇門後消失。

再見囉！

謝謝剛剛的陪伴。

我開始在想，我可以消失多久，阿嬤才會打電話叫警察來找我。還是已經打了呢？

嘎嘎。

那扇門又開了，大叔再度出現，手上拿著一個用白色烘焙紙包著的東西。他慢慢走到我前面，在離我一隻手臂的距離前停下。

「Aquí, tomaló. [11]」他說著，伸手要將手上的東西遞給我。

我盯著那個東西，看到烘焙紙露出一角——是一條長棍麵包。我還能聞到起司、番茄和橄欖油的味道。

我的肚子又在咕嚕叫了。

我小心翼翼的伸出手接下麵包。

大叔笑了，是那種大大的露齒的微笑。「Te sentirás mejor despues de comer algo. ¿Bien? [12]」

我點點頭，即使根本聽不懂他在說什麼。但我知道他的語氣是友善的，笑容是真誠的，還有那個三明治聞起來香噴噴。

他雙手在圍裙上抹了抹，又對我笑了笑，才再次消失到那扇門後。我一直等到

[11]「來，拿著。」

[12]「你吃點東西就會感覺好多了。好嗎？」

確定他不會再回來了，才開始大口大口吃起他給我的三明治。長棍麵包夾著薄薄的起司片、多汁的番茄，以及芝麻葉，還有味道濃郁的橄欖油。麵包十分有咬勁，但外皮卻是酥脆的。可惜我太餓了，沒能慢慢品嚐它的美味。

吃完後，我馬上感覺好多了，彷彿食物滋養的不只是我的身體，還有我的心靈。我站起來，拍掉灑落在T恤上的麵包屑。

我最好趕快回家。

我深深吸了口氣。

會沒事的，艾芭。

我試圖這樣說服自己，也許只要這樣一直對自己喊話，就會真的沒事。一切都會好轉的。

於是我就這樣一邊想著，一邊走過一條條蜿蜒的巷子。

我隱約記得自己是從哪個方向來的，但保險起見，我還是走向一位路過的太太，勉強用西班牙文問「¿Restaurante Chino?」希望她聽得懂我在問什麼。她比劃了一下，表示是旁邊平行的另一條路。

還好！

大約又花了十分鐘，穿梭在這些亮著街燈的街道上。我看到了那鮮黃色的棚子，以及阿嬤家門前的臺階。還看到了阿嬤的身影。她坐在最上層的臺階，身穿著白色棉布睡衣，罩著睡袍，皺著眉頭。

越靠近她，我的臉上越是熱了起來。

「妳媽媽說妳會回來的……但我差這麼一點就要準備帶人去找妳了。」阿嬤用食指和大拇指比出了大約一吋的距離。

「對不起。」我小聲說。

阿嬤表情嚴肅，但不知為何，我卻看到了在她那一臉嚴厲之中隱藏的歉意。

「過來，坐這邊。」她拍拍身邊的臺階。

我有點猶豫，但還是過去了，拖著腳步，像穿著鐵鞋。我一坐下，她就拍拍我的膝蓋說：「是我該說抱歉的……妳不該聽到那些話。」

我盯著我的膝蓋，看著她放在我腿上的手。

「有時候我講話時會被自己的話給帶偏了，尤其在跟妳媽媽說話時。我當然不認為她是把妳『丟』給我，我只是想讓她抓得到我要表達的重點。」她解釋。

我的視線緩緩上移，最後望向她。「所以妳不介意我在這裡嗎？」

阿嬤捏捏我的膝蓋。「當然不介意！如果說我們現在的處境，有哪一件事情值得慶幸，那就是我終於能和我的孫女在一起了。我非常非常高興妳能來這裡，艾芭。」

有一瞬間，我的肩膀緊繃了起來。我不確定自己是否能相信她。但我想相信，我渴望相信她說的話。第一次有人接納我，真正的我，來到她的生活中。我吐了一口氣，肩膀鬆了下來。

「好的。」我輕聲回。

「很好，」阿嬤微笑。她靠了過來，「但我們仍需要來訂點規矩，不能再這樣離家出走，可以嗎？如果有什麼事情讓妳不高興，來找我談，不管什麼事都可以解決的……除了離家出走，其他事情我們都可以想出辦法。同意嗎？」

我點點頭。

她又捏捏我的膝蓋，然後雙手撐了一下地面，從臺階上起身。「走吧，要喝茶嗎？吃餅乾？還是三明治？」

我看著她明亮的眼睛和笑容。

我其實沒那麼餓了。

也不再感覺孤單。

至少現在不會。

所以我也回給她一個微笑說：「好啊，喝茶、吃餅乾，聽起來不錯。」

7

整個晚上我翻來覆去。隔天醒來，感覺胃部有些痙攣。

這是嶄新的一天。

第二次機會，別又把一切搞砸了。

我要起床，吃早餐，然後，也許，奇妙的事情就會發生。那種可以改變我生命的事。

要正向思考，艾芭。

但你知道的，這很難。我天生就不懂正向思考。我已經習慣了充滿負能量，這樣比較不會受傷。如果你每天都預期有壞事發生，那麼生活應該就不那麼容易令你失望，不是嗎？

是的。

終於，我穿著睡衣慢吞吞的走進廚房。胃痙攣得更厲害了，感覺腸子也糾成一團，絞得全身都難受。

「早安！」我盡可能讓聲音聽起來充滿朝氣。

阿嬤站在爐子邊，盯著爐子上的咖啡壺。見到我，她微笑著說：「Buenos días.[13]妳很早起喔！」

「嗯，對啊，沒睡多少。」

「啊，還在調時差。一兩天後就會好過多了。」她努了努下巴，示意我到餐桌那邊。「坐下來喝杯咖啡，精神會好一些。」

咖啡？

我看著她拿了一個冒著熱氣的小鍋子，倒了很多牛奶到馬克杯裡，再加進剛煮好的熱騰騰的咖啡。她把咖啡放在我面前的桌子上，也給自己倒了一杯後才坐下來。

我伸手拿了糖罐子，舀了滿滿一茶匙的糖，同時一邊看著坐在我對面的阿嬤。她身穿一件寬鬆的短版洋裝，看起來休閒但也優雅。她的頭髮往後梳成了一條辮子，臉上沒有化妝，看起來很清爽，似乎已經洗好臉又擦上乳液了。

她還說我早起呢。

呵呵！

阿嬤一定是那種天一亮就起床的老太太。

「嗯，吃完早餐，我想請妳幫我跑個腿。」她說得一臉輕鬆。

「跑腿？」

她抬起眉毛。「別一副大驚小怪的模樣，艾芭，妳都快十三歲了。我很放心讓妳走過幾個路口去買點麵包回來……再說，也剛好讓妳去認識一下街坊鄰居。妳也該開始複習西班牙文了。」

我深吸一口氣。她不曉得我的西班牙文有多爛。根本糟糕透頂，全忘光了。

「好的，買麵包嘛，我想我可以。」

「很好，」她點點頭，「你到『街角麵包店』。門口出去右轉直走，經過四個街區，就會在轉角看到了，不會錯過的……進去找老闆東尼。他是我們家的老朋友了，很清楚我喜歡什麼。」

太好了，買麵包很簡單，但和一個所謂我們家的老朋友尬聊，就不是我的本事了。我不是很會聊天的人，再說，我也還沒準備好要認識人。我的腦袋感覺還停留在紐約市。我一腳在飛機上，另一腳在巴塞隆納。我好像同時存在於很多地方。

啊！

吼唷！

唉！

⑬「早安。」

街道既安靜又混亂。這樣說聽起來很怪吧？但確實如此。明明沒有汽車、公車，也沒有機車，但卻交通繁忙。來來往往的路人提著購物袋，在小巷間穿梭。腳踏車在人群中蛇行，時不時要避開路邊的咖啡座，或繞過一棵行道樹、一張長椅或成群在地上爭食麵包屑的鴿子。嘈雜的聲音在狹窄的巷弄裡迴盪，偶爾穿插教堂傳來的鐘聲或街頭藝人的吉他聲。我在阿嬤的公寓前愣愣的站著，嘴巴都闔不起來。你會想，我不是在紐約長大的嗎？什麼沒見過？

可是這……不太一樣。

沒關係。街角麵包店，門口出去右轉直走，經過四個街區，就會在轉角看到了，不會錯過的。我邁開腳步，盡可能融入人群之中。在紐約時我最擅長融入在人群裡，那很簡單。可是巴塞隆納對我而言是陌生的。走在這裡的街道上就像在玩一個全新的電玩——我不確定該往哪裡走、前方會出現什麼，我不知道自己在做什麼、接下來會發生什麼事。

街角麵包店。

街角麵包店。

街角麵包店。

我一直重複唸著，深怕自己忘記。走過四個街區不用花很長時間，但沿途有好多東西可以看——有街頭藝人的表演，有藝術家正用粉筆在水泥地上創作，有小店鋪在賣各式各樣獨特的小飾品。

我在一間店的櫥窗前停下腳步。櫥窗裡有什麼東西吸引了我的注意。是一排排絲巾。我的視線從一條帶著紫色條紋的鮮橘色絲巾，跳到另一條有著粉色鑽石圖案的翠綠絲巾，再跳到一條紮染成不同層次藍色的絲巾。我知道這都是媽媽會喜歡的。我一直盯著絲巾看，看著看著，我的喉嚨痛了起來。

因為媽媽就是用這種絲巾遮掩她的瘀青——那些我爸爸留在她身上的瘀青。有時不太明顯，就是靠近她鎖骨附近有一兩處青紫的痕跡；但有時就清清楚楚可以在她脖子上看出指痕；有時傷得太重，連絲巾都遮蓋不了。那種時候就只能靠高領套頭衫了。

我轉過身。這些記憶，這些情緒——也許我可以把它們通通拋開。

就在這時，我看見了街角麵包店。那是一間小小的麵包店，藏身於一棟外型古怪的建築裡。那棟建築只有三層樓高，但整個設計就像直接從蘇斯博士的書上搬出來的，線條如波浪般彎彎曲曲，幾乎沒有任何邊緣是直線。窗戶四周圍繞著鐵鑄的藤蔓和水泥的雕花。店門是一扇經歷了歲月滄桑的木頭拱門，招牌上頭是一面彩色玻璃窗。我走上前去，看著櫥窗裡的麵包，有的擺在籃子裡，有的放在托盤或是大盤子上，旁邊還放著一束束香草和乾燥花裝飾。店裡飄出來酵母的香氣，我從幾呎之外就已經聞到。

來到門邊，我把手放在門把上一推。

叮叮叮。

門上掛著小銅鈴。

「Hola, nena. ¿Qué tal?[14]」展示櫃旁的男子開口。

我緊張了起來，假裝在看麵包和糕點，為自己爭取些時間。一路上，我只顧著要記得店名，完全沒想到待會要說西班牙文。「嗯，quiero[15]，啊，麵包。我是說，pan[16]。吃的。」我來不及思考，英文夾著西班牙文。

就在此時，男子的目光與我交會。那雙藍色的、閃亮的眼睛……有些熟悉。

「喔，嗨，又見面了。」他用英文說。

是他，那個之前我在後面巷子遇到、穿著圍裙和奇怪鞋子的人。

我的臉突然發燙。「嗯，嗨。」

唉！

為什麼？

全世界有那麼多人，偏偏是他？

「妳是美國人？」他揚起眉毛，好像有點疑惑。

我後退一小步，瞇眼看他。「怎麼了嗎？」

「喔，沒事。只是昨晚我以為妳是個離家出走的小孩。這不是第一次有人出現在我們後門了。這附近總是有人會需要個好吃的三明治，以及善意。」他微笑解釋。

我沒有馬上回應他。我把他從頭到腳打量了一番。之前在暗處，他看起來老一些，也顯得疲憊。但在麵包店明亮的光線下，加上一條乾淨的圍裙，他似乎年輕多了，即使還是有灰白的頭髮和鬍子。

他的西班牙腔調很重，但英文還不錯——應該說，很流利。

我沒在做夢吧？

「你會說英文？」我明知故問。

---

⑭「嗨，小姑娘，妳好？」

⑮ quiero 意思是「我想要」。

⑯ pan 意思是「麵包」。

「我曾在紐約和舊金山當學徒，在那邊學烘焙和英文。」他伸手從身邊的烤盤拿起一條長棍麵包放進高高的籃子裡，然後用圍裙擦擦手。「需要幫忙嗎？」

我瞄了瞄木架和櫃臺，那些籃子裡有圓麵包、橢圓形的麵包、長條的麵包、方形的麵包，還有餐包、可頌和一些看起來黏黏的甜麵包，我不知道該買哪一種。「我外婆，瑪德蓮娜，嗯，她要我來這邊買麵包。」

「瑪德？妳是瑪德的孫女？對吼！她上禮拜有跟我說。所以伊莎貝爾是妳媽媽？太好了！」他拉住我的手，像是要把我拉靠近些。

我向後退。

看到了他衣服上的名牌：東尼。

「喔，所以你就是東尼……外婆有提到你的名字。」

他也退後了些，但笑容仍在。「是的，就是我。妳媽媽伊莎貝爾，是我小時候的朋友，最好的朋友。」

最好的朋友？

怎麼我從沒聽過他的名字呢？

我盯著他灰白的頭髮和鬍子，他的眼睛，藍得像夏日的晴空。這個人，這個地方，阿嬷，那些絲巾，那些展示在櫥窗裡的絲巾，都要我想起媽媽。突然，我又被吞沒了。我的膝蓋、我的胃、我的心都軟弱無力。我幾乎站不住。

叮叮叮。

一個客人走了進來，是位拄著拐杖的老太太。看到我，她用眉筆畫的眉毛拱了起來。東尼把手臂搭在我肩上，然後跟站在櫃臺、看起來是收銀員的女生說：「艾絲妲，voy un ratito a la trastienda.⑰」

艾絲妲看過來我這邊，點點頭。東尼領著我走向店後頭，穿過一扇擺動門，走過短短的廊道，來到一個很寬敞的房間。我站在那裡，四處打量著。充足的光線從窗戶射進來，照亮了不鏽鋼工作臺、烤箱、攪拌機、架子、一疊疊的碗、各種各樣的打蛋器、廚具以及罐子——到處都是裝著不同顏色液體或是餡料的罐子。天花板垂吊著一把把的乾燥香料和乾燥花，好似上下顛倒的花園。

「坐。」

東尼拉出了幾張凳子，我一屁股坐在其中一張凳子上。非常緩慢的，我的身體漸漸有了知覺。我看他打開電熱水壺，在桌上擺了一個陶瓷茶壺和兩個茶杯，然後伸手從倒掛的乾燥花裡抓了一把白花，丟進茶壺中，澆入滾燙的水。幾秒鐘後，熱

⑰「我到後面一下。」

水成了金黃色。

「曼薩尼亞茶，你們可能是叫它洋甘菊茶。它可以放鬆神經。」他將兩個茶杯都倒滿了茶。

我輕啜一口。茶水有點燙，但它的溫度使我清醒了些。茶香讓我感覺像站在炎炎夏日的花田中。

「謝謝你給我這杯茶，還有昨晚的三明治，還有——我也不知道，謝謝對我這麼好。」我的聲音很輕，有點沙啞。

「De nada[18]，這沒什麼。」他伸出了手，「我們來重新自我介紹一下好了，我是安東尼，但朋友和家人都叫我東尼。」

我握了他的手。「我是艾芭。」

「很開心認識妳，艾芭。」

我又喝了一小口茶，一邊偷瞄著身邊那些稀奇古怪的東西。這裡感覺像是把麵包店和一個瘋狂科學家的實驗室合在了一塊。那些玻璃罐尤其有趣，裡頭盛放著不同顏色的液體，嘶嘶冒著泡，表面還浮著一團團溼溼黏黏的東西。

「那些罐子裡是什麼東西？」我忍不住問。

東尼跳下凳子，眼裡閃爍著光芒。「這些是我的酵母水和發酵麵團『寶寶』。我不用商業酵母粉，而是用這些來讓麵包發酵。中世紀時，人們就是這樣做麵包的。」他拿了幾個罐子放在我面前。「這幾罐我放了無花果乾、迷迭香、新鮮櫻桃以及番茄羅勒的酵母水。而這一罐是最基本款的發酵麵團，只有把麵粉加水和酵母，這種會烤出最好吃的麵包皮。」

我皺著眉頭。他乾脆就講日文、瑞典文或其他什麼語言好了，反正我都完全聽不懂。

「我不太懂。那些東西怎麼會變成麵包？」

東尼打開那些罐子。「來，聞聞看。」

我彎身聞了每個罐子。有些聞起來像冒著氣泡的水果啤酒，有些帶著淡淡的酸味，像把香蕉混在優格裡。

「任何生物體都存在著天然的酵母，將不同的水果、蔬菜、香料，甚至只是把麵粉和水混合，也可以再加點糖，都可以從發酵的過程中得到天然酵母。發好之後，再混合不同的麵粉、水和鹽，就可做成麵包。」東尼把罐子移開，又拿出了一只很大的不鏽鋼盆，上頭蓋著一塊紗布。他將紗布掀開，指著裡頭白色黏糊糊的東西。

⑱ De nada 意思是「不客氣」。

「這個麵團已經發了大約八小時了，看到那些氣泡了嗎？妳切麵包時看見麵包的那些孔隙，就是這些泡泡造成的。」他興奮的解釋。

「哇！」我的讚嘆聽起來很笨拙，但我找不到其他詞彙了。

對我而言，麵包就只是麵包，從沒想過做麵包會是一門科學，一門藝術。但東尼看起來不是普通的麵包師傅，更像是科學家和藝術家。這一切實在超乎我的想像，但更令我訝異的是，原來有人能傾畢生之力在做麵包這般單純的事情上。

「好了，不說啦，這些妳一定聽得很無聊，」東尼笑笑說。他從身旁的托盤拿了一條長棍麵包和一個圓麵包，塞進紙袋中。「跟妳外婆說這些是本店免費招待的喔！我堅持給妳們的。」

我接過紙袋。「好香啊！」我露出微笑。

「嗯，希望妳會覺得好吃。我們這裡，以後妳想來就可以來。我們店下午是午休時間，通常那時候我會待在這裡做實驗。」

他看了我一眼，這樣的眼神我曾經看過。以前有一次我在中央公園，看到一個小女孩和她爸爸從富豪雪糕車買了冰淇淋，小女孩拿到甜筒後開心得又蹦又跳，結果手一鬆，甜筒掉到地上，香草冰淇淋和上面的彩虹碎糖撒在腳邊。眼看她就要嚎啕大哭了，她爸爸蹲下身來，慈愛的看著她，然後把自己的冰淇淋給了她。

不知為什麼，那個畫面如同沾了三秒膠一樣一直黏在我的腦海裡。也許因為從沒有人那樣看過我，那樣帶著慈愛與寬容。

我的喉嚨一緊，勉強開了口：「好。」

「來，我們走VIP通道。」東尼帶我走到一道刮痕斑斑的金屬門，門嘎一聲打開，我看到了昨晚經過的巷子和大垃圾箱。「希望能常見到妳，艾芭。」

我點點頭。「再見。」

東尼關上門後，我卻站在門口沒動。我想著他和善的眼睛，想著他給我這麼一個陌生人那樣好吃的三明治。想著他的麵包，聞起來如此的香；想著剛剛他跟我解釋的那些神奇的東西。他說的那些我幾乎聽不懂，但即使是這樣，那幾分鐘時間，我發現自己完全忘了媽媽和爸爸的事情，忘了為什麼他們把我丟到這裡來，忘了我所有的問題。他那些奇奇怪怪的話，什麼天然酵母、氣泡、麵團，居然能讓我轉移注意力。

我將裝了麵包的紙袋拿到鼻子前聞了聞。

嗯，這味道。

這味道裡有故事。

8

回到阿嬤家後，我幾乎睡了一整天，因為時差，也因為心裡承載了太多的情緒。

傍晚，阿嬤把我推醒說：「起床囉，貪睡蟲，該起來幫我做晚餐了。」

我來到廚房。我這個外婆這麼多年沒見過面，但現在我要來幫忙她準備晚餐。

嗯。

有點詭異。

我站在餐桌旁，那條麵包躺在砧板上瞪著我。我手裡的麵包刀懸在半空。阿嬤叫我平整的切幾片麵包下來，但我不好意思跟她說我根本沒切過麵包。結果恐怕會慘不忍睹。

阿嬤正把番茄磨碎。她停下來，皺眉瞪著我好一會，「妳知道麵包不會自己變成一片一片的吧？」

「我知道，」我放下刀子自首，「問題是，我沒切過麵包。」

「什麼？」她手上的刨刀差點掉到地上。「怎麼可能？」

我聳聳肩。「我們都只會買超市裡機器切好、塑膠袋包裝好的那種麵包。買回來用烤的，或做三明治。而且我是家中唯一會吃麵包的人。媽媽不吃澱粉。」

阿嬤倒吸了一口氣。「什麼話，」她搖搖頭，「胡說八道……妳媽媽根本是吃麵包長大的！要是她的血液裡流著麩質，我也不會訝異。」她說完自己笑了出來。

我雙眉緊蹙。「妳說的真的是麵包嗎？」

「不然呢？」

有一瞬間，我好像看到媽媽坐在紐約家的廚房，一面收拾從超市買來的生酮麵包，嘴裡一面絮絮叨叨，說自己對澱粉、麩質還有其他好吃的東西都過敏。

會不會是阿嬤記錯了呢？她老了，也許記性也變差了。

但，如果她沒記錯呢？

我感覺身體不太舒服。

怦怦，怦怦。

不知為何我的心跳加速。我感到心痛。我忽然好想念媽媽。不是想念那個還在紐約的媽媽，而是想大家口裡那個我根本不認識的媽媽。那個以後可能也沒有機會再認識的媽媽。那是真實的她，這裡所有人似乎都記得。除了我。

我深吸一口氣，想把心中的痛嚥下去。「好吧，嗯，那我應該要怎麼切呢？」希望手上要做的事情能轉移自己的注意力。

阿嬤在圍裙上擦了擦手，走到我旁邊。「永遠要慎重其事的把刀握好，」她解釋，然後示範給我看每隻手指壓在刀柄上的位置。「另一隻手要好好扶著麵包。準備好後，就維持相同的力度開始把麵包切片。眼睛要專注在手上正在做的事情，手指頭要遠離刀刃，但是千萬不要遲疑。如果妳懷疑自己，切出來的麵包就會歪歪斜斜、參差不齊。」

嘎扎，嘎扎。

刀刃劃穿厚實的麵包皮，我看著她切下幾片麵包。

「來。」她將刀子交給我。

我接過刀，學著她剛才的動作。

不要遲疑。

還不賴，最初幾片不太均勻，但至少不像我預期的那麼糟。我又繼續切了幾片，一片比一片整齊。

「漂亮！」阿嬤看著我切的麵包，「這樣應該夠我們做番茄麵包了。」

她將麵包一片片放到烤爐上加熱，接著拿了一瓣生大蒜在烤過的麵包表面上抹了抹，再鋪上她剛剛磨好的碎番茄，最後淋上些許橄欖油。「這給妳，」她交給我一個白色紙袋。「妳在每片麵包上放一片塞拉諾生火腿[19]。我要來做歐姆蛋。」

我打開紙袋，塞拉諾生火腿是深紅色的，上面布滿細細密密的油花，看起來有點噁心。不過我還是聽話的拿出幾片火腿，小心翼翼的擺在番茄麵包上。

「¡A comer! ⑳」阿嬤從鍋子裡翻出一大塊夠兩人吃的歐姆蛋，放在盤子上。

我們坐在餐桌旁，桌上鋪著白色繡花桌巾。顯然我們是拿早餐當晚餐，而且是西班牙風味的早餐。阿嬤對此似乎很興奮，但我在家時早已習慣把早餐麥片當晚餐，所以沒感覺這有什麼特別。我給自己拿了半塊歐姆蛋和一片番茄麵包，雖然我其實不太敢吃麵包上的生火腿。我感興趣的是麵包本身——東尼的麵包。我撕下一小塊烤麵包放到嘴裡。吃起來脆脆的，又帶有嚼勁，有一丁點的酸，還有一種很原始的味道，有點像是堅果味。這味道有太多層次，我分辨不出裡面其他的味道了。

「這麵包真好吃。」我吞下那口麵包後說道。

阿嬤點頭。「可不是嗎？東尼的麵包店是巴塞隆納最不為人知的祕密！」

然後我就坐在那裡，看阿嬤唱獨角戲。吃飯還要一邊說話感覺怪怪的，我無法抓到開口的時機——要邊切麵包，邊咬東西，邊喝東西，還要想著如何回答拋過來

⑲ 塞拉諾生火腿（jamón）是西班牙著名美食，將豬後腿肉以鹽醃漬、風乾後切成薄片。火腿表面有細膩油脂紋理；咀嚼時先為鹹味，入喉後逐漸回甘。

⑳「吃吧！」

的問題。我以前都自己一個人吃飯。媽媽偶爾會從我們家附近的日本餐廳叫壽司外送。只是通常等到食物送來時，她都已經沒了胃口。她會坐在廚房流理臺邊，拿著木頭筷子在生魚片上點來點去，眼睛卻盯著牆壁。她人好像坐在那裡，卻又不在那裡。

現在有人坐在眼前，整個人實實在在的待在這裡，讓我不知所措。

「怎麼了？不合妳的胃口嗎？」

我猛的一顫。「沒有，對不起，我只是在想事情……」

「想事情沒有錯，但妳也要一邊吃啊！」阿嬤說。

我嚐了一口歐姆蛋，清淡鬆軟，可能是我吃過最好吃的歐姆蛋。接著我又咬了一口番茄麵包，也蠻不錯的，有點鹹，但味道很好。最棒的是麵包本身！這麵包我能一口接一口，一直吃下去。

阿嬤吃完後，起身將杯盤、刀叉放進水槽。她打開水龍頭，拿起了菜瓜布。

「我來洗！」我喊了出來。

她關掉水龍頭，用廚房紙巾擦了擦手。「這樣我會習慣的。」她笑瞇瞇的說。

「喔，在我忘記前……」我看著她消失在走道，然後手上拿著一串噹啷啷的鑰匙回來。「現在這是妳的了。歡迎回家，艾芭。」

我接下鑰匙，還是溫熱的，似乎是剛從阿嬤的皮包中拿出來的。鑰匙圈是朵金屬的向日葵，旁邊還垂掛著英文字母A，是我名字的開頭。

「向日葵是我最喜歡的花。在卡莫納那邊，有一望無際的向日葵花田。卡莫納就是塞維利亞旁邊的小鎮。在西班牙，我們會說塞維亞，不說塞維利亞。塞維亞是個大城，在巴塞隆納西南邊，從這裡開車過去大約要十個小時。有一天我會帶妳去的。」阿嬤親吻了我的額頭，「我這老太太要上床睡覺了，明天早上見。」

「晚安。」我回她。

阿嬤回房後，我打開掌心，用指頭描著鑰匙圈上的向日葵花瓣。一望無際的向日葵花田，聽起來好夢幻。

一個充滿陽光的、快樂的地方。我幾乎無法想像。

躺在床上，我了無睡意。在你睡了一整天後，晚上睡不著是必然的。

唉。

豆大的汗珠從頭上流到脖子上，滑過肚皮，再到雙腿。我和床單在搏鬥，之前都沒有人警告我西班牙的夏天會如此的熱。天花板上那臺破爛的電風扇根本沒有作用，只會在那裡嘎噠嘎噠響，讓人聽得心煩。

躺在我的新房間裡感覺有點怪。即使房間很暗，但牆上的陰影仍不是我熟悉的。房子忽然發出的嘎吱聲、街上傳來的噪音、有人在洗衣服的味道、有人在做菜的淡淡油香混合著乾燥薰衣草的味道——這些都讓我更難以入睡。

除此之外，我頭腦的思緒一直停不下來。我在回想，躺在紐約家的床上是什麼感覺，床單絕對比這個柔軟，屋裡還有芳香劑跟家具亮光油的橘子味。還會聞到蘇格蘭威士忌，爸爸愛喝的那牌昂貴又難買到的威士忌。不知為何，爸爸的飲料櫃明明放在他的書房內，但威士忌的味道能穿透牆壁，瀰漫在空氣中，沾上所有它碰上的東西。

大多數的夜晚，我都戴著耳機睡覺，大聲播放著大衛．鮑伊的歌。我最常聽〈火星上有生命嗎？〉，這首歌似乎能讓我感覺不那麼孤單，也許我不是唯一一個想逃離那些大吼、對罵、摔門聲的人。但有時候，音樂聲仍蓋不過那些噪音。我就是從那時開始半夜逃家的，我會踮著腳尖走下樓梯，從後門溜走，走進擺滿垃圾桶的後巷。那是唯一能避開值班警衛的方法。天氣比較溫暖時，我會走出一兩個街區，到中央公園裡的黛安娜羅絲遊樂場。那裡有座金屬圓管狀的溜滑梯，我會蜷縮在裡面，那樣感覺就像坐在火箭艙裡——彷彿可以飛上月球或火星，在那裡找到大衛．鮑伊，和全世界的叛逆者。

太冷的夜晚，我就會跑到八十一街地鐵站去找雷夢娜。有時我也會流連在小店裡看雜誌。看店的山迪通常會假裝沒看見我，當我是空氣。但有時候他會默默的遞給我一杯熱巧克力或冰牛奶。

這一切對家的回憶忽的讓我一陣緊張。我踢掉被單，從床上坐起來。窗戶是敞開的，窗簾搖動如鬼影幢幢。我瞄瞄外頭，街上不像我以為的那麼空蕩蕩，一盞昏黃的街燈照亮了窄窄的巷道。路上還有行人在散步，有說有笑的。或許他們是喝多了桑格利亞水果酒，也或許他們是真的很開心——在享受生活。我有點嫉妒他們。我已經不記得上次那樣笑是什麼時候了。那樣開心的笑。

我從窗邊轉過身，那串鑰匙在床頭櫃閃著亮光。我有一股想跑的衝動，我的腳抽動了一下，腳趾重重壓在木頭地板上。

但這回不一樣，我是真的想跑步。不是像以前那樣，逃跑。

這次我是想跑去找某個東西。

9

街角麵包店在夜晚看起來完全不一樣。房子藏身在陰影之中，透出微弱的燈光。白天看到的櫥窗展示，現在看起來像是鬼故事的版本。我繞到後面東尼說的「VIP通道」，也就是垃圾箱旁的那扇後門。我看到窗戶上有人影晃動。

也許我該離開？

我敲敲門，退後一步。

「艾芭？」東尼說。

太遲了。

「我睡不著。」我咬著下唇說。

東尼將門拉開了些。「啊，那麼，歡迎來到睡不著俱樂部。」他輕笑。走進屋裡，根本比外頭還熱。工作臺上排著一整排的金屬碗，裡面的麵團散發著光澤。

「這時候還在烤麵包？」我問。

東尼走到工作臺，開始對麵團又是摺又是揉又是壓。「現在是烘焙師時間。通常每天早上三、四點，我就在這裡開始做今天要賣的麵包。」

我在一旁的凳子上坐下。「這樣你什麼時候睡覺？」

「問得好，通常是從早上八點睡到下午三點。如果有人請病假，那我就沒得睡了。」

我看著他將麵團揉成圓的、橢圓的，和細細長長的棍狀。他動作快得出奇，似乎連想都不用想。

「妳想幫忙嗎？」他抬眼看著我，好像是在認真詢問我的樣子。

「我？」

「這裡還有別人嗎？」

我把凳子轉過來，面向他。「嗯，也許可以，但我不會——我是說，做菜和烘焙都不是我會做的事情。」

東尼開始把揉好形狀的麵團扔進一只籐籃裡。「那什麼是妳會做的事情呢？」

「我——我也不確定。」我有些結巴。

「那麼，妳怎麼知道烘焙不是妳會做的事情呢？」

我看了一眼那些碗、廚具和一袋袋的麵粉，想找到答案。但除了害怕自己搞砸之外，我想不出其他的藉口了。我滑下凳子，走到工作臺旁。「好吧，可以試看看。」我輕聲說。

「¡Fantástico![21]」東尼這樣說，然後遞給我一條乾淨的圍裙。

這時我才發現自己還穿著睡衣。不過所謂的睡衣，其實是一條灰色的運動短褲，以及一件破爛的舊T恤，上頭印著紐約市的標誌大蘋果。

「好，我能做什麼？」我發問。

他從工作臺一頭拉過來一個大塑膠盆，掀開蓋子。「這是已經發了好幾小時的麵團，需要輕輕拉開後再摺疊一次，然後在桌上甩打幾下，再平分成四等分，接著來塑型。」

盆子裡是個已經發得胖胖的，上面還有許多氣泡孔的大麵團。聞起來有點像是蘋果西打加上德國酸菜。我盯著東尼，眨了眨眼。

「烘焙守則第一條：別被嚇到！」他笑著說，「去洗手，我做給妳看。」

我走到水槽邊。那水槽幾乎跟一個浴缸一樣大。有那麼一瞬間，我感覺自己好像是靈魂出竅。我的帆布鞋穩穩踩在腳下的橡皮墊上，但我卻感覺自己飄到了空中，從天花板往下看著水從水龍頭沖下來，洗掉我皮膚上的肥皂泡沫。

這一切是真的嗎？

凌晨三點多，我人在巴塞隆納一間麵包店的後廚，跟著媽媽小時候最好的朋友學做麵包。真不敢相信。我用廚房紙巾把手擦乾，轉過身來。

呼吸。

空氣很高溫，像是剛打開一罐溫熱的汽水或啤酒，但聞起來是酸酸甜甜的水果味，還夾雜著藥草、香料、木頭和石頭的味道。很奇怪的感覺，卻又讓人沉醉。

「準備好了嗎？」

「準備好了。」

我站在東尼旁邊。他將雙手浸到一碗水裡沾溼，然後把手指從麵團邊緣戳進去，輕輕拉開直到麵團變得緊繃。之後，將麵團向中心慢慢摺疊，直到變成會晃來晃去的球狀。「妳得曉得麵團的極限在哪裡，艾芭，拉到剛剛好就好，拉得太過反而會斷掉。」他說，「換妳。」

東尼退到一旁，我試著照他剛剛的動作去做，只是在拉麵團時，麵團就像口香糖一樣一直黏到我手上。「哪裡弄錯了？」

「妳壓得太用力了。想像自己的手指是蝴蝶，在每一朵花上只要輕點一下，嚐一口花蜜。」東尼的指頭優雅的示範著。

㉑「太好了！」

「好——的。」

我重複他的每個手法和動作，但我沒辦法讓指頭像蝴蝶那般輕巧。一開始，我懷疑根本不可能做到那樣，但一兩分鐘後，那坨噁心的白色黏團開始跟我合作了，麵團不再黏手，只會這裡沾一點，那裡沾一點。東尼說的是真的可行。他沒騙我。

「到底該怎麼做呀？」我呆呆的瞪著他。

「關鍵在於觸感。這是每個烘焙師慢慢領悟出來的技巧，有時得壓擠、拍揉、用力拉；但有時又得非常溫柔，只能輕輕碰觸，不能讓麵團中的氣泡全部消失。」他拍拍我的背，「繼續拉、摺麵團，等妳的麵團差不多了，把手上的麵團都刮下來，放到平臺上，我再來教妳下一步。」

「好！」我大聲了一點，希望聽起來比較有把握的樣子。

東尼回到工作臺的另一頭，在那裡繼續用他的無影手將麵團塑型。

我將指頭放進那碗水裡沾溼。

輕輕的戳、抓、拉、摺。

再一次。

輕輕的戳、抓、拉、摺。

塑膠盆隨著我的動作碰撞著金屬工作臺，所有機器都在嗡嗡作響，烤箱因為高溫而噼哩啪啦。這些聲響像是音樂一樣——而我們的呼吸、麵團的拉甩，正如一首歌的歌詞與節奏。

我開始抓到訣竅了。

麵團揉好後，我用一把塑膠刮刀將整團麵團刮下來，放到工作臺上。啪的一聲——麵粉像魔術師變出來的煙霧瀰漫在空中。我從沒見過比眼前這團亮晶晶的麵團更美麗、耀眼的東西。

說實在，這沒什麼大不了的，我也沒貢獻多少力氣。但不知為何，我感覺自己像是爬過了一座山，而且爬的還是聖母峰。

我偷瞄著東尼，他的雙手在那裡迴旋翻飛，動作讓人目眩神迷。我發現自己屏住了呼吸，似乎這一切都以慢動作在播放。像夢，但又不是夢。麵包店是真實的，我人也確實在這裡，東尼也是。他根本不認識我，不是真的認識我，可是卻信任我去動他的東西。這是他的生計，之前沒有人敢這樣信任我。

我的心、我的胃，都感到溫暖。不是因為房間的高溫，而是因為感覺自己是被需要的，能做有意義的事情，能找到屬於自己的地方。

「我好了。」我大聲喊出來。

「啊！太棒了。」說完他將手上的麵團放進籃子裡，走到另一個工作臺拿過來一個長方形的器具。「電子秤是烘焙師最好的朋友。艾芭，精準就是關鍵。」

我看著他用一把金屬刮刀將如山一樣的麵團切成四份。金屬刮刀敲在金屬臺面上的聲音好療癒。他拿起一塊麵團放在秤上。

小螢幕閃著：488克。

東尼又從另一塊麵團捏下一小塊放上去。

小螢幕閃著：500克。

「¡Perfecto![22] 剩下的都交給妳啦！」

有一瞬間，我愣在原地。我用眼角餘光看見東尼已經回去他的工作臺，繼續他的迴旋手。房間似乎更熱了，像個火爐。我汗流浹背，雙手黏答答，腳也站得發疫。

但是我好快樂。

我不記得上次這麼快樂是什麼時候了。

我微笑著，繼續工作。

10

回到公寓時差不多早上六點了。我輕輕將鑰匙伸進鎖孔中。希望阿嬤還在睡覺。門打開了，沒有發出任何聲響。

好險。

躡手躡腳走進門，只聽見低沉的嗡嗡聲，彷彿公寓裡空無一人。我繼續踮著腳尖穿過廊道往房間走去，結果就聽到了沙沙聲響，原來阿嬤坐在客廳的沙發上，手上拿著報紙。她的眼鏡架在鼻梁上，沒有看向我，但我知道她一定是知道我進來了。

「希望妳帶了麵包回來。」她的語氣極其平靜。

我把夾在腋下的那個裝著麵包的紙袋舉高給她看。「嗯，妳怎麼知道我去哪了？」

這時她才放下報紙，終於對上我的目光。「東尼一大早就傳簡訊給我了。」她從口袋中掏出了手機。

㉒「完美！」

「喔。」

「他是個很貼心的人。」

「對不起，阿嬤，我知道不應該再這樣跑掉，但是——我睡不著。而且嚴格來說，我也不是逃家——我是跑去東尼那裡。我保證以後不會了。」我低頭盯著自己的腳，才來這裡兩天，我已經闖禍兩次了。

「我沒生氣啊，艾芭。」

我抬起頭來。「沒生氣？」

「沒有，當然沒有，妳又不是偷跑去什麼不良場所、吸毒，或去做什麼壞事。不過下次，還是請妳事先告訴我。」她點著頭說。

下次？

如果坐在對面的人是媽媽，她會威脅說要這輩子都把我鎖在房間裡，或是把我送到瑞士阿爾卑斯山上的修女院，或者把所有我喜歡的東西都沒收、燒掉。

我鬆了口氣。

「好的。」

阿嬤又拿起了報紙。「妳先去休息，幾小時後我會叫妳起來，到樓下吃午餐。蘇師傅和陳姊等不及想見妳了。」

我拖著腳步走回房間。關上門，一看到床我就幾乎再也撐不住了。肩膀和手腳都發軟。我摔到了床上。陽光這時已穿透窗簾直射進來，房間比平常還亮，但影響不了我的睡意。我蜷縮到床的一邊，這時才發現麵包還夾在手臂下。麵包皮硬硬的，但我還是將它抱在懷裡。

走進中國餐館時，裡面幾乎是空的。沒有顧客，應該表示食物不太好吃。阿嬤看出了我的揣測，指著兩桌客人。「餐廳幾小時前擠滿了人，觀光客喜歡早點吃，這樣下午就可以專心去跑景點。但我們在地人都吃兩、三點的，愜意多了。」

突然身後有人倒抽一口氣。我轉過身去，一位留著及肩黑色捲髮、擦著大紅口紅的太太開始和阿嬤嘰哩呱啦講起話來。我聽不出她是在講中文、西班牙文還是中西夾雜，講得實在太快了。「啊，艾芭！」是我唯一聽懂的。

「陳姊，這是艾芭。艾芭，這是陳阿姨。」阿嬤這樣介紹。

「嗨……嗯，歐拉！」我回。

陳阿姨雙手握住我的手，把我從頭看到腳，這不是很難，因為她個子只跟我差不多高。然後她又咿咿呀呀的講了幾個句子，語尾處還加了好幾個嘖嘖的聲音。阿嬤笑了出來。我看著她們兩人，想猜出是什麼事這麼好笑。

「她說她要把妳養成像多汁的北京烤鴨那麼肥。」有個聲音從其中一張桌子傳過來。

那是個跟我差不多年紀的女孩，黑色的頭髮在後面梳成馬尾，戴著綠色貓眼粗框眼鏡。

阿嬤走過去親了那女孩的雙頰。「瑪麗，我正希望妳也在家呢！艾芭，這是陳阿姨和蘇師傅的女兒，她馬上就要上九年級了，是上巴塞隆納美國學校，地鐵只要兩站就到了——妳們應該會有很多話可以聊。」

「嗨。」我有點笨拙的揮揮手。

「妳們倆自己聊，我去廚房看蘇師傅在煮什麼。」阿嬤把我推向一張椅子，自己就消失在一條貼有金色壁紙的走道盡頭。走道上掛滿了相框，展示著紙鶴、孔雀、龍以及各種花朵的圖片。

我坐了下來，不安的東張西望，假裝在觀察著餐廳，一直避開瑪麗的目光。餐廳裡裡外外是同一種風格，很老舊，不是漆紅色就是金色的漆，燈籠掛滿了天花板。

「所以妳是害羞？還是瞧不起人？還是在調時差？還是以上皆是？」瑪麗挑著

眉毛瞪我。

我更緊張了。「嗯，調時差。我可能也有點社交障礙。」

瑪麗的眉毛舒緩了下來。「喔，那很好。我不是說時差有什麼好啦！我的意思是，我不介意社交障礙。我的社交能力大概就是在一對一聊天的時候還行。」

我笑了，雖然不知道自己為什麼笑。瑪麗身上好像散發著某種很討喜的特質——但我說不上來那是什麼。

「說實話，妳阿嬤說妳是從紐約來的時候，我有點開心過頭了。我從沒去過那裡，嗯，應該說，我哪裡都沒去過。不過我看多了紐約那些建築物的照片，真的很漂亮——克萊斯勒大樓、熨斗大廈、達科塔公寓、古根漢美術館，天啊，實在太多了……」她單手撐著下巴，像在發呆，像在做夢。

「妳是不是很喜歡建築啊？」我說。

瑪麗砰的從椅子上彈起來，馬尾被猛然甩到了她臉上，把眼鏡都打歪了。「喜歡？是超愛！」她從包包裡抽出一本素描本，放到我面前的桌上。「妳看看這個，給我一點實在的意見。」

我打開素描本，眼角餘光瞥見瑪麗正看著我，一臉強自鎮定的神情。我試著忽視她，專心看眼前的圖畫。素描本的紙是紙箱的那種黃色，上頭畫著我見過最細緻的素描——建築物、街道、行道樹、人、車、雲和鳥。線條是用墨水筆畫的，而那些潑上去的顏色有藍、綠、黃、紅、紫，是用水彩。她的畫風很前衛，可能帶點未來主義的色彩，但其中又融合了古典的細節。

「太棒了！妳畫素描多久了？」我問。

瑪麗呼了一口氣。「一直都在畫吧。小時候，我爸媽會給我買醫生娃娃和醫生玩具，希望以後我會成為外科醫生還是科學家，可是我卻只想畫房子、建築物，畫我想像中的城市。」

「他們很失望嗎？」

「一開始的時候。畢竟他們幫我取名瑪麗就是因為瑪麗居禮夫人。不過一陣子後也就接受了，尤其是他們發現在中東，建築師是很搶手的。」她解釋。

「女孩們，希望妳們肚子餓囉！」阿嬤和陳阿姨還有一個戴著黑帽、穿著圍裙的叔叔走了過來。他的圍裙上頭有汙漬，我猜他就是瑪麗的爸爸。

他的臉油亮油亮的，笑起來雙眼有魚尾紋。他伸出手，「我是瑪麗的爸爸，蘇師傅。」

我和他握了手。「很高興認識你。」我回答。

「¡A comer! [23]」阿嬤大聲說。

很顯然，叫大家坐下來吃東西是阿嬤最愛的嗜好了。每個人都在給自己盛蔬菜炒麵、薑蓉蒸雞和香腸蛋炒飯。我的盤子上已經有食物了，但陳阿姨對我眨眨眼，又堆上來更多菜。場面亂糟糟的——大家一邊吃一邊講話，還有筷子碰來碰去的聲音。

阿嬤傾身過來跟我解釋，「我們開餐廳的，會說現在吃的這頓叫做『家庭餐』。」

我點點頭，盯著我的盤子。

家庭餐。

我眼底一陣灼熱，趕緊灌了幾口水，眨眨眼睛。

我可不要在此時想起媽媽和爸爸。

太痛苦了。

「欸，艾芭，吃完飯要去吃冰淇淋嗎？」瑪麗小聲問。

「嗯，好啊，」我也小聲回應。「等等，我們幹嘛要這麼小聲呢？」我用正常的音量問她。

她看看我，我看看她，然後我們都笑了起來。

㉓「吃吧！」

11

這附近的人潮實在多到不像話。觀光客到處都是，他們一手拿甜筒冰淇淋，一手拿自拍棒和地圖摺頁，在附近晃來晃去。瑪麗一點都不受干擾，敏捷的在人群中穿行，她檸檬黃的洋裝沒有沾上一滴汗水。

「這裡有人少的時候嗎？」我問她。

「有啊，秋天和冬天。夏季是最糟的，不過妳應該會習慣……注意離那些醉漢遠一點就好，尤其是晚上，可能一不小心就被醉倒在路邊的人給絆倒。」

我笑出了聲。「我們在紐約也差不多是這樣。」

「那麼，妳會沒事的。」

我們停在一家只有衣櫃那麼大的冰淇淋店前，招牌用滴水狀的字體寫著：ICE CREAM, YOU SCREAM[24]。店裡的冰櫃堆滿了軟綿綿的冰淇淋和冰沙。有些口味看起來熟悉，有的則陌生。

TURRÓN（牛軋糖）

TUTTI-FRUTTI（水果總匯）

FLAN（烤布丁）

ARROZ CON LECHE（米布丁）

HIGO Y VAINILLA（無花果佐香草）

這些文字好像都合成一體，嚇得我頭昏腦脹。冰淇淋店不應該嚇人，但確實如此。我覺得光點個冰淇淋，就需要一本西英字典了。

「妳選好要吃什麼了嗎？」瑪麗問。

我猶豫著。「嗯，我想，草莓好了。」

這是我可以想到的最安全的口味。我以為瑪麗會嫌我無趣，但，出乎意料，她沒有。

「Dos helados de fresa, por favor,[25]」她這樣跟櫃臺的人說。

那人在我們面前挖著粉紅色的冰淇淋時，瑪麗一面用西班牙文跟他聊天。我有點失神，呆呆的看著他挖出一球球冰淇淋，堆成一座完美的小山。我的眼睛一陣灼

---

24 ICE CREAM（冰淇淋）與I SCREAM（我尖叫）發音接近，所以這裡是在玩文字遊戲，店名的意思等於是「我尖叫，你尖叫」。

25 意思是「請給我兩份草莓冰淇淋」。

熱。我眨眨眼，趕緊看向其他地方，卻剛好對上另一雙陌生的眼睛。那是一個十幾歲的大男孩，他的一隻眼睛周圍畫了一顆黑色的星星。他也正從小店的另一邊盯著我。店面很小，他離我並不遠。他高高瘦瘦的，有滿頭蓬亂的黑色長髮。

唉。

即使到了另一個國家，仍然有人會這樣忍不住盯著我看。不管什麼原因，許多人——尤其是十幾歲的男生——都會覺得我很引人注目，好像我是他們在動物園裡第一次看到的什麼稀有動物。

這到底有什麼奇怪，不就一個短髮女孩，買男生的衣服來穿。反正，長褲就是長褲，T恤就是T恤嘛！

哼。

我一臉冰冷、嚴肅，回敬他一個「再瞪我你會後悔」的眼神，他的目光縮了回去。他低垂著頭，像是想盡可能低調的隱身在人群中。

「給妳，艾芭。」瑪麗遞給我一個脆餅甜筒，上頭頂著兩大球冰淇淋，然後自己將手上的冰淇淋舔了一圈。「嗯，草莓冰淇淋永遠錯不了，」她笑著說，「走吧。」

我們離開時，我還可以察覺到那個瘦瘦的怪咖又在看我了。我沒理他。

魯蛇。

等我們走到轉角時，我已把他忘得乾淨。

瑪麗領著我穿過人來人往的巷弄。她穿著芭蕾舞平底鞋，腳步穩健，好似早已把路上每一塊石板的位置記在腦中。

「到了。」

我們在一道石頭拱橋下停住了腳步。拱橋另一邊是一個安靜的庭院，有一間教堂和一座八角形的噴水池。庭院中間有一棵大樹從水泥地上長出來，在地上交織出斑斕的光影。

「這是什麼地方？」我問。

「這是聖菲利浦內里廣場，那邊，」她指著一座小小的建築物，圓窗之下有一扇藍灰色的木門，「那是一棟巴洛克式建築的教堂，以聖菲利浦內里命名的。看到牆上那些坑坑疤疤了嗎？那是在西班牙內戰時被砲彈打出來的。那時的教堂是臨時的孤兒院，裡面好多孩子都被炸死了。」

難怪庭院裡有一種莊嚴的氛圍，是那種人們會輕聲細語、凝神佇足的地方。

「那不是蠻悲傷的嗎？我們要待在這裡？」

瑪麗推推鼻梁上的眼鏡。「妳可以那樣想。但對我而言，這裡很平靜，我能在這裡畫素描，一坐幾小時。」

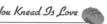

忽然手指頭被什麼滴了一下。是冰淇淋，完全被我給忘了。我們走到噴水池邊坐下來，把甜筒吃完。

「嗯……妳開始想家了嗎？」瑪麗問。

我低頭盯著鞋子，不是想避開她的目光，而是在思考該說什麼好。我想家嗎？

「不知道。也許。」

「想念朋友嗎？」

我很想繼續盯著鞋子看，但我沒有。我勇敢的對上瑪麗的目光。「不想，嗯，我的意思是，我沒什麼真正的朋友。他們只是跟我一起吃午餐的同學，或坐隔壁的同學，或在走廊上遇到會打個招呼的同學。只是這樣。好像還不能說是朋友。」

「我懂妳的意思。」

「妳懂？」

瑪麗笑了笑。然而，她的眼睛卻沒有跟著笑。她的目光閃爍，像飄到了遠處。

「我是那種不說廢話的人，但我話很多，知道的事情也很多。所以我過得並不輕鬆，不怎麼受大家歡迎。而且，我還是那種會領學校獎學金的學生。不過，我都習慣了，或者說，我已經盡量去習慣了。」

我怎樣也不會想到，她居然跟我有點像。

都是邊緣人。

「那蠻糟的。」我說。

瑪麗撞了一下我的肩膀。「是啊，蠻糟的，但我媽說這樣以後我臉皮會比較厚，出社會後能適應得比較好。」

忽然，我爸媽的臉閃過腦海。我閉上眼，用意志力將他們趕走。我不想去思考為什麼他們會變成今天這樣。

為什麼媽媽不堅強一點呢？

為什麼她不離開呢？

為什麼她要背叛我呢？

瑪麗的媽媽說得對。生活中充滿了受害者與霸凌者。

以我們家來說，就是我媽和我爸。

我眨眨眼，再度盯著自己的鞋子。「謝謝妳的冰淇淋。」

「不客氣。」

接著是一陣靜默。但也不完全是靜默。這個地方很奇妙，似乎有什麼在輕聲呢喃，像在對我說話。我看看四周，噴泉、石板、老舊的建築、樹、教堂，還有教堂布滿彈痕的牆垣。它們依然穩穩的立著，即使經過了戰爭、砲彈和死亡。

妳也會好好的，艾芭。

我瞥了一眼瑪麗，她正在研究那些建築物的細節。她的目光跟著建築物的線條遊走，似乎要這樣把整個輪廓都先記在腦海裡，之後再畫下來。

「妳是怎麼確定自己以後要當建築師？怎麼知道這是自己想做的事情呢？」我問。

「因為這對我來說不像工作。」她毫不猶豫的回答。

我皺起眉頭。「可是工作就是工作啊，做一陣子之後應該就不好玩了。」

「嗯，我當然不會期望工作隨時都很好玩，我沒那麼天真。」瑪麗抱住雙膝，將下巴靠在膝蓋上。「去年夏天，餐廳裡有個客人邀我到他的公司去實習幾天。他是巴塞隆納重量級的建築師。我去那邊做的只是影印、將藍圖歸檔、跟客戶打招呼，還有一些他們交辦的瑣事，其實蠻無聊的。但光是待在那裡，看著蓋房子所需要的一切……實在太神奇了。隔天，他帶我去工地。哇，跟妳講，時間瞬間就過去了。我在那邊待了一整天，感覺卻像一眨眼似的。我就是這樣明白了自己以後想做什麼。」

「哇，好酷喔！」我試著讓語氣聽起來誠懇。

但我很嫉妒，瑪麗好像什麼都有。

有愛她的父母。有她愛的父母。

她很聰明。她懂的不僅僅是生存之道。

她前途無量。

「別擔心，艾芭，妳也會找到的。或許只是要花點時間。」瑪麗勾著我的手臂，「走吧，還有很多地方要帶妳去看。」

我跟著她，因為我希望能和她成為朋友。但我打死也不會跟她承認，我還有另一個動機。一個不可告人的動機。

我想要擁有她的生活，哪怕只是幾分之幾。

愛、自信、快樂和成功的滋味。

或許，跟她待在一起久了，我也能感受到。

12

瑪麗的熱情感染了我。突然，我內心也有一團火球，一股想學習的渴望。想學點東西，什麼都好。阿嬤也是這樣想，所以讓我隨時都可以去麵包店找東尼，當他的暑期學徒。

嗶！嗶！嗶！

鬧鐘響了，清晨四點——烘焙師的時間。我急忙下了床，換上我最喜歡的那條運動棉褲。褲子很舊，膝蓋處都快破洞了。然後套上在二手店買的T恤，上頭印著一隻在外太空戴著太空人頭盔的貓。我頂著一頭亂髮，眼角還有眼屎，嘴裡還有口臭，但這都不重要了。我飛快的走出公寓。外頭，街道還一片昏暗，空蕩蕩的。難得安靜，只有偶爾傳來的腳步聲和人聲。這和紐約不一樣，那裡是不夜城，即使是大清早，還是有汽車、公車、計程車從四面八方呼嘯而過。有人回家，有人出門工作。有送貨的卡車在餐廳、超市和雜誌攤卸貨。不管什麼時候，永遠嘈雜、忙碌。

我躍上人行道，跳過路面上裂開的石板。不知為何，我急著想趕快跑到麵包店。遲到的話，東尼可能會對我失望。

快點，艾芭。

忽然，不知從哪傳來打呼聲，嚇得我跳到一邊。

齁！齁！呼。哼。哼。

有一個人醉倒在垃圾桶旁，發出各種怪聲。他流著口水，滴到自己的T恤上。衣服上寫著「吃喝盡在利物浦足球俱樂部」。

真嚇人啊！

瑪麗說得沒錯，得小心醉漢。之後整路我都提高警覺，提防著從陰影中突然伸出來的手臂、腿或頭。

終於，來到麵包店的VIP通道了。我拉開門往裡瞧，一陣熱氣撲面而來，我看到東尼站在亮晶晶的不鏽鋼工作臺後面。他拿著刮刀在為麵團塑型，前前後後，左左右右，直到整顆麵團又圓又緊。我走了進去。

「早安，艾芭，窗邊有咖啡，自己去倒。」東尼雙手持續忙碌著，抬頭跟我說。

「早安，東尼。」我揮了揮手，走到掛圍裙的地方。有咖啡喝，聽起來不錯，我也需要來點咖啡因，可是我太緊張，什麼也吃不下、喝不下。感覺就像第一天上學，只不過我是課堂上唯一的學生。

深吸一口氣。

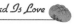

我走過去看那一排已經發過的麵團。「需要切麵團和秤重了嗎？」我問。

「是的，麻煩妳了。我這些法式圓麵包快揉好了……妳那些麵團，我要做成法式巴塔。」

法式圓麵包。法式巴塔。我有聽沒有懂，但又不好意思承認。至少我知道法國長棍麵包。從這兒起頭，我得開始來做點研究，要不然東尼很快就會發現我是多麼無知。

我將手沾了些水，把發得膨膨的麵團刮下來，放在臺子上。切、秤重，切、秤重。每一次，我都確定重量要是五百克，不多不少。整個廚房都很安靜，只有呼吸聲，還有我們的手、廚具和碗所發出來的聲響。太安靜了。我開始哼歌，給自己一點節奏感。我哼的是皇后樂團和大衛．鮑伊的〈壓力之下〉。

壓力落在我身上

壓在你身上，不請自來

切、秤重，切、秤重。

「妳想放音樂的話，沒問題喔！」

我停止哼歌。「喔，抱歉。」

東尼啪的把麵團扔進籃子裡，然後用他藍到不能更藍的眼睛看著我，「我不是要妳停下來啦！哼得很好聽，只是妳哼歌的樣子……讓我想起妳媽媽。她在妳這個年紀時也很喜歡音樂。」

我差點把手上的麵團摔到地上。我媽媽？他在說什麼？

計程車上播放〈現代人的愛情〉的那一次，她讓我認識了大衛．鮑伊。但除了那一次，我再也沒有看見她對音樂流露出一絲一毫的熱情。只要是關於音樂的任何東西，她都避之唯恐不及，她會扶著額頭，一副很頭痛的樣子。

「她很喜歡……音樂？」

他笑了出來。「嗯，是啊，伊莎貝爾喜歡的東西很多，但音樂絕對是她的最愛。她隨時都哼哼唱唱的，即使旁邊沒有人在聽。每次去演唱會，她雙手都舉得高高的，還一邊跳舞。我光看著就替她累。」

「我媽媽，她──我是說，你和她──會去聽演唱會？」我不可置信的問。

他描述的這個人──我無法想像。這就跟想像一隻暴龍擦著口紅、穿著高跟鞋一樣荒謬嘛！

東尼看起來有點尷尬。「妳講話跟我兒子一樣，他覺得我一出生就是個老頭子，不可能會知道什麼很酷、很拉風的東西，啊我也不知道你們現在小孩會用什麼詞來說，反正就是很厲害的東西。」

「『拉風』？我曾經在一件舊T恤上看過這個詞。」我忍著不要笑出來。

「哈！這完全就是我兒子會說的話……沒冤枉妳。」他搖搖頭。

我笑了笑，看著他走回工作臺。我也走了回去。

切、秤重，切、秤重。

「你有兒子啊？」我忽的冒出這句話。

房間忽然一片安靜。我看著東尼的背，他兩肩之間緊繃了起來。

「對，他叫阿金，今年十三歲。」

我張口想問他兒子在哪裡，卻被自己一口氣給卡住，只從喉嚨發出一聲沙啞的氣音。

「阿金跟他媽媽住在一起，我只有週末能見到他，暑假時會多見到幾天。喔，他明天就會來這裡。」東尼說。

「啊，好啊。」

東尼轉過頭來看我。「來這邊，我教妳怎麼摺疊麵團和塑型。」

我走過去，看到他將麵團由上而下摺一次，然後從左到右再摺一次，接著輕巧的將麵團揉成一顆球狀，再用刮刀把麵團推來拉去，直到表面變得緊實。我看得入迷，這幾乎和 YouTube 上面那些捏黏土的影片一樣療癒。

「這就是所謂的表面張力，會讓麵團發起來時能維持形狀，不會垮掉。」東尼交給我他的刮刀。「來，妳試試。」

我猶豫了一下，但，管它的，不就是麵粉、水和鹽而已嗎？就算搞砸了也不是世界末日。我接過了刮刀，拿過來另一塊麵團。手指頭戳進麵團裡——摺一次、兩次、三次、四次，再用刮刀將麵團推向自己，直到它滾成了一顆球。我看向東尼。

「輕輕由一邊推向另一邊，再往上推，直到表面變得緊實。」他說。

我照著他的指示做。當我把麵團又推回眼前時，的確變成一顆比較扎實的球了。麵團的表面之下開始隱約出現大大小小的氣泡。

東尼從我身側抱了我一下。「做得好，艾芭。」

「謝謝！」

我的肩膀感到一股暖流，還有一種刺痛感，像是有一大片死去的神經被喚醒。我不記得媽媽上次何時這樣抱過我，而爸爸，從來就不是會抱我的人。事實上，過去這五年吧，我根本像是個不存在的人。每次我們在同一個房間時，他的眼光不是在看我的周圍，就是從我身上看穿過去，從不曾真正看著我。準備飛來巴塞隆納的那天，媽媽在等值班警衛上來提行李時，我故意在爸爸敞開的書房門口走來走去。

爸爸坐在書桌旁，眼睛死死盯著電腦螢幕，一隻手撫著桌上那杯威士忌。我故意拖著腳走路，讓運動鞋的鞋底摩擦著木頭地板，希望這樣能發出擾人的噪音。這招有效——嘰！有一秒鐘，他的視線離開螢幕，看到了我，然後起身將椅子往後推，我的心在狂跳。他要來跟我說什麼嗎？他要做什麼嗎？怦怦，怦怦。他走向我，我覺得害怕，但也抱著希望——希望在他心深處，仍有那麼一丁點的在乎。靠近了，我張開嘴，準備要開口。結果，砰，他關上了門。他很用力，就甩在我眼前。

我眨了眨眼。現在回想起來還是感到震驚。

怎麼會有像東尼這樣的人，根本不太認識我，卻比爸爸更在乎我呢？真的很讓人困惑。讓人難過。

忘掉他吧，艾芭。

我又眨了眨眼。

把注意力放在麵團上。沒問題的。

我在腦海裡重複了塑型的所有步驟，來到工作臺前。我對著另一塊麵團揉摺、推拉，一分鐘後揉出了另一顆緊實的球，放進集中堆放麵團的那只籐籃裡。能把這麼多事情掌握在自己手裡，感覺真好。我知道只要我準確的執行每一個步驟，結果都會是一樣的。

結果都可以預期。不像我的人生。

我什麼都控制不了。做什麼都沒差。

我眨眨眼。現在我終於看清了一切。

媽媽不要我。而爸爸，那個應該無條件愛我的人，也不要我。

或許他從來就不想要我的存在。

或許一開始，我就不應該出生在這個世界上。

刮刀從我的手中滑落，彈到地上。我的手麻了，腿發軟，呼吸變得困難。

「艾芭，妳還好嗎？」東尼問。

我盯著那塊麵團──一片模糊，我無法聚焦。我手扶著臺子。

「對──對不起，我有點頭昏……可能是太熱了。我──我想我需要躺下來。」我含糊的說。

東尼扶著我的肩膀。「需要一陣子才有辦法適應這個溫度。來，我辦公室裡有沙發。」

他領著我穿過一扇門，走進一間小房間，裡面有一張堆滿東西的桌子，一臺小冰箱，一書架的食譜，和一張已經有點破舊的棕色沙發。

「坐這邊。」

我癱倒在沙發上。沙發嘎嘎出聲，被我壓著的地方陷了下去。東尼打開冰箱，拿出一瓶水。

「補充點水分，休息一下。我等會完成塑型後再過來看妳。」說完，他把水瓶遞給我。

我點點頭。他人已消失在門後。我扭開水瓶，大口灌下幾口水，卻沒有感覺好過些。我蜷縮在沙發上，閉上眼睛。一片黑暗，伴隨著冰箱的馬達聲。我專注在那些噪音上。

轟轟轟……

別想了。別想他們了。

轟轟轟……

重新開始。往前走。忘掉從前。

轟轟轟……

對，就是要這樣。

轟轟轟……

轟轟轟……

轟轟轟……

13

我處於半意識狀態，就是雖然眼睛沒張開，但大約知道自己身在何處。我的額頭狂跳，清楚感覺到有人在瞪著我。

等等。

是真的有人在瞪著我——一個男孩。我一眼便看見了他亂蓬蓬的頭髮、黝黑的皮膚、雀斑，和畫在右眼周圍的黑色星星。

我瞇起眼睛。是那個男孩，那個在冰淇淋店外一直盯著我的少年。

「你在這裡幹什麼？」我問。

「Mi papá[26]……」他眼睛瞅著門，好像在計畫逃跑路線。「東尼，是我爸爸。」他用濃濃的西班牙腔回答我。

「喔。」

不意外，這怪咖是東尼的兒子。

[26] "Mi papá" 意思是「我爸爸」。

還真是我的好運。

我更用力的瞇眼，研究著他眼睛周圍那顆狂妄的星星。「嗯，那是用眼線筆還是麥克筆畫上去的？」

他皺起眉頭。「當然是眼線筆啊！」

「嗯……KISS樂團的保羅史丹利，對吧？」

「妳怎麼知道？」他張大了眼睛問。

我坐起來聳聳肩。「太明顯了吧！真正懂一點音樂的人都看得出來。」

男孩微笑了起來，然後坐到我旁邊的沙發上。沙發嘎的一聲陷了下去。「我叫阿金。」他說。

「我叫艾芭。」

他一直用藏在濃密亂髮下的眼睛偷瞄著我，雖然很明顯，但我當作不知道。我盯著地板、我的布鞋、他的靴子。哇，他有一雙大腳丫——幾乎是我的兩倍大，而且還有大長腿。他膝蓋拱起向外，大概是沙發太低了。在冰淇淋店時我沒發覺他這麼高，又高又瘦，有點笨拙。

一陣沉默。

尷尬，大概就是剛剛這幾分鐘的總結。

「嗯，」我終於想到可以說什麼了，「你是在玩樂團之類的嗎？」

「是樂團之類的，但還不算真的樂團。」

「什麼意思？」

阿金撇了撇嘴，目光四處游移。「我們像一片片的拼圖……亂七八糟，還看不出來整幅畫。這樣說不知道妳能懂嗎？」

我點點頭。「我懂，你們還沒找到屬於自己的樣貌、屬於自己的聲音，對嗎？」

「我們有在練團……但現在，還什麼都不是。」他往後躺倒在沙發上，嘆了一口氣。

「唉，我也還沒找到自己的節奏，不知道這樣說有沒有安慰到你。」

他歪著頭，又撇了撇嘴。「什麼意思？」

「意思就是，我跟你一樣，我也還不知道自己擅長什麼。」我也躺倒在他旁邊的沙發椅背上。

「噢！Si, comprendo.[27]」

突然，門開了，東尼走了進來。「喔，很好，你們已經聊起來了。」他笑著說。

[27]「對，我了解。」

氣氛又尷尬起來。

「嗯，對啊。」我說。

「艾芭，妳阿嬤剛打電話來，說妳該回家了。」東尼說完，皺著眉走到書桌旁，開始翻一疊文件。「艾絲妲請病假，我這週末都得工作了。」

我瞄瞄阿金，他陷進沙發裡，揚起下巴，像個生悶氣的小孩。東尼抽出一份文件夾在手臂下，站直了身子，望著阿金。他眼睛裡似含著淚水。

「對不起，阿金……也許這週末你可以跟艾芭出去，我想她應該會想去提比達波看看。」說完，他看著我。

我坐直起來。「提比達波？」

「是個遊樂園，在山上，可以俯瞰整座城市。」東尼解釋。

「好酷喔！」我說。

「好的。」阿金小聲說。

東尼似乎是勉強擠出了一絲笑容。「¡Perfecto![28]沒有我在，你應該會玩得更盡興吧！」他揮揮手，急忙走出了辦公室。

我看看阿金，他也看看我。

「嗯……我，嗯，可以帶個朋友一起去嗎？」我問。

阿金聳聳肩。「好啊！我沒差。」

一開始，我以為沒人在家。但走過阿嬤房間時，我聽到蓮蓬頭的水聲和阿嬤唱歌的回音。她在唱一首我沒聽過的歌。老舊的水管發出響聲，像在為她伴奏。嘎嘎嘎，碰碰碰，像鼓、沙鈴還是什麼打擊樂器。

我走到自己的房間門口。正要推開房門時，聽到電話鈴響。

鈴鈴鈴。

我的手停在半空，沒有移動。

我該接嗎？

嗯，應該要？我想……畢竟，這也是我家了。

我跑過走廊來到廚房，彎身拿起話筒。「哈囉？」

沒有聲音。

㉘ “Perfecto” 意思是「完美」。

「哈囉？」我又重複一次。

電話那頭有呼吸聲。也許對方聽不懂英文。

「歐拉？」我試著用西班牙文。

「艾芭。」

話筒從手中滑落，我趕緊又抓了回來。

「媽媽？」

「妳還好嗎？」她輕聲問。

我深吸一口氣，希望聲音別出賣我。「還好，應該說，還不錯。我——我認識了妳的朋友東尼……」

又沒有了聲音。

「媽媽？妳還在嗎？」

「在。」

我將話筒貼近耳朵。「我現在在學做麵包，是真的麵包喔！」

「好。」

天啊，她有在聽嗎？

握著話筒的掌心已經沁出了汗。呃，我該說什麼才不會讓我們的對話這麼乾啊？

「妳怎麼沒跟我提過東尼？」我問。

唉。

我可以聽到她嘆氣的聲音。我想像著她如往常那樣坐著，永遠是那樣挺直了脊背，嚴肅而優雅。她做過美甲的手可能一面輕撫著脖子上的絲巾。

「人長大了，自然就疏遠了。」她平靜的說。

我不是東尼，但不知為何，她的話好似打了我一巴掌，臉頰一陣刺痛。

我大口呼吸。

別哭，別哭，別哭。

「可是，東尼——」

「我得掛了。」

她在移動話筒，聲音變得微弱、模糊。我聽見她的耳朵、手、呼吸聲從收音口劃過。

「再見。」她突然說。

然後她就不在了。只剩電話傳出來的嗶嗶聲。然後什麼都沒了。

結束了。我愣在原地。

腦海裡只浮現一個念頭：**我長大了，所以她要疏遠我了？**

14

我沒有胃口吃午餐。

當然沒胃口。

但阿嬤可不讓我不吃。「這怎麼行！待會吃點醋燒雞，馬上就沒事了。」

我仍然悶悶不樂。

她以為我太累了。

我不覺得需要告訴她媽媽打電話來的事情。

叩，叩。

「他們來了。」阿嬤抓起皮包。

「來囉！」她開了門。

「嘿！」

「歐拉！」

「親一個！」

一陣淡粉紅平紋棉布和白色亞麻布的旋風襲來。艾德瓦多和曼倪是一對同志情侶，住在我們對面。艾德瓦多年紀較大，看起來是西班牙人，留著灰白的捲髮，鼻子很高，眼珠是純粹的橄欖綠。曼倪則是菲律賓人，有著棕色的眼睛，眼尾像貓眼一樣翹著，眉毛修剪得齊整。事實上，曼倪身上處處都像貓——修長的手腳、貓一般的姿態、舉手投足的優雅。

「啊，看看她，」曼倪親吻我的雙頰後對著艾德瓦多說，「簡直像年輕的米亞・法羅和大約八〇年代的大衛・鮑伊會生出來的小孩！再加上一點諾拉・奧諾的影子。」

艾德瓦多瞇眼打量我。「看出來了，她的顴骨、下巴和脖子，確實有諾拉・奧諾那股韻味。」

我完全沒頭緒誰是米亞・法羅，誰又是諾拉・奧諾。但光是想像大衛・鮑伊是我爸爸，就讓我像個傻子一樣呵呵直笑。

阿嬤用手打了他們兩人一下。「別說了，這可憐的孩子要被你們搞得頭昏了。我們出發吧！」

我們走出公寓，擠進電梯裡。到了外頭，我跟著他們走到公寓旁邊，艾德瓦多從口袋裡拿出一串鑰匙，按下了遙控鍵。一扇鐵捲門升起，露出了可能是全世界最小的車庫，裡頭停著一部全世界最小的車。

我問。

「她是莎拉．蒙蒂兒，我的驕傲和快樂。」艾德瓦多指著自己的愛車。

我愣愣的瞪著那部綠色的小汽車，它只讓我想到青蛙。「我們要坐這個出去？」

艾德瓦多打開後座的車門，將椅子扳開。「莎拉是完整修復的一九五八年喜悅汽車六〇〇，等會進去妳就知道……她跑起來柔順得像隻小貓。」

好吧。

我爬進後座，往裡面挪。阿嬤正要跟著進來時，曼倪拉拉她的手臂。「瑪德阿姨，妳坐前座。」他鑽進後座，坐在我身旁，對我眨眨眼。

出發了。車子轟轟駛過鵝卵石街道。

我靠向曼倪輕聲問他：「誰是莎拉．蒙蒂兒？」

他倒抽一口氣，摀著胸口。「就是西班牙有史以來最了不起的女星！又美麗又有才華的女神。」

「喔，了解。」我咯咯的笑。

車子慢了下來，在漸趨狹窄的街道中蜿蜒匍匐，閃避毫無章法的行人。

「我以為舊城的哥德區是不准車子進來的。」我說。

阿嬤轉過頭來。「沒錯，是不准，除非你是這一區的居民，而這裡很少人有車。」

突然艾德瓦多踩了煞車。道路中間冒出了三根鐵桿，擋住去路。我伸長脖子看。根本過不去的，即使莎拉這麼小的車也沒有可能。「現在怎麼辦？」我說。

艾德瓦多打開前座的儲物箱，拿出了另一支遙控器，對著擋風玻璃按了個鍵。一秒鐘後——哇，桿子慢慢的縮進水泥地裡，直到完全消失，讓我們的車通過。這實在是我見過最酷的設計了。

「怎麼會這樣？」我倒抽了一口氣。

艾德瓦多從襯衫口袋掏出了一副太陽眼鏡戴起來。「龐德，詹姆斯龐德。」他特意用低沉沙啞的聲音說。

「真是夠了！」曼倪翻白眼笑罵著，「他每次都學〇〇七。」

我也笑了出來。

阿嬤指指前方。「快走吧！」

車往前駛去——經過一條街、兩條街、三條、四條，然後我就沒有繼續數了。終於，艾德瓦多開進了停車場。我瞧瞧窗外，哦！這一區是新與舊的結合。老舊的住宅擠在狹窄的巷弄中，現代建築則一排排矗立在寬敞的大街上。殘留的顏色讓人看出以前曾有藝術家在那裡創作壁畫，還有許多是噴漆塗鴉的傑作。雖然這裡有很多店家和餐廳，卻幾乎沒看到觀光客，似乎只有當地居民才會在附近活動。說真的，這裡看起來有些髒亂、沒落。

「到了！」艾德瓦多大聲宣布。

「拉巴爾是我們在異鄉的家。」曼倪滿臉笑容，「菲律賓人大多住在這區。」

我們一下車，打招呼的聲音立刻從四面八方響起。他們說著菲律賓塔加洛語。

「瑪德姊，妳好呀！」

「嘿，曼倪！你的眉毛好漂亮！」

「阿姨，好久不見！」

真不敢相信有那麼多人認識阿嬤和曼倪，還有艾德瓦多。有一個女子掐了一下艾德瓦多的肚皮說：「嘿……你好像變胖了！」

曼倪哈哈大笑。「她說你胖了。」

艾德瓦多一臉不悅。

我們沿著巷子慢慢走著。兩側的房屋距離極近，幾乎可以從一家的陽臺跳進對面另一家的陽臺。陽臺之間還懸著曬衣繩，上頭掛滿了衣服，就像是派對上的掛旗，給人一種過節的歡樂。

阿嬤看著那些陽臺，眼裡全是笑。「我最愛走在這些巷子裡，聽大家講

chismisan，還有衣服被風吹動的啪啪聲。」

Chismisan——我知道這是菲律賓語的「八卦」。

小時候，媽媽為了不想讓爸爸知道她在講什麼，曾經小聲跟我說過這個字。因為他要是曉得鄰居都在傳些什麼話，他一定會生氣——可能還會對人暴力相向。

長大一點後，我終於知道鄰居們傳的是什麼八卦。

我爸爸是個施暴者，是打太太的人，是酒鬼。

我媽媽是受害者。

而我是那個可憐無助的孩子。

他們沒說錯。

「喔，我的天！」

「對吧？」

「哇塞！」

我抬頭看著那些站在陽臺上的男人、女人和小孩，他們一面曬著溼溼的襯衫、長褲、裙子、洋裝和內衣褲，一面大聲的和對面的人聊著天。他們的笑聲迴盪在巷弄裡，讓整個社區沉浸在歡樂聲中。

「這邊是LBC快遞公司，菲僑在這裡寄『回家之箱[29]』給菲律賓的家人。」阿嬤跟店裡工作的人揮揮手。

「什麼是回家之箱？」我問。

曼倪雙臂張得開開的。「裝很多愛的超大箱子。」

「超大的！」艾德瓦多說。

「哦！終於到了！」阿嬤停在一家不起眼的餐廳前。招牌上寫著「兄弟」。

「這裡有全城最棒的菲律賓菜。」曼倪說。

店裡有圓桌、方桌，以及搭配高凳子的吧臺座位，幾乎全都坐滿了人。角落的液晶電視播放著菲律賓電影，聲音嘈雜。整間店沒有太多裝潢，但似乎也沒人在乎，大家都忙著大吃特吃。這也難怪，食物聞起來太香了啊！

我們被帶到角落的桌子，阿嬤根本不需要菜單就直接點菜，好像她早已想好要吃什麼一樣。她點的沒有一樣是我熟悉的。

醋燒雞，牛尾咖哩，炸豬腳，包餡虱目魚，什錦米粉。

「還要一人一杯金桔汁。」說完還滿足的點點頭。

我必定是皺了眉頭，還是瞇了眼，還是有什麼表情，因為服務生一走開，阿嬤就投過來疑問的目光。「艾芭，怎麼了嗎？」

我聳聳肩。「沒事，只是我都聽不懂我們點的那些是什麼。」

曼倪倒抽一口氣，將手搭在阿嬤的手臂上。

「天啊，太荒謬了，我可憐的孩子，妳錯失了太多。」阿嬤嘆著氣說，然後指著鄰桌上的菜色，「那些都是正宗的菲律賓菜！醋燒雞是用醋、醬油醃過的雞肉或豬肉，再以大量的蒜頭、胡椒粒和月桂葉一起滷。這可以說是我們的國菜！牛尾咖哩是用濃稠的花生醬去燉煮牛尾。炸豬腳就很字面上的意思了——炸得酥脆的豬蹄，超好吃！包餡虱目魚，是把虱目魚去掉刺後，把魚肉挖出來和豬絞肉、紅蘿蔔、葡萄乾及調味料拌在一起，再塞回去虱目魚皮裡面。最後一道麵類，我點的是什錦米粉，是用蝦醬炒出來的米粉，上頭再擺上蝦子、煙燻魚片、豬皮和水煮蛋。」

我呆呆望著她。「好多要記的。」

「都很好吃喔！妳等下就知道了。」她故意用手肘撞了我一下。

我就坐在這裡，感受著這一切。香氣，笑聲，和迴盪在餐廳裡的菲律賓話、西班牙文和英文。這一切似乎影響著我。我有一種奇怪的感覺，好像自己與周遭格格不入，卻又同時擁有一種從未有過的歸屬感。我是四分之一的菲律賓人，也是四分之一的西班牙人，但以前我從未真正想過這件事。現在和阿嬤、曼倪、艾德瓦多以

㉙ 回家之箱 (balikbayan) 指海外的菲律賓人寄回家鄉的一整箱禮物。

及一屋子的菲律賓人坐在一起，我感到溫暖，感到自在。

我心情放鬆，好像我本就屬於這裡。即使我可能是這一屋子裡最不知道怎樣做個菲律賓人的人，我仍感受到一種歸屬感。

我是這個家的一份子。

是這個社區的一份子。

我，不是自己一個人了。

15

今晚我應該要早早睡，隔天早上才能和阿金一起到遊樂園去。可是我在床上幾小時輾轉反側，聽著公寓發出的嘎嘎聲。最後我放棄了。

我起身穿衣。

躡手躡腳走到屋外。

我跑過、越過、跳過那些破石板路和醉漢。

就來到了街角麵包店的後門。

叩，叩。

東尼將門打開一條縫，那一瞬間我只看到一顆藍色的眼珠子。

「艾芭，」他敞開了門，「看到妳，我都不驚訝了。」

「我睡不著，」進門後我深吸一口氣。「嗯，是肉桂的味道？」

他嘴角揚起來。「鼻子很靈喔，我正在做托里哈斯。」

「托里哈斯是什麼？」我問。

「妳來看。」他推我走到工作臺旁，臺上放著一個托盤。「托里哈斯是西班牙版本的法式吐司，是復活節的傳統甜點，但現在我們整年都會吃。如果我的麵包放了一天了，我就會拿來做一些托里哈斯。」

我盯著托盤，盤裡有切成厚片的麵包，泡在香噴噴的牛奶裡。「裡面有什麼？」

「蛋、牛奶、糖、肉桂和一些碎柳橙皮。麵包要泡在牛奶和蛋的混合液裡一小時。吸足了蛋液後，我們再用橄欖油煎，最後再撒上一層肉桂糖粉。」

「我們？」

東尼聳了聳肩。「Por supuesto![30] 妳是來這裡幫忙的，不是嗎？」

我笑著穿上圍裙，走到爐子旁，東尼教我怎麼把托里哈斯煎到金黃色。之後放到紙巾上將多餘的油吸掉，再沾上肉桂糖粉。

「妳可以自己來嗎？」他問。

「沒問題。」

東尼就走到臺子另一邊去捏麵團了，留下我自己煎剩下的托里哈斯。

剛開始，我們都沒說話，他忙他的，我忙我的。但在我望著鐵鍋，看著麵包慢慢變成焦糖色時，腦海裡開始迸出一些念頭，接著各種各樣的問題充斥腦海。

「東尼？」我喊他，但眼睛仍盯著鍋子。

「嘿。」

「嗯，為什麼你會和我媽媽失去聯絡呢？發生了什麼事情嗎？」我不敢看東尼，但可以聽到他的刮刀在刮工作臺的聲音。

他呼了一口氣。「有點複雜。」

拿著鍋鏟，我鏟起托里哈斯放到紙巾上。然後我轉過身盯著他，直到他也看向我。「我快十三歲了，爸媽把我踢出門，讓我來跟一個我幾乎不認識的外婆住，到這麼一個陌生的國家……然後我就來了。現在是凌晨四點，我站在這裡跟一個不太認識的人做西班牙版的法式吐司。我想再複雜的狀況我都能接受。」

東尼將一塊麵團啪的丟進簍籃裡。「抱歉，妳說得沒錯。」他走到工作臺的另一邊，拉出了兩張凳子。「坐。」他說。

在我長篇大論後，應該很急著想聽到答案，但突然，我又不太確定了。我真的想知道嗎？我有些猶豫，在他身邊坐下來。

「就像我之前說的……妳媽媽和我是最好的朋友。」他停了下來，從他指頭撕下乾掉的麵粉。「事實上，我們不只是朋友——」

我的背挺了起來。「真的啊？」

「不，不，不是那樣，我們比較像兄妹。我們兩人都沒有兄弟姊妹，所以小時候常常會覺得我們就只有彼此。」

「喔。」我說。

「但高中後，就變了。我們走向不同方向，我到烘焙坊當學徒，輪班工作的時間很長，就不常跟她在一塊了。那時妳媽媽還不知道未來要做什麼，結果有一個暑假，她在伊比薩島認識了妳爸爸。她整個人都被他迷住了，當下她決定要拋開她的過去，拋開妳外婆，拋開我……」他的聲音越說越小聲。

東尼藍色的眼珠子變得柔和，像一朵湛藍色的小花漸漸的枯萎。

「那之後你還見過她嗎？」我問。

「見過一次。那是多年之後了，我在紐約一家麵包店工作。那時我正在整理麵包，她就那樣走進店裡。我先看到她的，可是等她一認出是我之後，她倒抽一口氣，手摸著心臟，就跑出去了。我喊她，但太遲了，她已經跑遠了。」

我皺起眉頭。「可是，為什麼？」

「我也想知道啊，艾芭。那麼多年，我一直為她擔心，我發過 email，也寫過信，但她都沒有回。妳外婆說是因為……因為妳爸爸不允許她跟其他的親人或朋友交談，連自己的媽媽都不行。」東尼停了下來，扯了扯圍裙。

我的耳朵熱了起來，溫度一直傳到我的雙頰、脖子、胸口和我的胃。

我知道。

爸爸想要完全的控制媽媽，包含媽媽做什麼事、和誰說話。

我知道，因為他也試圖這樣控制我。

試圖，但沒成功。

說實在話，我一點都不希望想起這些事，但有段記憶一直縈繞在腦海裡。我第一次剪自己的頭髮——用的是廚房的剪刀。多年來我一直在求爸爸媽媽讓我剪短頭髮。「不可以。」每一次他們都這樣回答。後來，媽媽根本就當沒聽到。但是我爸爸，一次比一次生氣，總是氣到臉紅脖子粗，伸手拿起東西就砸——玻璃杯、書、花瓶。「是我女兒，就別想！」他會大聲咆哮，不留餘地。但有一天，我大起膽子剪了自己的頭髮，他直接把我整個人摔向牆壁。「我不認識妳，妳不是我女兒！」他吼道。

一滴眼淚逃出了我的眼角。我將它拭去，對於自己突如其來的情緒感到有些困窘。

「很抱歉說這些事情讓妳難過了。」東尼說。

「沒事的，」我跳下凳子。「是我想知道你才說的。」

他也站起來，卻一下走來這裡，一下走去那裡，走來走去，好像迷了路似的。

尷尬的幾秒鐘過去後，他才停在一個放著麵團的大塑膠盆前。

「妳想學做螺旋麵包嗎？」

我走了過去。

將圍裙綁緊。

下巴抬高。

「想。」

我就要學做螺旋麵包了。

沒有任何人、沒有任何事情阻擋得了我。

16

我。好想。睡。覺。

在中國餐廳前等瑪麗時，這幾個字一直在我腦袋裡哀號。我們的計畫是，大家約在這裡碰頭，再一起去提比達波。

「嘿！」瑪麗對我喊道。

我眨眨眼，刻意將眼睛睜到最大，希望這樣看起來會比較清醒。「嘿！」我也喊回去。

瑪麗穿著葡萄汽水色的裙子，那種旋轉時裙襬能飛揚成圓形的圓裙，以及一件鬱金香袖的黃色襯衫。我臉上大概是露出了某種古怪的表情，因為她瞄了瞄自己的衣服，接著皺起眉頭。

「怎樣？」她問。

「嗯，妳穿這樣上樂園玩是不是有點太誇張了？」

「太誇張？」

我指指她的圓裙。「穿裙子要怎麼去搭那些遊樂設施？我是說，除非妳要讓大家看到妳的內褲。」

「喔，我才不搭那些設施呢。」她平靜的說。

「不搭設施？」

「不搭。怎麼了嗎？」

「嗯，好吧，那妳去那裡幹嘛呢？」我問。

瑪麗從她的帆布袋裡抽出素描簿。「我去畫畫啊。」

「隨便妳。」我聳聳肩。

「早安！」

我們轉身，看到阿金臉上掛著大大的笑容漫步走來。他的頭髮比我印象中的還更蓬亂，而他的打扮——棉質長版上衣，寬鬆喇叭褲，還有一頂軟帽——讓我想起《大青蛙布偶秀》裡的薩克斯風手祖特。從我眼角餘光，我瞄到瑪麗似乎……覺得好笑？嚇到？震驚？不知算是哪一種反應。

阿金彎腰碰碰瑪麗的臉頰打招呼。「歐拉，我是阿金。」

「你好高喔。」她說著，抬起頭來仔細的瞧著他。

「是嗎？」他語帶挖苦的回。

我用手掌拍了自己的額頭。「好了好了，瑪麗，這是阿金。阿金，這是瑪麗。現在我們可以走了嗎？」

他又笑了。「¡Por supuesto! Vámonos, chicas. [31]」

根據阿金導遊的說法，我們可以輕鬆愉快的散步到加泰隆尼亞廣場去搭地鐵，然後轉乘輕軌電車，再搭一段地面纜車後，就可以直接走到提比達波。只是他腿比我和瑪麗的長那麼多，我們只能落在後頭。在我們不必專心閃避觀光客、街頭藝人和小攤販時，瑪麗就會瞇著眼睛審問我。

「他是不是有畫眼線？」

「妳確定他才十三歲？」

「確定可以讓他帶路？」

「妳阿嬤見過他嗎？」

一陣子後，我拍拍她的手臂說：「妳真的覺得東尼會讓我們跟一個斧頭殺人犯去送死嗎？」

瑪麗抬高眉毛說：「說不定他根本不曉得啊？他有可能是個斧頭殺人犯、販毒商、綁架犯，或者專門吸收人入幫派的……有無限多種可能。」

---

[31] 「當然可以走了，小姐。」

說。

「我們到地鐵七號線了。」阿金終於停了下來，撇嘴一笑，指著七號線的標誌

瑪麗和我對視一眼，接著咯咯笑了出來。阿金望了望自己的腳、肩膀，以及身上各處。「我剛剛做了什麼好笑的事嗎？」

「差不多。」瑪麗回道。

阿金露出不解的表情。「我不懂……」

「是我們自己在搞笑啦，走吧，阿金。」我搖搖頭說。

我們往下走進地鐵站。有一瞬間，這裡讓我想起紐約市。但只有一瞬間，因為這座車站乾淨多了，而且沒有尿騷味。我四處尋找塗鴉的痕跡，半塊也沒瞧見。那輛流線型的紅白相間火車駛進站後，裡面也沒塞滿怪咖。好吧，也許還是有幾個怪咖。瑪麗坐在一個半睡著的怪老頭旁，阿金和我則站著，用力抓住金屬桿，免得在地鐵轉彎時摔倒。

「妳那個朋友好像不喜歡我。」阿金彎身靠近我耳畔說道。

我抬頭看著他一臉受傷的表情，像一隻因為隨地大小便而挨罵的小狗，模樣有點可愛。「別擔心啦，我確定你會grow on her。」

他皺起眉頭。「Grow？像植物那樣嗎？」

我得忍住不笑出來，只好努力繃著臉解釋：「這是英文的一種說法，阿金。意思是說，最終，她會想和你當朋友的。」

「喔，」阿金挺身站直，接著問道：「妳呢，艾芭？妳想和我當朋友嗎？」

我感覺到自己的後頸熱了起來，只好將目光朝下死盯著布鞋說：「當然啊。」

阿金沒回話，只用手肘撞撞我。

「提比達波大道到了！」列車長喊道。

走出地鐵站，我們來到了與巴塞隆納截然不同的地方。寬敞的道路兩側有成排的樹，不再有擠成一堆的建築物。這裡的房子既龐大又別緻，不僅有塔樓、陽臺、美麗的花磚外牆、拱型的窗戶，還有修剪整齊的花園。整體的氣氛感覺有點像曼哈頓上東區、中央公園西側大道，或者格林威治村——那些紐約市的富人區。這個氛圍，讓我想起了家。只不過這些房子透出某種藝術氣息，好像怪咖藝術家畢卡索或達利還住在這裡似的。

瑪麗的鼻子此時已經貼在素描簿上了，每幾秒鐘她就抬眼看看豪宅，忙著在紙上畫出或直或彎曲的線條。

「如果妳繼續把頭埋在那本筆記上，我們會趕不上藍色電車的。」阿金笑著說。

瑪麗翻了個白眼。「這叫素描簿。而且，不是你負責這次出遊的嗎？」

「當然……當然。」阿金說完就往後退，離瑪麗遠遠的。

我很想大笑，這簡直就像在看一隻老鼠嚇唬長頸鹿嘛。

叮！叮！叮！

阿金撥開了擋在眼前的瀏海。「¡Allí![32]電車來了。」他指著前面的街道。

我順著他手指的方向看過去，一輛有鮮紅色保險桿的舊式藍色電車朝我們駛近。一分鐘後，車子停了下來。瑪麗將素描簿夾在手臂下，但只是暫時，因為一搭上車，她馬上找了一個靠近窗口的座位坐下，又開始畫起來。

「妳自己坐這裡行嗎？」我問她。

「當然。別擔心，妳也去找個位子坐吧……反正我就在這裡畫畫。」她揮揮手趕我走。

我跟著阿金走到電車後頭。車上人很多，但我們還是擠到了一張木頭的單人座椅上。阿金的膝蓋無可避免的突出座椅，伸到走道上，不時戳到那些毫無防備的乘客。

「Discúlpame.㉝」每當有人怒目瞪他，他就羞赧的小聲道歉。

電車啟動了。起初，大家都很安靜。我盯著窗外，看著慢慢駛離的景色。路上有成排的樹，帶著斑紋的淺色樹幹，閃耀著滿樹綠意。許多人享受著夏日溫暖的微風，還有路旁的那些房子——隨著電車爬升，一間比一間宏偉。

阿金把頭朝我湊過來。「有一天，我也要住在這裡。」他帶著渴望的口吻。

在那瞬間，我突然安靜下來沒回話。有個畫面閃進我腦中，是我、阿嬤和媽媽住在那些房子裡。陽光自窗戶灑落，身穿白色洋裝、紅色舞鞋的媽媽隨著大衛・鮑伊〈讓我們跳舞〉的歌聲翩翩起舞，一圈又一圈的旋轉著。阿嬤凝視著她微笑，我看著她們兩人，開心得全身都起了雞皮疙瘩。

「艾芭？」阿金喊了我一聲。

我眨了眨眼，接著再度眨眼，企圖將那些畫面從我腦海裡抹除。「嗯，喔，阿金，你住在哪裡啊？」

「很遠，在城鎮的另一邊，叫做波布雷諾的地方。那是……一個很有意思的地區，有很多工廠和倉庫。我媽媽是個藝術家，需要很大的空間來放她的畫。」

㉜「在那裡！」

㉝「對不起。」

「喔。」我點點頭，這是他第一次提到他媽媽。我被他撩起了好奇心，但不知道該怎麼探聽才不會顯得愛管閒事。「藝術家啊？」我思索一陣，最後這樣說道。

「對，一個很餓的藝術家。」他有些難為情的回答。

「你是說一個快餓死的藝術家。」

「對的。」

阿金將頭髮塞到耳後，我看到了他的雙眼，像彈珠般的大眼眸——裡面充滿藍、灰、棕與綠色的彩色漩渦。

「我媽媽相信只要是藝術就有價值……她和我爸爸以前常常吵架。她說他工時太長，就只為了錢。而我爸爸就會生氣的說畫又不能吃，但麵包可以填飽肚子，賣了還能付帳單。」他聳聳肩。「於是有一天，她就帶著我離開。那已經是五年前的事了。」

我避開他的目光，改盯著自己的腿。所以是他媽媽離開了東尼，我應該要為他感到難過才是，但我發覺自己的心裡只有羨慕。真希望媽媽也能有這樣的勇氣，早點離開爸爸。

「抱歉，」我又看向那雙彈珠般的眼睛。「這段日子一定很難熬。」

他聳聳肩。「有一點點……但現在好多了，他們不必再吵架了。」

我又轉頭望向窗外，這時我眼中不再是剛剛那些大樹、行人和豪宅，而是我自己映照在窗上的影像，就只有我。明亮的陽光突然從我背後照射過來，像一盞刺眼的聚光燈，提醒著自己現在有多寂寞。

17

提比達波和我所想的完全不一樣，一點也不像環球影城或迪士尼，而是個位於山頂的小遊樂園，只不過多了點風景，可以俯瞰整個巴塞隆納，以及遠方的大海與地平線。裡面的遊樂設施不多，而且規模都很小，好啦，也許不應該說是規模小，但至少可以說是有點老舊。遊樂園的後面還有座超大的天主教堂，屋頂上的尖塔讓我想起了融雪時的冰錐。看到禮拜的教堂離遊樂園這麼近感覺還真奇怪，畢竟把宗教場所和雲霄飛車蓋在一起有點不搭，但我猜西班牙人可以接受吧。

「我們先去坐旋轉飛機，接下來再去吃飯，好嗎？」阿金站在入口處說。

我的肚子正咕嚕咕嚕的叫。雖然對西班牙人來說現在吃午餐還有點早，但來程花費的力氣已讓我飢腸轆轆了。「我們不能先吃飯嗎？」

阿金搖搖頭。「不行，這是我們的傳統，一定要先搭旋轉飛機才行。」

「你看起來不太像會遵循傳統的人耶。」瑪麗抬起頭，雙眼從素描本上方瞄了一下阿金。

「好吧，隨便你，畢竟我應該要入鄉隨俗，對吧？」我說。

情。

「可是這裡是巴塞隆納耶，又不是鄉下。」阿金又露出了那副傻呼呼的無辜表情。

瑪麗用力的闔上素描本盯著阿金，似乎想了解他到底是真不懂還是假不懂，不過我想這也不能怪阿金，畢竟有些諺語沒辦法照字面解讀。雖然他的英文已經很不錯，比我的西班牙文好很多，但他不像瑪麗一樣讀的是美國學校，所以當然有會錯意的時候。

我笑著用手肘碰了碰瑪麗。「對啦，是巴塞隆納。我的意思是，我們當然在巴塞隆納！」我大聲的說，並假裝沒事的揮揮手。

「喔，對呀……好、好了，那我要去旁邊欣賞，嗯，巴塞隆納的風景，順便寫生。你們要吃午餐時再來找我吧。」瑪麗說完便揮揮手，朝天主教堂走去。

「走吧！」

我都還來不及反應，阿金就突然拉起我的手腕，也不知道是要往哪裡去。幾秒鐘過後，我們來到一小棟四四方方的白色建築物前面，建築上面有個吊臂，連接著一架古董級的紅色飛機，看來像是一百年前就蓋好的。

「我們要坐那個東西？」

阿金的眼珠子都亮了。「不可思議，對吧？」

我很想瞪著他說「不對」，但又不想潑他冷水，於是只好假裝興奮的回答：「真的耶！」彷彿這個滑稽的飛機是有史以來最棒的遊樂設施。

我們走了進去，看見屋子裡空蕩蕩的，就只有幾個工作人員而已。他們驗了票，帶我們走上一個金屬樓梯，只是那似乎還更像是個工作梯。**哐啷**。我們的腳步震得金屬梯發出聲響。我湊近阿金身邊小聲的問：「怎麼就只有我們兩個人搭呀？」

他皺了皺眉。「大多數遊客喜歡比較新的設施，但相信我，旋轉飛機絕對是必玩的經典。」

「好吧……」我低著頭走進機艙。

機艙裡面漆著亮綠色與黑色，用了些木頭裝飾，且左右兩邊都有座位。阿金因為太高了，所以得彎下腰才走得進來。他將自己塞進前面的座位，我則啪的一聲坐到他旁邊。

轟隆轟隆、轟隆轟隆。

飛機動了，但速度慢到我以為是風在推著它走。我看向阿金，結果他朝我比了個讚。「三、二、一，起飛！」他大喊。

飛機確實起飛了，但速度還是很慢。

「它會加速嗎？」我問。

「不會，這飛機最快就這樣。」

「最快就這樣？」我看這飛機的速度大概也就只比蝸牛快一點吧。

阿金用手指戳戳我手臂，然後指著窗外說：「妳這樣會享受不到這個設施的樂趣，放輕鬆啦。」

我靠著椅背癱坐著往外看，飛機緩緩飛越懸崖的邊緣，突然間下面便空無一物。

「哇。」我低聲讚嘆了一下。

「妳看，飛機確實很棒吧！」他燦爛的笑著說，「我小時候會一直拜託我爸讓我一直玩一直玩一直玩。」

我突然感覺心頭一緊，於是假裝看向窗外，以免讓阿金看見我眼裡的淚光。他剛才說的話，勾起了我和爸爸在一切崩潰之前，唯一留下的美好的回憶。

大約在三、四歲的時候，有次我和爸爸跑到紐約的中央公園裡玩，就只有我們兩個人而已。當時正是冬天過後第一個暖和的週末，因此公園裡全是人。有的人是觀光客、有的人是陪家人一起出遊、有的人在慢跑、有的人在遛狗，有的人甚至還躺在野餐墊上懶洋洋的看著書。爸爸讓我坐在他的肩膀上，抬頭用深藍色的眼睛看著我問：「**艾芭，妳想去搭旋轉木馬嗎？**」

我聽到後在他肩膀上興奮的手舞足蹈。我一直都很想搭中央公園的旋轉木馬，可是媽媽從不允許，她不是說「艾芭還太小」、「艾芭還不行搭啦」，就是說「也許等下一次吧」。

好在當時媽媽去參加慈善餐會，只剩爸爸一個人照顧我，所以那一次也就變成媽媽口中的下一次。走進旋轉木馬所在的圓形磚瓦房後，爸爸把我從肩膀上抱了下來，站到遊樂設施前面。「挑一匹木馬吧。」他說。

我掃視一周後，便立刻挑了一匹鬃毛和尾巴都是白色的黑色木馬，因為我深深覺得那匹木馬肯定速度最快。「我要坐那匹。」我大聲的說。

「妳確定不要那匹粉紅色的嗎？」他指著一匹馬鞍上有彩虹條紋的淡粉色木馬。

我很堅定的搖搖頭。

「好呀，那就坐黑色的吧！」爸爸買了票，帶我走到那匹黑馬旁邊，把我抱了上去。「抓緊喔，我等一下就站在旁邊看。」

隨著音樂響起，我的木馬開始跟著旋轉起來，上上下下的快速移動著，雖然我轉得有點頭暈，但也玩得很盡興。幾分鐘過後，設施停了下來。當爸爸來帶我時，我便趴在馬上說：「再玩一次！再玩一次！」

爸爸呵呵的笑了出來。「好啦，這次我會叫他們再轉快一點。」他對我眨眨眼說。

之後我又連搭了六次。

「艾芭，妳看。」阿金指著窗外的人說，於是我眨了眨眼看出去。

原來是瑪麗，她正站在牆邊的水泥平臺上朝我們揮手。我也朝她揮了回去，只是不確定她是否能看見，但這不要緊。我對著瑪麗微笑，又對著阿金微笑。接著飛機再次飛過懸崖邊緣。

哇。

就在那一剎那，我想通了一件事。

當初搭那麼久的飛機跨海來這時，我的心裡充滿了疑慮。

但這趟航程的確把我帶到了一個更好的地方，帶來了更好的生活。

原來媽媽的那句話一直都是對的。

「想喝什麼？」小吃攤的男服務生用西班牙文問。

我從他手上接過來三明治，看了看一整排的飲料。「嗯，我要一罐可樂……可口可樂？」我勉強用西班牙文回答。

正當他要將冰涼的可樂交到我手上時，一旁的阿金和瑪麗同時大叫。

「等等！」

「請等一下！」

我望著他們。「怎樣了？」

瑪麗把手搭在我手臂上並搖著頭，就好像我犯下了人類史上最不可原諒的錯誤。「改點芬達汽水。」她說。

阿金也點頭同意。「點芬達汽水。」

我聳聳肩膀再次看向服務生，這時他已經有點不耐煩的歪起了頭。「改芬達汽水，謝謝。」我說。

「檸檬還是柳橙？」

我憑著自己小學程度的西班牙文，大概猜到他是在問我要檸檬口味還是柳橙口味。我試著用西班牙文回答，可是尾音聽起來很像在哈哈笑，聽起來一點也不像那服務生的發音，他把尾音唸得很重，像在漱口一樣。

服務生聽到後猛搖頭，嘴裡還唸唸有詞，一邊遞給我汽水一邊小聲嘀咕了一聲「Guiri」。我不懂他說的是什麼意思，但隱約知道那絕不是什麼好話。

突然間，阿金靠得離櫃臺很近，凶狠的皺起眉毛喊：「欸，你這傢伙……」

「對不起，對不起。」服務生舉起手，後退了幾步。

我不清楚阿金暴怒的原因，但直覺這一定與我有關。我看著他們，臉頰也越來越燙。

終於，尷尬的一幕結束了。

瑪麗指著座位區說：「走吧，我肚子餓了。」

阿金又瞪了一眼服務生，接著才拉著我的手腕，走往一張架著白色大陽傘的空桌，位置剛好就在摩天輪旁邊，可以俯瞰整個巴塞隆納的風景。

坐好後，我的頭轉來轉去看著他們兩人。「剛剛是發生了什麼事？」

「Guiri……是用來侮辱人的詞。」阿金雙手在胸前交叉，看起來還很生氣。

侮辱人的詞。

原來如此。

「說是侮辱有點誇張啦，比較像是對觀光客的貶義詞，通常是形容格格不入的美國人或英國人，就是那些不想花時間了解當地風俗和語言的觀光客。」瑪麗解釋，「但妳根本不是那種人，艾芭，那個傢伙也不知道在亂罵什麼。」

瑪麗這麼說顯然是想讓我感覺好一些。

不過我還是不禁在想，或許那服務生說的是事實。

也許我就是個搞不清楚狀況的美國觀光客呢？

瑪麗翻起了她的素描本。「別想那傢伙了，可以嗎？」

「Vale.[34]」阿金鬆開交叉的雙手。

「好呀。」我也說。

接著大家陷入一片沉默，刻意閃躲著彼此的目光，卻還是免不了有些尷尬。瑪麗一直在翻她的素描本，翻到阿金的眼光也不得不落在那上面。他伸手想去拿，當手指幾乎要摸到書皮時才問：「我可以看一下嗎？」

我以為瑪麗會翻白眼直接扯走本子，不過卻沒有，好似剛才在小吃攤發生的事情稍微軟化了她的態度。

「好啊。」她回答，把本子推給阿金。

阿金的雙手在長褲上抹一抹，等確定乾淨後才打開本子，用他超大的眼睛仔細的一頁一頁翻看。瑪麗假裝在看風景，而我假裝在看罐子上的成分標示。我們又一次陷入了尷尬的沉默。

終於，阿金看完後闔上素描本。「妳畫得真漂亮，瑪麗，有點像法國插畫家樊尚．馬赫，不過色彩更柔和。」

「你知道樊尚．馬赫的作品？」瑪麗的身體往前傾，胸口幾乎都要貼到桌子了。

「對，我媽的工作室裡有他的作品集。」

「嗯。」

一片沉默之中，我用指尖勾住易開罐的拉環，想打開汽水。

嘶嘶——啵！

冒著泡的橘色汽水溢了出來，灑到桌上，於是我趕緊吸一口。

阿金笑了起來。

瑪麗也是。「我們忘記拿紙巾啦。」她說完便起身走回小吃攤。

這時阿金將椅子往我這挪過來小聲的問：「艾芭……妳覺得我和她的友誼萌芽了嗎？」

我盯著他嚴肅的表情，銅鈴般大的眼睛，皺起來的額頭，和微張的嘴唇，他等我回答的表情，真的很……甜。

「我覺得有，阿金。」

他笑了，燦爛得就像在國慶日放煙火的紐約帝國大廈，「太好了，」然後拿起火腿三明治咬了一大口。

㉞「好的。」

18

一回到家，瑪麗就衝進餐廳。「我得幫忙擺桌子了。待會再聊！」所以只剩阿金和我在餐廳前閒晃。向晚的天色暗了下來，但街燈未亮，每樣東西都像罩在一層淺灰的燈光下，色調既隱約又昏暗，連影子都還沒出現。我往上看向公寓的窗戶，明亮溫暖的光從裡面透出來，像呼喚我回家的燈塔。

可是我不想。

還不是時候。

「謝謝你今天帶我們出遊，很好玩。」我站在原地不斷來回踱步，真希望有根桿子還是什麼東西能讓我靠一下。

「不客氣。」阿金撇嘴一笑，好像無法決定嘴角要彎向哪邊。「妳要跟我走回麵包店嗎？」他問。

「喔，好啊。」

我們漫步走著。這其實有點怪，因為我並不習慣散步。在紐約市，大家都走得很快。誰敢在那裡漫步，大概會被多瞪幾眼。但在巴塞隆納，人們慢慢地呼吸、隨處瀏覽，需要時還會停下來休息。每間商店、酒吧和餐廳都很忙碌，但又不是忙得跟陀螺沒兩樣。男男女女坐在人行道上的咖啡座，啜飲杯中的酒，旁邊擺著幾小碟的橄欖和乳酪。爸媽在逛街時，孩子就在外頭的水池旁玩耍，在路旁長椅跳上跳下。

「嗯……」我低聲說。

我覺得應該說點話，但又不知該說什麼。

但突然，我聽到了歌聲。聲音聽起來很輕微，於是我停下來側耳傾聽。

改、改、改、改、改變……

是他，大衛．鮑伊的〈改變〉。他的歌聲從巷弄中飄過來。

「你有聽到嗎？」我問阿金。

他看起來不知道我在講什麼。然後他把長頭髮塞到耳後，專心聽著曲子。

「鮑伊……太酷了！走！」

我們循著歌聲跑去。靠近一家很簡樸的酒吧時，歌聲越來越響亮了。酒吧外牆全黑，只以紅玫瑰妝點著。透過窗戶，我看見裡面有一串豪華掛燈、上下倒放的燈臺，以及看起來古怪的壁畫，上面畫著戴面罩的人。

改、改、改變……

除了這首歌和我們的呼吸聲，四周一片寧靜。阿金和我站在那裡，聽著歌詞唱著接受改變、年紀增長、年輕不再的疏離感，並在我們所居住的瘋狂世界裡尋求自我。

我一直都很喜歡這首歌，但它從未像此刻般緊緊攫取我的心。這首歌的出現彷彿是從宇宙傳來的信號，像一個寫不完的句子最後的句點，像長時間閉氣後的首次深呼吸。

我內心的情緒——所有的哀傷、怒氣、挫折、苦痛，還有歡喜——全都一股腦兒地釋放了。我的呼吸加劇，淚水流下臉頰，從下巴滴到上衣。

我該感到丟臉的。

哭很丟臉。

但，才不是如此。

我不丟臉，再也不是了。

我以淚眼看著阿金，以為會看到一個尷尬又不知所措的他，像那些十幾歲的男孩會有的表現。但他反倒湊過來靜靜等我，像一棵覆滿青苔的大樹，邀請你坐下，倚靠在他身上。於是我倒在他胸前繼續哭。

終於，歌曲停了。

我將頭抬高看著他的臉。「抱歉，最近實在發生太多事了，你知道的。再加上大衛．鮑伊……這首歌……這首……這……」

「妳不需要解釋，艾芭……我懂，這也是為什麼我那麼喜歡音樂。」

「謝謝。」我站直起來，用手背抹抹雙頰。

阿金伸出手臂。「該走了，免得他們以為我們想溜進酒吧，對吧？」

「沒錯。」我咯咯笑了出來。

我們便勾著手臂，像一對小丑似的沿著街道蹦蹦跳跳地往前走。

抵達麵包店後，我們穿過塞了滿店的顧客，他們全都是來搶購打烊前的半價麵包。東尼站在櫃臺後幫忙裝袋子、找零錢。在一陣兵荒馬亂中，他還能夠微笑說出每一個顧客的名字，跟他們打招呼。阿金一句話都沒說便立刻動了起來，接下裝袋子的工作，讓東尼好好顧著收銀機。

我反倒無事可做。我看著他們父子並肩作戰。不管他們之前有過多麼緊張的關係，至少還保持著一種關係。有如某種化學作用、和諧的舞姿，或某條隱形的線將他們繫在一起。

那種不存在我與爸媽之間的東西。

我聞著麵包醉人的香氣，這味道令我放鬆，令我感覺自己就該屬於這裡。

紙袋沙沙作響。塞入麵包後，麵包碰到袋子底端發出砰的一聲。收銀機叮的叫了出來。

老太太們說著「謝謝」或者「晚安」。

而東尼揮揮手回應著：「回頭見，某某太太。」後面換成每個客人的名字。

終於，架上空了，幾乎所有麵包都賣完了。

「兒子，謝謝你。」東尼這時才有空將阿金拉近身旁，摟摟他的肩。

阿金沒說話，一個字也沒有，光在那裡傻笑，微微臉紅地享受擁抱。

「艾芭，妳要跟我們一起提前吃個晚餐嗎？我後頭有些番茄濃湯，還可以用這些剩下的麵包烤幾個起司三明治吃。」東尼從架子上拿起唯一剩下的一個巴塔麵包。

「喔，嗯……」

我很想，但這趟提比達波行已經搶走他們父子倆相處的時光，不能再打擾他們了。阿金從另一頭投過來一個祈求的眼光，害我猶豫了幾秒鐘，遲疑地擺弄雙腳。

「不行啦，我該回去阿嬤家了……她一定在等我回去。」我說。

「當然，但妳週一會來吧，對嗎？該教妳從頭開始做自己的麵團了。」

我停下來回晃動的腳，眼神直直望進他漾著笑意的眼睛。「真的？」

「真的。」

我跑向收銀臺，撲上前抱住他。「謝謝你，謝謝你！會的，我會在同樣的時間出現的。」

「好。」

我雙腳落回了地上，瞄了瞄阿金。他像空屋子中的一根掛衣架，僵直又笨拙地杵在那裡。「你要陪我走出去嗎？」我問他。

「好啊。」他繞到我身旁。

「Adios[35]，東尼。」我說。

「Adéu……這是加泰隆尼亞語，妳應該很快就會學到了。」他朝我眨了一眼。

太好了，好像得學西班牙語還不夠慘一樣。

我走出門外，阿金緊跟在後。我轉過身來面對站在入口處的他，「再次謝謝你為我做的每一件事。」

他的臉頰又紅了。「不客氣。」

[35] "Adios" 意思為「再見」。

「好吧，再見……Adéu!」我踏出緩慢的步伐，但可以感覺到他眼睛仍盯著我的後腦勺，遠遠望著。

「艾芭！」

我停下來轉身。「什麼？」

「妳願意幫我嗎？幫我的樂團？」阿金那個小狗臉又來了。

我皺眉。「可是我對組樂團的事一無所知。」

「但妳懂音樂啊，妳能用這裡……感覺到。」他抓著自己心口的位置說。

這麼說是沒錯。

我不想讓他失望。

再說，這好像也蠻好玩的。

我吸了口氣，小聲回答：「我可以試試。」

「完美。」

我在他沒能再吐出下一個字之前趕緊跑掉，免得自己改變主意。

我回到房間，正思考著現在就換睡衣是不是太早了，阿嬤不曉得會不會介意我穿睡衣去吃晚餐。就在這時，我聽到有個聲音從敞開的窗戶傳了進來。

「嘶——！艾芭！」

我探頭出去，看到瑪麗。

她抬著頭。「艾芭！」她聽起來像用高聲又同時壓低的音量喊我。

「什麼？」我喊回去。

她揮手要我下去。

「好，好，給我一分鐘！」我把睡衣往床上一扔，在走廊奔跑。「我去找瑪麗一下。」我跟在廚房忙著煮東西的阿嬤說。

「啦啦滴滴呀」，她含糊地回我。不曉得她在講什麼，反正聽起來不太重要的樣子，所以我就跑出家門了。

來到外面時，瑪麗坐在一張板凳上，指頭不耐煩地敲著。「總算。」她吐了一口氣，一副等了很久的模樣。

我啪地一聲在她身邊坐下。「總算什麼？」

「總算可以聽我回家後發生的事了。」

「什麼意思？」我問她。

「妳和阿金啊……」

「我和阿金？」我揚起眉毛。

瑪麗發出吃吃的笑聲，用手肘頂我。「我覺得他喜歡妳。」

「我？」

「對啊，妳。不然這椅子上還有另一個妳嗎？」

我揉揉鼻子，直接往椅背上躺下去。直到這時我才注意到巷道裡有多擁擠。人群幾乎是接踵而行，像一排扛著麵包屑的小螞蟻。

「這些人要上哪兒去？」我問。

瑪麗隨著我的目光看去。「他們要回旅館、民宿或Airbnb。回去把採買的戰利品放回房間，沖個澡、休息一下，再出來吃晚餐、喝酒。每年夏天都是如此。」

「喔。」

有一瞬間，四周突然有點靜下來，但也不是全然無聲。然後瑪麗又吐了口氣。

「所以呢？」

我看著她，瞇起眼睛。「沒有所以，什麼事都沒發生。阿金和我就是一起閒晃了一下，然後就去街角麵包店了。」

即使我說的都是事實，但雙頰感覺比平常熱了些。我是說，對啦，關於走到酒吧聽到大衛．鮑伊的歌，然後阿金湊巧在大街上安慰我的那段我沒講。但那也不全然是她問的「所以呢」？

「真的嗎？」她看起來不太相信。

「嗯，他問我可不可以幫他的樂團。」

「啊哈！」瑪麗從凳子上跳起來，臉上帶著笑。

我沉下臉來。「沒什麼大不了的啦，我發誓。」

「走著瞧囉。」

我急著爬梳腦袋想找什麼機智的話來回嗆她，那種聽起來一派輕鬆的玩笑話。可惜我想不出任何一個字，只好又躺回椅背上，雙手橫在胸前，呆呆地看著眼前那些像螞蟻一樣的觀光客在遊街。

走著瞧……

瑪麗的話就那樣迴盪在我耳際，一遍又一遍的迴盪著。

19

太早了，我曉得，因為光線幾乎還沒能穿透窗簾。也許我應該再閉上眼睛回去睡覺。我昨晚熬夜，腦袋一直唱著〈改變〉，一次又一次。我不斷想著瑪麗、阿金、提比達波，以及巷弄裡的那個酒吧。我在那裡哭，阿金用他的手臂圈著我走著瞧。

我的雙頰熱又刺痛起來了。

我是沒本事再睡了。

尤其窗外還有咕咕叫著的鴿子。聽起來像有十億隻。

我坐起來，屁股下的床墊嘎嘎叫著。

叩，叩。

門開了，阿嬤望了進來。「啊，妳已經醒來了。」她走進來。

「真可惜沒多睡一點。」

她拉開窗簾後轉身，一張臉比太陽還明亮。「是這樣，如果妳有興趣，艾德瓦多和曼倪邀請妳跟他們一起去恩坎特。」

「恩坎特是哪裡？」

「是巴塞隆納最大的跳蚤市場，不能錯過。」她邊說邊把我的百衲被掀開。

一聽到跳蚤市場這幾個字，我的肌肉就繃緊像隨時要跳起來的貓。我最愛那些二手貨店、跳蚤市場和舊貨場——基本上就是任何有舊東西的地方。二手店賣的東西對我而言都是有生命的，每個小斑點、小隙縫都在說著故事。它們被人的手觸摸過而變得斑駁——我會想像那些手的主人是什麼樣的人。

媽媽總是說老東西充滿了灰塵、樟腦丸和死亡的氣息。

我爸爸呢，嗯，他是什麼都喜歡新的、亮晶晶的、昂貴的。

也許這是他們遺棄我的原因。

我已經不再是新的，更絕不閃亮。可能我還發臭。

我嘆著氣跳下了床。「好，我來換衣服。」

阿嬤露出微笑。「廚房有烤好的麵包和咖啡。」

莎拉．蒙蒂兒，艾德瓦多和曼倪的小青蛙車，恣意穿梭過街道。我不曉得艾德瓦多到底怎麼開的，他像個參加一級方程式的賽車手，有時開得超快，莎拉會從減速丘飛起來，凌空短暫停一瞬間，然後優雅的四輪一起落地。

在開過似乎是一哩又一哩路的歷史古建築、玻璃大廈、噴泉以及突出立在石頭廣場的雕像後，我們經過了一棟看起來怪怪的建築物——高聳、讓我想起魚鱗的多色窗戶，那形狀，嗯，欸，細細長長像一根站在高處的小黃瓜。

「那就是榮耀之塔，是不是讓人難以置信？」曼倪說。

應該不會用「難以置信」來形容一棟小黃瓜造型的建築物。透過車窗望著它，「這——很有趣。」我最後這樣回答。

艾德瓦多在駕駛座上狂笑。曼倪的手摀著嘴巴，咯咯的笑。

突然，莎拉．蒙蒂兒歪斜頓一下然後停了下來。艾德瓦多駛進一格小不隆咚的停車格，我們就下了車。或者該說，我就從後座爬起來，將扭成一團的身體從門縫中慢慢擠出來。

艾德瓦多和曼倪等會到底要怎樣把他們討價還價買到的好貨，都塞進那火柴盒一般大的後車箱裡呢？

我伸伸懶腰，跟著他們往前走。

哇。

恩坎特跳蚤市場完全不是我想像的那樣，那是一棟新潮的三層樓建築，整棟樓開放通風，屋頂看來就像一片巨大波浪狀的鋁箔紙，到處人山人海。我不曾到過任何類似這樣的場所。

「走吧！」艾德瓦多和曼俔示意要我趕快跟上來。

走得越靠近，我就看到越多破舊的東西——很舊但很有潛力，有些真的挺不錯。那些攤子帶著藝術感，擺著各式各樣的古董、玻璃瓶、帶著歲月痕跡的鏡子、成堆沾滿灰塵的書和玩具、掛在衣架和老舊半身模特兒身上的經典款服飾，還有一些稀奇古怪的破玩意，例如廢棄的木板。

我呆呆看著曼俔，他正拿著一把蕾絲扇子在搧風。

「這怎麼看得完啊？」我問。「太多東西了。」

曼俔搖搖頭。「沒人看得完，不可能。」

我掃視所有攤子，不知從何下手。

艾德瓦多拍拍我肩膀眨著眼，「我們曉得好東西在哪裡。」

「沒錯，我們是這邊好幾個攤子的 sukis……他們曉得我們要什麼。」

「Sukis?」

曼俔笑笑說：「這是塔加洛語裡『常客』的意思，」他解釋，「但妳不用管我們，妳想去哪就去哪，兩小時後我們在門口會合就行。」

我點點頭。「沒問題，謝謝。」

曼倪像舞者似的伸長手臂跟我揮手再見。我看著他身上鮮綠的T恤以及艾德瓦多的條紋短褲和草帽消失在人群裡。

感謝阿嬤給了我二十五歐元。

我擠進人潮中。一攤接一攤又一攤，實在有點暈頭轉向。每種東西都太多，不知如何聚焦才好。這時，有一堆書吸引住我的眼球，是食譜，就擺在一攤琺瑯搪瓷鍋旁邊的桌上。最上面有一本塔帕斯麵包的食譜，看來就像把番茄抹在封面上。另一本是燉飯的食譜，但紙頁都破了。還有一本是甜點書，書名叫《烘焙聖經》，聽起來太嚴肅了。

「嗨，小女孩，要買哪本食譜嗎？」顧攤子的老人用西班牙文問我。

我看向他以及他唇上的鬍子。這老人身穿一件鮮黃色夏威夷襯衫，上面印滿紅蘿蔔，簡直太招搖了。不過我一直盯著他修剪整齊還上了蠟的鬍子，在他臉上像兩條彎曲的薯條。

「哦……我——我不會……」

「美國人？」他笑著問。

我的胃糾結了起來。

他也要說我是 guiri 嗎？

唉。

為什麼感覺像有一面美國國旗烙印在我額頭上？

我低頭看著那些書，希望他可以不要再跟我說話。

就在這時我看到了另一本食譜，被塞在一個鑄鐵鍋下，書背上用黑體字印著「塔庭麵包」。

突然我不在乎被叫 guiri 或是覺得額頭上有一面想像的紅白藍國旗。「不好意思，我可以看這本食譜嗎？」我指著那本書。

鬍子男拿起書，拍掉上面的灰塵，交給了我。「這是……折價書，價錢很優惠。」

我快速瀏覽幾頁，讀著那些食譜，看了看那些烤麵包工具和各種形狀、大小的發酵麵團的照片。這本食譜看來還是全新的，而且是用英文寫的。

我對上他的視線，企圖用不在乎的表情問他：「多少錢？」

「十六歐元。」他說。

這已超過我身上所有錢的一半。

我闔上書。「十元。」

「十五。」

「十二。」

「Sol.」

我淺笑一下，猜想意思應該是成交。付了錢，他用牛皮紙和繩子將書包起來交給我。

「Gracias, nena.36」他說。

「Gracias.」我揮揮手後就鑽回人潮之中。

我走過一攤擺滿小飾品的攤子，另一攤陳列著一排又一排的舊娃娃，梳著各式髮型，穿著不同的衣服。感覺娃娃都在看我，尤其是一個帶著生動的綠寶石眼珠子的娃娃。它有著捲成圈圈的金色頭髮，可惜瓷製的臉龐裂得很嚴重，真怕那張臉隨時就會垮掉。

這令我不寒而慄。

快步通過。

娃娃……光想到就讓我手臂上寒毛直豎。小時候，爸爸出差時總會給我帶個娃娃回來，嬰兒娃娃、芭比娃娃，以及用毛線編成辮子的娃娃。我討厭死了這些娃娃。

後來，他就不再買娃娃了。事實上，是不再買任何東西給我了。

我停在一個賣經典服飾的攤子前，攤位上的衣服擺到快滿出來。有一樣東西吸引住了我。在角落立著一個陳舊的半身女模特，是那種用樹脂還是某種石膏做成的。她有一頭梳理整齊的赭色頭髮，眼睛是矢車菊花的藍色。在她的脖子上，有一條絲巾，渲染著各種層次的紅、橘與藍色，讓我想起火焰，像奧運聖火閃爍出來的色澤。一股暖風拂過，絲巾也飄蕩起來，讓這人形模特兒頓時像一位女神。

她使我想起了媽媽。

淚水就要奪眶而出，我閉上眼睛，緊緊閉著。

我不會哭。

「妳還好嗎？」

一位女士用西班牙文問我。我睜開眼睛，她穿得好似很久以前的好萊塢電影明星。

「還好。」我含糊的用西班牙文回答。

她酒色的嘴唇向上彎成一抹微笑。「想買什麼嗎？」她問，一邊用她做了美甲的

㊱"Gracias, nena."「謝謝，小妹妹。」

手在展示臺上揮了揮。

我指著那條像火焰一樣的絲巾。

她跟隨我的視線。「啊，是的，很美。」

那可能是我見過最美的絲巾了。

「嗯，多少錢？」

「給妳，十元就好。」她一隻眼睛對我眨了一下。

十元，好的，可行。我連砍價都不想。

我點頭，伸手到牛仔褲後面口袋去拿皮夾。但是，口袋是扁的，空的。我的心跳停了一下。我緊張的拍了拍身上每一個口袋。沒有。

我的皮夾呢？

我把皮夾忘在哪裡了？

我看著那位女士，小聲說道：「我很快回來。」然後就跑向買麵包食譜的那個攤子，但是我問那個鬍子男時，他只是聳聳肩。我不知道他的意思是沒看到，還是不懂我在說什麼，還是根本不在乎。

可惡。

現在怎麼辦？

我轉了又轉，想找到曼倪和艾德瓦多。幾分鐘後，總算讓我在一個賣銀器和玻璃製品的攤子旁瞄見一抹薄荷綠。我趕緊穿過人群，企圖不要撞到任何人或任何東西。

「曼倪！」走到他聽力所及的範圍時，我大喊出聲。

一看到我，他眉頭就皺了起來。「艾芭，妳怎麼了？」

「我的皮夾……」我雙眼無神，用手摸著背後的口袋。「不見了。」

曼倪拍拍自己的額頭。「喔，寶貝，這是我的錯，應該要先提醒妳的。」

「提醒我？提醒什麼？」

「扒手啊，這裡到處都是扒手。妳必須一直很警覺，把皮夾和有價值的東西藏在安全的地方。」他說完，拍拍自己有拉鍊的手提袋。

「喔。」我不知道還能說什麼，我的臉麻木了，手指和腳也是。那是一種怪異的感覺，覺得自己軟弱無力，像自己被侵犯了，雖然我被扒走的只有十三歐元、一張舊學生證，以及一張沒有錢的地鐵卡。

天啊，我真是個 guiri。

連扒手都看得出來。

「實在很抱歉，艾芭，這兒——」曼倪打開他的提袋，拿出皮夾，給了我一張二十歐元的鈔票。

我看著鈔票猛搖頭。「我——我不能拿。」

曼倪把錢塞進我掌心。「妳當然能拿。」

「可是我還不起。」

「喔，妳會還得起的。」曼倪眨眨眼說：「艾德瓦多和我會常常跑到外地，就需要妳過來幫我們的植物澆水和做點雜事。」

「謝謝。」我努力笑了一下，雖然渾身還在發抖，感覺既尷尬又丟臉，五味雜陳。然後阿嬤的臉閃過我的腦海，被偷的是她的錢，她給我的錢。「曼倪，你不會跟我阿嬤說吧？我不想讓她擔心……」

他又眨了眼。「跟她說什麼？」

「謝謝。」我鬆了一大口氣。

「現在，再去給自己買一兩件好東西吧！」曼倪說完，又捏捏我的肩膀。

好東西。

絲巾。**媽媽的絲巾**。

我將錢緊緊握在掌心，食譜牢牢夾在手臂下，大步走回人群。我下定了決心。

也許我曾經只是一名觀光客，來探親的人。一個外來者。但我絕非guiri。

20

當車子停在阿嬤家門口時，我正緊緊抱著購物袋。

曼倪打開車門跳了出去。「艾芭，寶貝，妳可以幫我拿一些東西上樓嗎？」

「當然好呀。」我撐起身體來到車外，跟著他走到後車箱。

「好，那妳拿這個和這個，」他交給我一個帆布袋和一個塞滿東西的木箱子。

「我拿這個、這個和這個。」

曼倪用力蓋上後車箱後，艾德瓦多便把頭伸出窗外。「餐廳見囉！」然後轉個彎便開走了。

聽到餐廳和午餐後，我的肚子咕嚕咕嚕的叫了起來。

我們狼狽的走進建築裡，手臂上的大包小包搖搖欲墜，就像被抽掉了好幾根積木的疊疊樂一樣，當電梯啟動和停止時，袋子晃得更是厲害。

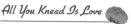

我走出電梯後，被走廊上不平整的瓷磚絆了一下，於是脫口說出：「希望沒有東西壞掉。」

「袋子裡大部分都是珠寶，不過木箱子裡面倒是有幾個要當藝術品擺設的香水瓶。」曼倪說。

我吸了口氣，雙手抓得更緊了。走到公寓門口後，曼倪居然不掉任何東西就順利把門鎖打開了。

「歡迎來到La Casa de Tesoros……寶藏之屋。」他邊說，邊用腳把門踢開。

刺眼的陽光讓我瞬間什麼都看不清楚，直到眼睛慢慢適應後，我才得以看到屋裡的全貌。艾德瓦多和曼倪的公寓裡充滿了寶藏，簡直就是個迷你博物館。唯一的差別就只是博物館不會在古董、手工藝品和藝術品之間擺上沙發、桌椅和數不清的盆栽。屋子裡的風格多元又現代，充滿了個性，哪像我在紐約的家，死氣沉沉的，像是沒人住一樣。當然啦，我的臥房不包括在內，那是個截然不同的環境，只是有點亂罷了。

喵，嗚嗚嗚。

一隻橘色虎斑貓來到我的腳邊。

「喔，她叫麗塔．海華斯[37]，幾年前在一條巷子相中我們之後，便一路尾隨我們回家。」曼倪說著，像抱嬰兒一樣把貓抱了起來。「我們到外地的時候，妳可以來幫忙照顧她，不過這不容易喔，她非常黏人。」

嗚嗚嗚。

「她好可愛喔。」

曼倪皺著眉說：「她何止可愛，根本是風華絕代。」

我呵呵笑了出來。「好啦，你說得沒錯，她是風華絕代。」

「來，我帶妳去把這些東西放下來。」他指著我手上的箱子說。

我跟著他走過鋪滿黑白瓷磚的走廊，瓷磚的花紋和玄關地上的有點類似，只不過樣式更複雜，很像撲克牌的紅心和黑桃。鈷藍色的牆壁上掛著裱框的畫作和照片，裡面全都是我不認識的景色，而且離這裡十分遙遠。

「到了。」曼倪打開一扇有點印地安風和摩洛哥風的雕花木門。

「哇。」

「很漂亮，對吧？」

我們在房間門口停了下來，曼倪用雙手拖著臉欣賞，我彷彿都能看見他的眼睛冒出了愛心。

「這些是什麼呀？」我邊看邊問。這間房的牆壁上釘著金屬壁飾，看上去像是各種樹木、植物和花朵；天花板上垂吊著各種飛禽的標本和許多水晶，就好像動物

㊲ 麗塔・海華斯（Rita Hayworth），1940 年代美國西班牙裔著名的舞者與明星。

在星空中飛翔一樣，玻璃櫥櫃中還擺滿了彷彿是無價之寶的收藏品。

「這些是我們畢生收藏的寶貝，因此才把家裡稱作是寶藏之屋。」他用誇張的語調說。「我以前在劇場和製片廠就專門負責設計服裝和場景。退休後，艾德瓦多和我開始到處旅行，收集各地的寶貝……有些放在我們的古董店裡賣，有些就收藏在這裡，所以我們叫這房間 Sala de Curiosidades，珍品之室。」

「我從沒看過這樣的房間耶。」

曼倪接過我手上的木箱子，放在地上。「艾德瓦多總是開玩笑說我們都快有囤積症了，但妳不覺得這份狂熱也很美很有秩序嗎？」

「嗯，沒錯。」我心不在焉的回答，興奮的研究起每樣映入眼簾的東西。

「妳看這個。」曼倪拉拉我的上衣。

在一個櫥櫃中有一個很大的玻璃罐，裡面用透明液體浸泡著許多眼球，看得我簡直目瞪口呆。「這些不是真的吧？」我說。

曼倪哈哈大笑了出來。「我去義大利的時候，在一間即將關門的科博館裡面買到的，之前還拿來當作《科學怪人》舞臺劇的布景。」

「這實在是……」

「再看過來這邊，」他指著一面窄牆說，「這些是我收藏的鈕扣，目前有一萬顆，是艾德瓦多建議我在牆上打上小鐵釘，再將鈕扣黏上去的。」

我甚至都不曉得原來鈕扣也可以當作收藏品。我的眼光跳過一顆顆鈕扣，感覺牆壁上就像是懸掛了一件件小巧的藝術品或珠寶，老實說還蠻令人驚豔的。

「你們真的可以考慮賣門票讓人參觀耶。」我半開玩笑的說。

「才不要！這地方只會讓特別的客人進來，只給懂得欣賞的人參觀。我們甚至還有一整個衣櫃的道具服，每次有朋友需要參加變裝派對就會來這裡借衣服。」

曼倪打開了另一扇門，裡面是個大到可以直接走進去的衣櫃，架子上吊滿了道具服、鞋子和帽子，從正經的傳統服飾到荒謬的戲服都有。這時，曼倪發現我正望著一雙閃閃發亮的紅色厚底靴。

於是他發出尖叫。「啊——！那靴子我當初是設計給變裝皇后穿，是用來表演《綠野仙蹤》音樂劇的。超、級、浮、誇、耶！」

我試圖在腦袋裡想像變裝皇后裝扮成女主角桃樂絲的畫面，天啊，真希望能夠親眼看到表演。

「總之，我們隨時歡迎妳來這裡。妳的阿嬤就像我媽媽一樣……所以我們也算是一家人。」曼倪說。

不知為何，我感覺身體裡的器官糾在一起，還喉嚨一緊，像是心臟快要從胸口跳了出來。

「謝謝你。」我輕聲的說。

曼倪用手搓搓我的背。「走吧，炒飯的香味讓我餓死了。」

中國餐廳十分熱鬧。現在正好是觀光客和西班牙人吃午餐的時間，因此在地人和來自世界各地的旅客都鬧哄哄的混在一起。不僅聽得到美式英文的鼻音，不知是華語還是廣東話的抑揚頓挫，還有幾個我聽不出來的語言。

店裡沒有空的座位，於是艾德瓦多和曼倪就站在外頭呼吸新鮮空氣，我便在店門口閒晃，看著瑪麗和阿嬷在一旁招呼客人。瑪麗也在幫忙帶位，她媽媽則在廚房裡忙進忙出，確保將所有餐點盡快送上桌。

「謝謝光臨。」阿嬷笑著對一群剛用完餐的客人說。

但這群客人只顧著跟彼此聊天，理都不理阿嬷便走出去了。

「他們也太沒禮貌了。」我小聲的說。

阿嬷嘆了口氣。「做生意就是這樣，艾芭……要以客為尊，所以永遠要帶著微笑接待。」

哼。

我以前很習慣這種粗魯的行為，畢竟在紐約，大部分的人都是這種態度。但是當有人對妳自己的外婆不禮貌時，那感覺就不一樣了。他們到底懂不懂敬老尊賢呀？這個道理連我都懂耶。

瑪麗從餐廳走了回來，額頭上沒有一滴汗水。「桌子在清了，過幾分鐘我就幫你們帶位。」

「那妳呢？妳不吃嗎？」我問她。

「不用呀，開門前我吃過員工早餐了，可以撐一陣子。」

「喔。」

瑪麗悄悄的走到我身邊。「等一下我們可以去吃冰淇淋……然後繼續之前的話題。」她對我眨了眨眼。

我瞪著她，看她像隻鬣狗一樣發出狡猾的笑聲。

就在這時，店門打開，刺眼的陽光從門口照了進來。

瑪麗拿了一疊菜單對我露出得意的笑容，「我先去帶位，等一下再來打聽妳和阿金的進度。」

我就不信妳能套出什麼話來。

哼。

我正想叫她少管閒事時，卻忽然聽到旁邊有人大聲倒抽了一口氣。我轉身，看見阿嬤用手摀著嘴巴，像是看到鬼一樣的眨起眼睛。她手指上的寶石戒指閃著光芒，像燈球般把光線折射到牆壁上。

「阿嬤？」我小聲喊她。

她沒理我，於是我順著她的眼光，慢慢看向店門口。剛開始，我還看不清楚阿嬤在望著誰，但當那人走進來後，我只看一眼便明白了。

阿嬤望的人正是媽媽。

不會吧，不可能呀。

可是那確實就是她。

媽媽睜大眼睛，大到都有點嚇人了，還非常罕見的綁起頭髮，露出臉和脖子。她身上有瘀青，非常的多，嘴唇上還有新的傷口。她身形消瘦，身上的白色棉質襯衫和牛仔褲看起來就像是掛在曬衣繩上。

這畫面讓我想起來在恩坎特跳蚤市場看到的瓷娃娃，彷彿媽媽只要碰著就會碎裂一樣。

不可置信。

媽媽現在真的就在這裡，站在我眼前。

不過她沒在看我，而是一直盯著阿嬤。

突然，媽媽小聲的講了些什麼，但我聽不清楚。接著，她提高音量，又講了一次。

「我、我離開了。」

這時，她的臉揪成一團，身體癱軟倚在了門框上，淚如雨下。

「我離開了……我離開了……我離開了」她一再的重複著這句話。

阿嬤走上前去，裙襬在腳踝上摩擦，等她靠近後便停了下來，歪著頭將手伸向媽媽。「妳不是離開了，伊莎貝爾……而是回家了。」

媽媽鬆手放開了門框。

於是阿嬤將她攬入懷中。「妳到家了，伊莎貝爾，妳終於到家了。」

我不曉得該做什麼，該說什麼，或是該怎麼看待這一切。也許我應該高興，但卻又感到麻木。我越是站在這裡看著她們擁抱，心裡就越是難受。現在我的生活正逐漸要變好，準備要迎接新的家、新的朋友和新的人生目標，但是媽媽出現了。

媽媽會毀掉這一切的。

趁著現在還沒有事情發生，也還沒有人開口跟我說話，我跑開了。

「艾芭！」瑪麗大喊，但我沒有理會。

「艾芭！」阿嬤大喊，但我也沒有理會。

「艾芭！」艾德瓦多和曼倪一起大喊，但我還是沒有理會。

我直接跑開了，不斷的跑著。

畢竟我一直以來總是這樣。

21

最後我來到了街角麵包店。我腦袋一片空白，可是雙腳就自動領我跑向那裡，好似了解什麼是我需要的。

東尼。

跑到後門，我停下來喘氣。

呼……呼……

直到此時我才發覺自己的臉龐和脖子都已被淚水浸溼，連鼻子底下都是鼻水。

我真是一團亂。

這整件事真是一團亂。

我滑坐到地上，蜷曲身體抱緊雙膝。我就坐在那裡，淚流不止，抽泣得如同一隻受了傷又無家可歸的動物。

「我離開……我離開……我離開。」

我腦中一直迴盪著媽媽的聲音。

但也直到此時，坐在垃圾箱旁邊的我才真正明白那幾個字的意思。

她終於做到了。

她離開我爸爸了。

在那麼多年、經歷了所有爭執和無數的傷痕和瘀青之後。

「艾芭，是妳嗎？」一臉睡眼惺忪的東尼從後面窗戶探頭出來。

我吸了吸鼻涕，盡可能把臉擦乾淨。「是。」

門開了，東尼走了出來，他臉上的皺紋深的如同大峽谷。他沒多說一句話，直接蹲下把我拉起來，扶進他辦公室。我陷進沙發裡。

「妳想講嗎？」東尼眉頭仍緊緊皺起，但臉上看起來沉著鎮定多了。

「媽媽。」我咕噥不清地說。

「伊莎貝爾？」

我點點頭。「是，她……她來了。」

「在巴塞隆納？」

我又點了一次頭。

「發生什麼事了嗎?她還好嗎?」原本沉著鎮定的臉不見了，東尼在椅子上把身體往前傾，肌肉和四肢都緊繃了起來。

我別開眼睛看著自己的鞋。「她說她離開我爸爸了。」

「喔。」換東尼盯著自己的鞋了。一分鐘後，那份沉著又回來了，他又望向我。「妳還好嗎？」

「我不知道。大概是……太出乎意料了，我想。」

「妳想自己一個人獨處嗎？隨便想在這待多久都沒問題。」他動了一下，好像準備要站起來。

「不要。」我掙扎著挪到沙發邊緣。「還是……你可以教我怎麼從頭開始做麵團嗎？」

「確定嗎？」

「確定。我需要一件讓我不要……我不曉得，我只想做麵包。」

東尼深吸了口氣，笑了笑。「那我們就去做麵包吧，艾芭。」

我跟著他走進廚房，光是待在這裡就讓我覺得好過多了。

「好。我們就從最基本的法國圓麵包開始吧。」東尼說。

「好。」

他扳開一個大桶子，裡面有一坨白色冒泡的東西。「這是賈霸，我的天然酵母種。」

「赫特族的賈霸[38]？」

「就是他本人。」

我笑出來。

東尼拿來廚房電子秤，先放上一個大量杯，接著打開電源。「首先，我們需要秤室溫水，這份麵團需要三百五十克的水。」他拿起水壺往量杯裡倒水，直到磅秤顯示出 350 克。「然後我們需要五十克的賈霸。」啪。啪。啪。一坨一坨的賈霸酵母種被丟進水裡。磅秤顯示 400 克時，他將量杯移開磅秤，開始將水和賈霸均勻攪拌。

「有看懂嗎？」他問。

「行。」

再來，他又在磅秤上放了一個大碗，抓起了兩袋麵粉。「妳來量麵粉。」他交給我一個金屬勺子。「我們需要四百五十克的高筋麵粉，再加上五十克的全麥麵粉。」

我接過勺子，仔細地量出兩種麵粉，直到磅秤顯示出 500 克。

「完美！」東尼說完便將兩種麵粉混在一起。「接下來把液體倒進麵粉裡，捏揉到所有乾麵粉都不見了。」

我照他所說的做，謹慎地將賈霸水倒進麵粉大碗裡，然後他交給我一根木棍。

我皺了皺眉。「木棍？不是該用手嗎？」

「可以啊，但是現在還非常黏手。」

「喔。」我將木棍放進麵粉水裡，不斷攪打，直到兩者合成一體。「看起來像這樣，對嗎？」

東尼用一條大擦手巾將碗蓋起來。「別擔心，現在看起來還不像麵團，但經過一小時水合法的自然分解後，再來加鹽和幾次拉揉後，妳就會看到成果，跟嬰兒屁股一樣光滑。」說著他就笑了出來。

突然，我的肚子咕嚕咕嚕叫。

「妳一定餓了。」東尼說。

「餓扁了。」

他到架子上拿了一條麵包和一把刀。「我來做兩個三明治？」

「謝謝，麻煩你了。」

㊳ 赫特族的賈霸，是電影《星際大戰》中一隻像蛞蝓的生物。

等我第一個從頭做起的法國圓麵包完工時，已經清晨四點了。水合法自然分解，也就是讓麵粉吸收水分的階段。在那之後，我花了大約兩小時來拉摺麵團，然後又需要好幾小時的第一次發酵。而最終發酵，就是將捏好的麵團靜置到膨發的程度。到了這個階段，才終於能將麵團送進非常高溫的烤箱裡烘焙。

製作的流程花了很多工夫和時間，但在這段期間，我完全沒心思去回想媽媽這樣突然闖進我的新生活，所帶來的煩躁和不安。即使在做麵包的空檔，東尼也會用三明治、茶或是阿金小時候的趣事來讓我分心。一直到我站在阿嬤的公寓門外，手拿著裝有麵包的紙袋時，我胃才又開始因為擔憂而翻攪。

媽媽就在門另一邊的某處。我要跟她講什麼？

我在暗處徘徊，一隻手插在口袋，指頭撫摸著向日葵鑰匙環的形狀和上頭的溝痕。躲不掉的，我一定得進去。

叮鈴，噹啷。

聽到鑰匙聲讓我畏縮了一下，鎖彈開時我又縮得更劇烈，那聲音聽起來簡直像我用鐵鎚在開鎖。我非常輕地關上門，踮著腳尖走進去。空氣裡有種走味的咖啡味。房裡很安靜。我猜她們還在睡覺。

呼——

謝天謝地。我可以暫時不用面對這種不知所措的場面。我溜下走道。

噓，艾芭。別，吵，醒，任，何，人。

但我就聽到了某種聲音，啜泣聲。聲音悶悶的，像有人壓在枕頭上哭，是從阿嬤的書房，也就是第二客房傳出來的。我怯怯地走過去，靠在聲音傳出來的牆上。我的呼吸急促。

媽媽在裡面哭得傷心欲絕。

為什麼？

爸爸不值得那些眼淚。她終於逃出他掌心了。我只希望她早就這樣做。

但話說回來，倘若她早點離開他，也許我就不會被送走。來到巴塞隆納是我生命中最美好的事。至少這點她做對了。

突然間，一切都靜下來了。

啜泣聲停了。床墊傳來一聲嘎吱聲響，我的心臟差點跳到胸口，驚惶逃回自己房間。我還沒準備好，也許等之後慢慢再來想該怎麼辦。

先休息吧，艾芭。

我倒在床上，那袋麵包被我捏得緊緊的。我抱住它。

我深深以這袋麵包為榮。我不記得自己曾經如此驕傲過。

欸，也許小一時有一次。那天我在學校做了一只陶碗，給它上了一層碧綠色釉彩，因為媽媽最愛的顏色是青瓷綠。我對這件作品感到非常驕傲——得意又興奮地要將它獻給媽媽。下了公車，值班警衛也跟我打招呼，電梯叮地一聲開了門，接著向上爬升。我拉開公寓門。

「媽！」

但沒人回答。我聽到了聲音，悄悄走過走廊，聲音是從爸爸的書房傳出來的。我慢慢靠近，然後就看到了。

媽媽被抵在書櫃上，爸爸的手臂爆著青筋，雙手掐著她脖子。她幾乎窒息，無法呼吸。接著她的眼光飄了過來，看到了我。

砰！

那個碗從我指縫間掉下去，破碎了。我的心也是。

22

「早安。」我輕輕走進廚房，假裝那是尋常、沒任何不一樣的一天。

「早安，艾芭。」阿嬤緊閉著嘴唇說。

媽媽神態恍惚坐在那裡，身穿一件阿嬤的寬鬆白色棉質睡袍。她雙手捧著一杯還在冒煙的咖啡，目光呆滯看著煙，像被催了眠似的。

我掏出袋子裡的法國圓麵包，放在一片木質砧板上，用阿嬤教我的方法切片。我不由自主地微笑了一下，這麵包外皮酥脆完美，裡面的氣泡孔分布均勻——帶有開孔，但又不至於大到讓奶油或是果醬直接流出來。

「來吧，我來幫妳烤。」阿嬤說。她取了幾片麵包放入烤麵包機。

我坐下等著。倘若廚房裡只有我和阿嬤，我們這時一定已經開始談天說地。但媽媽這樣出神呆坐著，讓人無法開啟話題。

麵包跳起來了，阿嬤將它們擺在盤子上，又倒了杯咖啡給我。「吃吧！」她說完，拿了一片烤麵包塗上奶油，再淋上蜂蜜，放到媽媽面前的盤子裡。「來，伊莎貝爾……Es tu favorito[39]。」

媽媽動都沒動一下。阿嬤溫柔地取走她手上的咖啡杯，換上麵包。「來，伊莎貝爾。」她像在哄孩子那般重複著。

媽媽總算眨了眨眼，咬了一口麵包，開始咀嚼。把麵包吞下去後，她的目光似乎能對焦了，彷彿蜂蜜的滋味喚醒了她。「Mi favorito.[40]」她細語。

我完全不知道抹上奶油蜂蜜的烤麵包是她的最愛，那基本上不就是碳水化合物加上油脂和糖嗎？就我所知，她是不碰那些東西的。但也許她是會吃的，也許那個喜愛麵包、會跑演唱會的媽媽確實存在過。我曾聽阿嬤和東尼提過這些故事，只是對我而言，那些故事就跟大腳怪和尼斯湖水怪一樣屬於天方夜譚。

我真的很想相信。

然而，做不到，除非我親眼看到——那個以前的她。

啊……哼……我深吸了口氣，企圖把那些想法和感覺甩到一旁去。

但有什麼用呢？

她只會再讓我失望，就像她的一貫作風。

唉。

咔滋。

我咬了一口麵包，上頭蓋滿一片一片的迭地亞起司——是阿嬤介紹我吃的一種美味乳酪。

「艾芭。」

我從咖啡杯上抬頭，媽媽呆呆的注視著我，好像她回來了之後，第一次真正看到我。

「嗨。」我輕聲回應她。

「妳……妳看起來……快、快樂多了。」她有些結巴。然後又咬了口烤麵包。

「這麵包是我做的。」我脫口而出。

媽媽咀嚼到一半，停了下來。麵包——她思考了一下。「我……我不曉得妳喜歡烘焙。這樣很好……」

阿嬤清了清喉嚨，我差點就忘了她在這裡。「真的很好，伊莎貝爾，艾芭花很多時間在東尼的麵包店。」阿嬤拉出一張椅子，帶著大大的笑容坐了下來。

「東尼？」媽媽皺了眉頭。

有一瞬間，我發誓媽媽的眼睛閃過一絲光芒。

但不知為什麼，這讓我感到又生氣又挫折。為何她看我時，眼睛從不會出現那

---

39 「這是你的最愛。」

40 「我的最愛。」

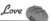

樣的光彩？

我從椅子上彈起來。「對啊，東尼，還記得他嗎？妳最好的朋友？如果妳願意找時間打個電話給我，妳就會知道我這陣子都在幹嘛。」我吐出了這段話。

我盼著阿嬤會倒抽口氣地跳出來抗議或什麼，但她只有將嘴唇閉得更緊。

「妳說得對，對不起。」這些字靜靜地從媽媽看似紋風不動的嘴巴溜出來。

我的胸口疼痛不已。我知道我不該那樣說，但有太多的怒氣被壓抑，那些我藏在心裡，糾纏、累積多年的憤怒。

鈴鈴鈴。

廚房電話響了。阿嬤起身要去接。

「我來接。」說完我根本就是衝過去，想要有個藉口脫身。不，是我需要有個結束這段對話的藉口。「哈囉！歐拉！」我對著話筒說。

「請問我可以跟艾芭說一下話嗎？」

我認識的人之中，只有一個人有這種低沉又傻乎乎的聲音。

阿金。

「嗯，嗨，是我。」我回答。

「啊，喔，歐拉！」

即使看不到，我也知道此時他臉上帶著笑。

「希望妳不介意我打電話給妳。」

「沒事。但，嗯，你怎麼會有我的號碼？」

「我爸爸，我跟他說妳答應來我樂團幫忙。妳會幫的，不是嗎？」他聲音高昂了起來。

「不是。我意思是說，會，當然我會幫你。」

「太好了，妳今天有空嗎？」

從我的眼角餘光，我瞄到媽媽像小鳥一樣啄著麵包，阿嬤正轉著她指頭上的戒指。

我可一點都不想跟她們兩人塞在同棟公寓裡。

「對，我有空。」

「在哪裡碰面？」

嗯，我到底要怎樣幫他的樂團呢？

我想想。

「艾芭？」阿金喊我。

「喔，抱歉，我有點恍神。」

阿金笑了出來。「像奇蹟星塵嗎?」

我笑笑。「奇蹟星塵」是大衛·鮑伊在舞臺上的第二人格。

「沒錯。等等,我知道了。」我說,把話筒抓得更緊。

「什麼?」

「第二人格。一個自我形象。如果要成立樂團,你不能老是借用別人的形象。我是說,KISS樂團的那些團員當然很酷很棒,但你需要自己的品牌。對吧?」

電話另一端暫時沒了聲音,大概阿金還在消化我說的話。

「對,沒錯,但要從何下手?」

「一小時後外頭見。我有個好主意。」我說。

「好的,謝謝——」

砰。

我知道他還有話要說,但我情緒太激動,就把他掛了。

曼倪。我得去找曼倪。

我離開廚房,經過走廊,頭也不回地跑出公寓。我現在有比幫媽媽拾起破碎的心更重要的事要做。

23

阿金遲到了，但也許在我掛掉電話時，他就是試著告訴我他沒法在一小時內碰面。

我在門前臺階坐了好一陣子，說實在的，也不是太糟，眼前的景象就像在新鮮空氣和陽光下看電視一樣。對西班牙人而言，現在的時間還太早了一點，店家和餐廳都還沒正式開門，不過店前的鐵門已經一家接一家慢慢拉開了，好讓那些用手推車來送貨的人可以進去。

「歐拉！」

「早安！」

「你好嗎？」

人們互相從窗口、巷子兩邊，或是敞開的門口打招呼。那個餵鴿子吃麵包屑的老人像平時一樣坐在凳子上，對我揮手微笑，彷彿他認識我之類的。我揮回去，然後繼續等。

砰！砰！

上方有個陽臺站著一位老太太，拿著木槌子狀的玩意兒在拍打地毯，灰塵在她身邊飛揚。

砰！砰！砰！

我的布鞋跟著節奏敲著。

阿金到底在搞什麼鬼？

坐越久感覺越熱，我將沾了汗水的掌心放在褪色又破洞的牛仔褲上又擦又磨。也許我剛剛該換個衣服？我連澡也沒洗。我抬高手臂聞聞腋下，希望聞起來至少比看起來清爽。

「歐拉，艾芭！」

天啊——。

我確定他看到我在聞腋下了。

「嘿！怎麼樣？」我打著招呼，放下手臂。

「我來了。」阿金上氣不接下氣地說，好像剛跑過步。

「看到了。」我發覺他眼睛旁沒畫著黑星星了。這是好的開始。

「我遲到了。」

「我知道。」

「對不起，地鐵……」

「沒關係，」我用力揮揮手，然後將自己推離臺階。「那麼。」

「那麼，妳的計畫是什麼？」阿金又露出他的註冊商標，那副小狗臉了。

嗯，這整個第二自我的計畫也許比我想的更具挑戰性。不是因為阿金太過高聳的身材和雜草叢生的深色亂髮而沒那個風采，而是他就是散發出一股有點喜感、幼稚天真的氣質，總讓我想起電影《精靈總動員》裡的威爾．法瑞。笨拙得可愛。

「嗯，你很幸運，我鄰居曼倪的公寓裡有一整個房間的戲服，而且他也同意只要你好好保護他的衣服，就隨時借給你。他甚至還願意借我們他劇場專用的化妝組。」我說。

「開玩笑吧。」

「不開玩笑。」

「哇。」

「走吧。」我拖著他跑向公寓裡的樓梯，一直跑到艾德瓦多和曼倪的公寓門前才停下來。我輕敲了門，免得聲音傳到走道另一端。門開了。

「歐拉！歡迎！」曼倪拉開大門，手往後一擺，歡迎我們走進去。

我走進去，阿金愣愣地跟在我後頭。「曼倪，這是阿金。阿金，這是我的鄰居曼倪。」

「歐拉！」阿金彎下身來，在曼倪的雙頰旁親吻打招呼。

他起身後，我注意到曼倪深黑的睫毛在一分鐘內大約拍打了一百萬次。他靠過來像要對我講悄悄話，只是說出來的聲音卻是正常的音量。「妳怎麼沒告訴我他這麼帥？」

我臉上和脖子上的每根神經都燒起來了，看起來肯定像是一根在烤肉架上的人體肉串。然而我不是唯一臉紅的人，我偷瞄了阿金，他的臉頰染上一層桑格利亞紅酒的顏色。

曼倪笑出來。「去吧，艾芭，妳曉得所有的東西放在哪裡。我要回去追劇了。」他說完，又朝我們送了些飛吻才轉身進入房間。

「這個地方，實在……十分有意思。」阿金站在那裡，研究起這個房間。

「等你看完所有地方你就知道。」

我領頭走在前面，阿金則一直落在後頭，垂涎地盯著幾乎每一樣走道上的東西。我打開珍品之室的房門時，他倒抽了一口氣。

「太神奇了！」

「瘋狂吧？」我走了進去。

喵，喵，喵。

麗塔．海華斯正慵懶的躺在一張形狀像紅唇的椅子上，她一看到阿金，就跳過去磨蹭他的腿。

「我簡直就是吸貓的磁鐵。」他帶著羞怯的笑意說。

「看得出來。」我也笑出來。「來吧，貓磁鐵，我們去看服飾間。」

服飾間的門已經敞開，曼倪特地在裡面一個超大的金屬化妝箱旁擺了兩張凳子。箱子有好幾層，每層格子裡放了各色唇膏、底霜、粉餅、眼影、眉筆、假睫毛等五花八門的化妝品。

阿金開始從架子上抽出服裝，一邊興奮的尖叫著。然後他找到了貓王艾維斯那套帶著亮片的白色連身衣褲，他把那套衣服高高舉起，臉上有我看過最荒唐的表情。

「不行，絕對不行。」我猛搖著頭。

阿金把連身衣褲貼到身上比著。「妳確定？」

「老天爺，我這輩子還沒這麼確定過。」我回。

「遵命，老闆。」他把連身衣褲掛回架子上。「那麼妳有什麼好主意？」

我啪地一聲在一張凳子上坐下來。「我們需要腦力激盪。」

「什麼是腦力激盪？」阿金回我後，也謹慎地在另一張凳子上坐定。

「腦力激盪是指不斷發想各種可能性，直到找到最好的為止。」我解釋。

「啊，有道理。西班牙文叫做 lluvia de ideas。」

「先從你最喜歡的東西開始發想好了——書、電影或音樂。也許這樣能給我們一些靈感。」我說。

阿金連想都不用想就回：「簡單。最喜歡的音樂是 KISS 樂團和黑色安息日樂團；最喜歡的書及電影是《第十四道門》。」

「《第十四道門》？」

「對，《第十四道門》。」

「好喔，嗯……」

這是個有點怪異的選擇，不是說《第十四道門》有什麼不好，那是部很棒的電影。但一個十幾歲的男孩會選它，尤其是同時還喜歡黑色安息日樂團的人，實在有些不搭。距離上次看這部電影已經有點久了，不過我試圖在腦裡重現那些角色——寇洛琳的亮藍色頭髮、黑貓、怪誕的老太太、令人毛骨悚然的鈕扣眼媽媽。

嗯。

我瞄瞄阿金，然後又瞄了瞄化妝盒。「我想……也許可以這樣玩花樣。」我跳下凳子，示意他跟著我。服飾間外就是那面古董鈕扣牆。

「你覺得如何？」我指著那幾千顆鈕扣。

「鈕扣？」

「是的，像《第十四道門》裡一樣的鈕扣眼睛。西班牙文怎麼說？」

「Ojos de botón.」

「這聽起來蠻適合當樂團名字的——Ojos de Botón 鈕扣眼樂團。你覺得呢？」

「艾芭，妳真是個天才！」

「天才？」我傻笑著說。

「對！」阿金握拳揮到半空中，他亂糟糟的頭髮往四面八方散開，彷彿被雷擊中似的。

我笑出來。「那個動作就是……搖滾！」我大叫出來，比出搖滾手勢的同時還不斷甩著頭。

阿金開始用空氣吉他彈著想像中的歌曲。

「好，好，我們別得意忘形了。事情還沒做完呢。」然後我趕緊回到服飾間。

「坐好，我知道該怎麼幫你畫臉了。」

我瞄瞄化妝箱，直覺地挑出我要用的顏色。我轉身面向阿金時，他伸出舌頭。

「這表情看起來如何？」他開玩笑地問。

我翻了個白眼。「我需要一張嚴肅的臉，阿金。別動，不然我要畫壞了。」

他馬上面無表情，不再吊兒啷噹。

「好，現在彎下來一點，我才能碰到你的臉。」

我從化妝箱裡挑出一份比阿金皮膚白了幾階的粉底，用海綿輕拍到他臉上。整張臉的膚色均勻後，我拿出藍色筆，仔細地在一隻眼睛周圍畫圈，再用黑色筆描邊，添上細節。畫好眼睛後，我在他臉頰上畫出裂痕，並畫出彷彿血滴從眼睛流出來的效果。完工前，再輕撒上一點銀色亮粉。

我傾身向後，瞇起眼睛看著他的臉。「差不多了，就只差一點……」我自言自語著。

阿金有些坐立不安，我猜他開始不耐煩了。

「我曉得缺什麼了！」我大喊。

我找來一枝脣筆，深紅到近似黑色。我將凳子拖到阿金正前方——近到我數得出他臉上有幾顆雀斑。然後屏住呼吸，將他嘴脣的外形描出來。

他呼出來的氣息奇妙地混合了薄荷和咖啡的氣味。接下來，我開始將他嘴脣都填滿顏色，連縫隙也不放過，還要小心別超出脣線。畫得離脣角越近，我的身體就得靠得越近。

近一點，再近一點，再靠近一點。

我吸進他吐出的薄荷咖啡氣息了。

「艾芭。」阿金輕喊我名字。

我將目光從他唇上移到眼睛，突然間，他靠過來……吻了我。

只是輕點一下，甚至不到一秒。我手上的唇筆掉了下去，噹啷一聲滾到地上。我不敢置信地用指尖觸摸著我的嘴唇。

「做什麼呀？」我用抱怨的語氣咕噥著。

阿金畏縮起來，舉起雙手摀住臉，好像想遮掩自己的羞愧。

「別！別這樣！」我大聲叫道，打掉他的手。

他眼睛都凸出來了。「我很抱歉，對不起，對不起，對不起。請別生我的氣！」

「我是說，別摸臉，會把妝毀掉的。」

他吐了口氣。「妳沒生氣？」

「沒有，我的意思是，不完全……只是……沒料到會這樣。」我盯著地上說，假裝在找唇筆。

等我再抬頭時，阿金歪一邊的笑容又回來了。

「別動，看看你的臉。」我指著化妝箱上的鏡子說。

阿金彎過身看向鏡子，整個人呆住了。「鈕扣眼樂團！」他充滿戲劇性地講出這幾個字，右邊眼皮適時閉上，露出了正在流血的藍色鈕扣。「天才，艾芭，妳是天才。」

就在那一刻，不知為何，我的確覺得自己像個天才。好像我是個舉足輕重的人。

是嗎？

24

我害怕回到阿嬤的公寓，但又無可避免，我總得洗澡換衣服。而且到了某個時間點，我知道我也得去面對房間裡的大象——媽媽。在我來到巴塞隆納後，許多事情都變了，但不要緊，我已經大步向前了。呃，算是吧，但媽媽沒有。離開爸爸只是其中一道關卡，但要拾起她破碎的心、破碎的生命，感覺才是最難的。

那會是媽媽最大的挑戰。

而我也不確定在收拾自己爛攤子的同時，是否還有餘力幫助媽媽。

畢竟，我還是小孩，但她是大人了，不是嗎？

走進公寓時，牆上的陽光跟我打了招呼，如此明亮、暖和又真實，彷彿觸手可及。紐約的陽光可不是這樣，一座座摩天大樓就像濾鏡，生成的陰影遠比光線多。我走進陽光下，任由太陽的溫度將我的身體暖起來。

我的思緒跳回了阿金的吻。說真的，那比較像是輕輕一啄。他的唇碰到我的剎那，當我明白發生什麼事時，一股暖意從頭頂傳到趾尖。而站在這一室的陽光裡，帶回了剛剛的感覺。我沐浴其中，不想再移動，深怕面對我眼前的未知。

但現在呢？會有什麼事發生在媽媽身上？我身上？或我們兩人的生命裡？

我還沒準備好要面對這些問題，更別提答案了。我不想知道，只想繼續活在這個我為自己創造出來、天真無知的快樂新生活。

「艾芭，是妳嗎？」

在聽到她聲音的剎那，我身上的暖意瞬間蒸發。

我走出光線下，媽媽就坐在沙發上。她的目光飄啊飄的，終於飄到了我身上。

「嗨。」我咕噥道。

「嗨，」她回我，然後拍拍身邊的座位。「妳……要坐嗎？」

不，我才不要。

這是我心底想說的話。但我真正想做的，是回到房間，鎖上房門。

「好。」但我無法狠心讓她失望。

我拖著腳步走過去坐下。墊子下的彈簧戳著我，好像在鼓勵我趁來得及前趕快逃走。

「我……我想我們該談談。」她說完便轉過身來面對我。

一時之間我不太確定要回什麼。

我無言以對，彷彿舌頭被貓抓住了。

也許麗塔．海華斯趁我不注意時，扯掉了我的舌頭。我幾乎感覺不到自己的舌頭、嘴唇，或嘴裡的任何部位。談談不是媽媽和我會做的事，雖然在我很小的時候曾有過。在那之後，永遠只有她的告知、吼叫和威脅。

我深吸了口氣，再吐氣。

我的舌頭——原來還在。「好，」我回答：「那就來談。」

媽媽皺了眉。她臉上的瘀青稍稍擴散開來，有點像當你把髒了的畫筆浸入水中清洗的那一刻，顏料會在水裡暈開，從一種顏色褪成另一種顏色。

看她這樣子令我很難受。少了完美無瑕的妝、閃亮有彈性的髮絲、一絲不苟的穿著，幾乎教人認不出她來。現在是午餐時間了，她卻還穿著從阿嬤那裡借來的睡衣。

「我知道妳一定很恨我，艾芭。」

我倒抽了口氣。

有這麼明顯嗎？

我往下看著自己的手，從指縫中摳出乾掉的麵團。

「沒關係，我了解，因為我也恨自己。我恨我變成這樣的人，我恨了好久，久到我從沒做什麼來讓妳日子好過些。」她隱忍的淚水終於潰堤。

我看著她。淚水從她眼中落下。

「我想知道……」我才剛開口，那些話就哽在喉嚨了。

媽媽擦掉臉頰上的淚水，點點頭。「不要緊。說吧，說什麼都行。」

「我想知道妳是不是……還會回到他身邊。」

「不，永遠不會。我那些日子已經結束了。」她說得斬釘截鐵。

好啦。我講出來了。

「妳確定？」

「我確定。」

「太好了。」我是說真的，雖然我恨她在我正開始要將生活矯正過來時，就這樣突然闖進來，把這一切搞得雞飛狗跳。但我仍然很高興爸爸無法再傷害她了。

媽媽探身過來握住我的手，她的手臂和手指都骨瘦如柴。「我不求妳原諒，艾芭，至少現在還不敢，但我需要妳對我有耐心。我……必須先找回自己。也許有一天，我能夠再成為妳的媽媽。」她泣不成聲，用力握緊我的手。「瑪哈吉塔。」

我愛妳。

這時我崩潰了。那麼多年來我為自己武裝的盔甲，在這一刻瓦解成碎片。我也緊緊握住媽媽的手。天啊，我多麼想再有個媽媽。我希望她成為那個東尼描述給我聽的女人——開心、總是充滿笑聲，那種唱歌唱一半會把鞋子踢掉，然後跳舞跳得不在乎旁人眼光的女人。

「好的，我會有耐心。」我終於說出口，淚水奪眶而出。

「謝謝妳，艾芭，謝謝妳願意給我一次機會。」

一次機會。每個人都值得擁有第二次機會。

是吧？

我站了起來，因為察覺到喉嚨開始隱隱作痛——每次在我要暢快的大哭一場前都會先這樣痛。「我要回房間了。」我低聲說著，然後慢慢踱步離開。

「等等。」

我停了下來，媽媽從背後抽出來一個東西，是個青瓷綠及紫紅花色相間的信封，那是在紐約時她私人的文具收藏品之一。她用發抖的手將信封交給我，「這是妳離開紐約那天我寫的……原本打算寄給妳，可是，我也不曉得……就是沒寄出。」

我盯著信封，上頭媽媽用優雅的字體寫著我名字，**艾芭・葛林**。雖然很害怕知道裡面寫的是什麼，我還是接了過來。

「妳想讀的時候再讀就好。」媽媽緊張地眨著眼說道。

「好，謝謝。」我沒再看向她，手裡緊緊捏著那個信封就轉身走開了。不知為什麼，那厚厚的紙握起來很暖，感覺像上面剛墊過一杯熱咖啡。

回到房間，我關上門，把門鎖好才到窗邊坐下來，曬著暖暖的陽光。有部分的我想要找別的時間再來開信，但另一部分的我卻又很好奇，急著想知道答案。

我深吸了口氣。

呼——。

然後打開信封，小心翼翼地攤開信紙，媽媽的筆跡整齊勻稱地寫滿了整張紙，用的是有金屬光澤的銀灰色筆。我眨了幾次眼，開始讀信。

親愛的艾芭，

此時的妳，可能已在大西洋上的某處，戴著耳機，聽著音樂，在想妳哪裡做錯了，為何我會將妳送走，也沒給妳任何解釋。想到妳獨自一人在機上，以為沒人要妳，沒人愛妳，我的心就很痛，真希望自己有勇氣和妳談談，告訴妳實情。妳有權利知道。但很抱歉我瞞了妳那麼長的時間。

事實是，除了害怕，我沒有其他藉口。害怕無法再找到自我，害怕又會獨自一人，害怕會讓所有我愛的人失望，害怕將永遠失去妳。我為自己的行為感到深深的愧疚。身為媽媽，我應該要勇敢，應該要有毅力為自己站起來，為妳站起來。但是這些年的歲月已將我磨得軟弱，變成一個連自己都不認識的人，甚至是成了一個我恨的人。事實上，我幾乎恨生命中的每一樣事情。妳是我生命中僅存的美好。妳是我為自己捅的這爛簍子裡唯一的好事。我只希望對我們兩人而言還不至太遲，希望我還能想點辦法來補救這一切。

第一步，就是讓妳與阿嬤同住。我在巴塞隆納的童年，是生命中最美好的時光。如果妳願意給它一次機會，我知道妳會與我同感。

請試著快樂起來，艾芭。我承諾從現在開始，事情會變好的。我也將盡我所能地變好，我要更勇敢、更堅強，變成一個妳早該擁有的那種母親。我希望很快地，我們就能在更好的情況下見面。同時，請照顧好妳自己，也請照顧好阿嬤。

瑪哈吉塔，

媽媽

我專注的看著她的筆跡、她的用字，這樣我就能一再一再地重讀這封信。但此時，我的視線早已模糊。一滴斗大的淚水掉落在紙上，墨水彷彿滴著血，如同我的心。我的心好像被刮刀劃過，血慢慢滲出。

很痛，真的痛。

雖然我很想繼續恨媽媽，我的內心卻以一種我從不覺得可能的方式慢慢在解凍，溫暖、發熱起來。

妳是我生命中僅存的美好……

她愛我。

我將信貼在胸口，在窗邊坐了許久。

思索著。

25

自從我來到巴塞隆納之後，今天可能是最熱的一天。炙熱的陽光持續照射，烤得水泥馬路和人行道熱氣騰騰，抬頭還看不見半朵雲，只有一望無際的淺藍色天空。這個時候最不適合去街角麵包店烤麵包，畢竟室外已經這麼熱了，如果室內的烤箱火力全開，那肯定會更熱。

但是我別無選擇，因為之前與媽媽的對話還有她的信，都讓我感到焦慮、心裡五味雜陳。我以為沖個久一點的澡就會好一點，但是根本沒用。我躺在床上戴著耳機聽大衛．鮑伊的歌，並試著讀那本從恩坎特買回來的麵包食譜，可是又讀不下去，況且也同樣沒有幫助。我的雙腳發麻，雙手動來動去、無處安放，焦慮到連胃都在翻攪，就好像肚子裡有許多蝴蝶在飛，數量還堪比售票營業的蝴蝶館。

無論是眼前還是未來的事，一切都讓我難以預料、感到緊繃。目前大概只剩烤麵包能讓我真的放鬆下來。

走進麵包店時，門上那個小鈴鐺響得我更加焦慮了。

店員艾絲妲對我揮揮手。「歐拉，艾芭！Toni está en la trastienda.[41]」她用下巴示意著店鋪後面說。

她知道我的西班牙語很爛，而我也知道她的英語不好，所以我們乾脆只講各自的母語，聽不聽得懂就隨緣了。

我對她笑了笑，或是說至少有試著擠出笑容。「謝啦，艾絲妲。」

我希望東尼這時沒在睡午覺或忙別的事，因為我真的急需靠做麵包來轉移注意力。我走到店鋪後面，裡頭空蕩蕩的，一個人也沒有。平時那一碗碗、一盆盆的麵團就整齊的擺在臺子上，另外還有一份吃了一半的三明治孤零零的放在盤子上，裡面夾著西班牙火腿和起司。

接著我聽到辦公室裡傳來翻閱紙張的沙沙聲和低沉的嘆氣聲。我悄悄走到門邊偷看，東尼就坐在辦公桌旁，面前擺著一大疊文件。他眉頭緊皺，皺到髮際線和眉毛都快連在一起了。

「東尼？」我說。

他抬起頭來，「喔，艾芭，我沒注意到妳來了。」

「我剛來而已。」

「進來，進來！」他揮手招我進去。

我向裡面挪了幾小步，但心裡有點不確定自己是否該打擾他。從他的嘆氣、皺眉和辦公桌上那多到離譜的文件來看，我知道他正在處理很嚴肅的事情。我還從沒見過他像現在這樣。

「你在忙的話，我可以等一下再來。」我小聲咕噥。

他伸了個懶腰，「沒關係，我正好也需要休息一下。」

我在沙發上坐了下來，緊張到不知道該說些什麼。辦公室裡陷入一片沉默，只是不知為何，我卻聽得到自己的心跳聲。

「妳媽還好嗎？艾芭。」

呃……

這是我最不想談的話題。

「她應該還好吧，我猜啦。」我的語氣非常遲疑，任誰聽了都不會信。

「妳好像不是很肯定耶。」他揚起眉毛問。

「說真的，我現在不想談我媽的事啦。」

一時間，東尼看來有點失落，似乎原本期待我會打開心房，一股腦兒講出所有心裡話。他留著鬍渣的臉頰微微泛紅，清澈的藍色瞳孔也黯淡了下來。

41「東尼在後面的房間。」

「嗯，那個……我在想……我們是不是可、可以做點麵包還是什麼別的東西。」我結結巴巴的說。

東尼望著桌上雜亂的文件，「我正好在整理帳目、算一大堆的帳，我說這些妳應該懂吧？」

「不太懂耶，數學不是我的強項。」我回答。

他的眉頭再次皺了起來。「是這樣的，艾芭，開店做生意很複雜，烤麵包以及跟客人來往雖然很有趣，但算帳卻不好玩。付完所有帳單和員工的薪水之後，我必須算一下自己有沒有真的賺到錢。」

「所以你有賺到錢嗎？」我不假思索的問。

辦公室裡又再陷入一片沉默。

這次東尼的眼睛不只是變得黯淡，甚至還有些矇矓，像是罩上了一層薄冰。要是可以，我還真想照俗語所說的，把自己的嘴巴縫起來。

「對不起。我不該多嘴問你的生意。」我說。

東尼用雙手搓了搓臉。「不用道歉，是我自己還沒認清啦。」

「認清什麼？」

「認清如果帳面上還是維持這樣，我可能再過一、兩個月就得收掉麵包店了。」

我倒抽了一口氣。「可是……可是……」

「我知道，我知道……」他往後癱倒，力道重到椅背都彈了一下。

「你必須做點什麼。」我想要站起來大步走到桌子旁邊，用最堅定的眼神盯著他看，但是卻腿軟了。

「我有在努力了，艾芭，我有在想辦法解決了。」他說。

「萬一沒有成功呢？」

東尼和我四目相對但一句話也沒說。他其實也用不著回答，因為從他緊抿的雙唇我就已經知道結果是什麼了。

結果就是街角麵包店會關門歇業。

而我會變得無處可去，再也找不到地方逃離現實、尋找慰藉，或是感受自己有存在的意義。

這時，我的肌肉再次抽動了起來，那個要我跑走的抽動又出現了。

我雖然腿軟，但還是從沙發上跳起來，衝出辦公室時肩膀還撞上了門框。

「艾芭！等等！」東尼在後頭大喊。

我跑過烤箱、料理臺還有那一碗碗的麵團，在麵包店後門停了下來。我轉過頭，努力將眼前的畫面盡收眼底，畢竟這裡可能很快就不存在了。

「艾芭！」東尼大喊。

我推開後門，跑過巷弄和人群。

總之就是一直跑。

當我回過神時，我發現自己跑到了之前的廣場上，周圍便是噴水池和千瘡百孔的教堂。我跑得汗流浹背，臉和脖子上全是汗水，T恤和牛仔褲溼到都黏在了身上。

我上氣不接下氣的咳嗽，癱坐在噴水池的邊緣，感受石頭冒出來的熱氣穿透了褲子。我望著池水，希望自己能夠跳進去冷靜下來，但又怕被西班牙警察逮捕，於是只好坐在那裡忍受這一切。

悶熱。

悲傷。

心痛。

不安。

為什麼這一切會發生在我身上？

我原本以為自己終於有了嶄新的生活，能重新來過，但現在一切都變樣了。

我縮起雙腿，雙手抱膝，將掛滿淚水的臉緊貼著褲子。我不由自主的抽泣，胸口不斷起伏、嚎啕大哭。

我一直哭，也不知道哭了多久直到感覺有人在身旁坐下才暫時停止哭泣，或是說有試著停止哭泣。我從手腳之間的縫隙偷看出去，發現是一位老太太，很高齡的那種，大概九十多歲甚至一百歲，不過身上卻充滿了年輕的朝氣。她身穿有荷葉邊的碎花襯衫和及膝的裙子，一頭銀白的頭髮留到下巴的長度，嘴上塗著桃紅色的口紅，手臂上還勾著一個帆布製的超大拼布包。

她用雙眼直勾勾的盯著我，當發現我在偷看時，便笑著點頭，然後打開帆布包，把手伸進去翻找東西。

她掏出一條摺得整整齊齊的格子手帕遞過來，用安慰的語氣說：「Toma.㊷」

我想像往常一樣拒絕陌生人的好意，可是我的確需要一條手帕，畢竟全身的衣服已經又溼又髒，再也吸不了任何眼淚、汗水、口水或鼻涕了。

我伸手接過手帕，像馬陸一樣展開身體，用幾乎沙啞的聲音跟她道謝。

㊷「拿著。」

「Gracias.[43]」

我和那老太太就安安靜靜在那坐了好一陣子。我用手帕把臉擦乾淨，她則假裝在忙自己的事。

等我收拾好自己後，她便用淺灰色的瞳孔看著我的眼睛，語氣有點誇張：

「Arból de la esperanza, mantente firme.[44]」

我皺起眉頭茫然的看著她。

她一定是發覺我聽不懂，於是肩膀跳了一下，還揚起眉毛、瞪大眼睛。

「¡Espera![45]」

她又將手伸入了包包裡，然後掏出了一本小巧的皮革筆記本，書背上還插著一支筆。「Espera. Espera.」她重複說著，一邊將筆抽出來，一邊打開本子。

我看著她流暢的在上面書寫，寫好後便小心的撕下那頁紙交給我。那真是我見過最美的字跡，上頭寫著：

"Arból de la esperanza, mantente firme."——芙烈達・卡蘿

芙烈達・卡蘿，我認得這個名字，她是位墨西哥畫家，畫作五彩繽紛，奇怪而美麗。我記得美術老師曾在課堂上拿著芙烈達・卡蘿的自畫像介紹，畫中的她有濃密的一字眉，一股粗辮子上裝飾著花朵，看上去還一臉不悅。我一看到那幅畫便馬

上著了迷，因為我感覺芙烈達．卡蘿和大衛．鮑伊一樣離經叛道、與眾不同，都像來自另一個星球。如果他們生活在相同的年代和地方，那肯定會成為朋友。

我瞇起眼睛盯著紙上的文字，試著理解這句話的意思，但終究還是沒看懂。我想也許這位老太太可以稍微解釋一下，只是一抬頭卻發覺她已經離開了。

咻！

她彷彿憑空消失了一樣，但這手帕和紙條都證明她真的有來過呀。

四周空無一人，只有我、幾隻鴿子和一棵孤零零的大樹。

喔，等等。

我又再讀了一次那句話。

Arból不就是西班牙文的「樹」嘛。

我目前只知道這些。

再來就得靠別人幫忙了。

---

43 「謝謝。」

44 「希望之樹，堅定不移。」

45 「等等！」

26

我在餐廳找到了瑪麗，她的周圍滿是面紙盒、醬油罐以及一雙雙裝進紙袋的筷子。她一看到我進門便轉過頭來，眼神像是在說拜託帶我離開這裡。

「瑪麗，妳在這呀！」我在她身邊用力的坐了下來。

她嘆了口氣。「我當然在這呀。我必須處理完所有的餐巾紙、醬油罐和筷子才能離開。」

我挪動身體遠離瑪麗，然後瞇起眼睛看著她。我還從沒見過她這麼不開心。她像吃到檸檬一樣皺著一張臉，每把餐巾紙裝進盒中便翻一次白眼。

「我想請妳幫個忙。」我咕噥著從口袋裡掏出那張摺起來的紙。

「連妳也要？看來今天每個人都要我幫忙呢。」

「呃，那個，我只是想請妳幫忙翻譯這句話，頂多花幾秒鐘而已。」我將那張紙滑過桌面給她。

瑪麗嘆了口氣。「好啦，至少不是裝餐巾紙這種無聊的事。」

她推了推眼鏡，攤開紙張，閱讀的時候嘴巴還同時跟著唸出聲。她沉默了一會兒，表情從不悅變成了開心，再次抬頭看我時，眼睛更是炯炯有神。

「天啊，這句話好美！」她說。

「這句話是什麼意思？」

瑪麗把手放在心上，又讀了一次那句話，不過這次是翻譯成英文大聲的唸出來。

「希望之樹，堅定不移。」

她說得沒錯，真的好美。

「這誰給妳的呀？」她問。

我望了一會兒桌子，心裡有點不想跟瑪麗解釋這一切，包括我和媽媽之間的問題、東尼的麵包店可能要收掉、還有我跑掉之後像個嬰兒一樣嚎啕大哭。但是我心裡又明白瑪麗是我朋友，而朋友不就該互吐苦水嗎？

我深吸了一口氣，試著鼓足勇氣，畢竟這麼多年來，我已經在心裡築起了一道堅不可摧的牆，而且從沒想過要拆掉它，與人交心。

「我去了我們吃冰淇淋的那個廣場，然後遇到一位老太太……她看到我在噴水池旁邊哭泣，我想她一定是替我感到難過還是什麼的……總之，她就寫了這幾個字給我。」我解釋。

「妳還好嗎？要和我聊聊嗎？」瑪麗邊說邊處理著手上的筷子。

現在正好是午餐和晚餐之間的空檔，餐廳裡就只有我們兩個，所以異常的安靜。怦怦，怦怦。

我好擔心瑪麗會聽到我胸口的心跳聲，而我平時也正是因為擔心這個才總是避免別人靠得太近。我難以告訴別人我爸是個酒鬼，說出他會打我媽還把我推去撞牆，畢竟一旦說了這些，誰還想跟我交朋友呢？

「我感覺一切都變得越來越糟。」我終於說了出口。

瑪麗溫柔的將手搭在我的手臂上，感覺像是在支持著我一樣。我望著她眼鏡底下那雙深棕色的眼睛。

「我媽之所以把我送來這裡，是因為……因為我爸爸是個差勁的酒鬼，而且還會家暴。我搬來巴塞隆納原本是要展開新的生活，但現在我媽也來了。妳也許以為我會為此高興，可是……可是說真的，我不確定我媽能不能振作起來，妳懂我的意思嗎？有時候，有些事情已經糟糕到無法彌補的。我、我不知道該怎麼辦，該怎麼幫助我媽……」我越說越小聲。

「有時候在身邊陪伴其實就夠了。」瑪麗說。

我的臉、耳朵和脖子全都開始發燙，我完全懂得她的意思。我記得過去有好幾次自己都希望有媽媽在身邊陪伴，像是當學校同學取笑我，還有當爸爸用惡毒的字眼羞辱我，罵我「滾開」、「真希望沒生下妳」或者「妳永遠不會有人愛」。

但媽媽從來都不在我身邊，她從來沒有挺身保護過我。

「我不覺得自己有堅強到可以陪伴她。」我咕噥著。

「我感覺妳小看自己了。」

我垂下了頭。

瑪麗蹲下來望著我的眼睛。「妳看妳在這麼短的一段日子裡完成了這麼多事耶。不只搬到一個全新的國家和陌生的外婆住在一起，還交到了朋友，是的，妳沒聽錯，我和阿金都是妳的朋友，而且妳還發現烤麵包是妳的興趣。妳很堅強，而且勇敢。」

「隨便啦，反正妳說的那些現在都不重要了。」

「怎麼說？」她問。

「街角麵包店可能要收掉了……」

「等等，」瑪麗打斷我，「妳說什麼？」

糟糕。

「我剛發現的啦，呃，但我好像不應該跟任何人說才對。」

瑪麗垂下了肩膀。「那個，這也太糟了吧。」

「就是呀，我還以為自己難得可以心想事成，結果有夠可笑。」

突然間，瑪麗坐直了身子。「別說這種話，艾芭，樂觀點！」

「樂觀？」我不以為然的回她。「好喔。」

「說不定我們可以做些什麼來幫助妳媽……還有東尼。」

「我們？」

「對呀，我們。」瑪麗推了推眼鏡，「我很確定，妳、我，以及阿金，我們一定可以想出辦法來。」

「可能嗎？」

「為什麼不可能？」她一面認真的說，一面把餐巾紙塞進盒子裡。

我露出了微笑，「那好呀。」

「很好，明天我休假，我們可以去海邊玩，然後集思廣益。不過，妳必須先拯救我，幫我解決這些煩人的餐巾紙、筷子和醬油罐。」她呵呵笑著說。

「馬上來。」我說完便像個抓住牛角的鬥牛士一樣，抓起了一大把的筷子。

我回到阿嬤家時，天色正開始要暗下來。我記得曾經在某處讀過，太陽在落到地平線下面的過程中，有一小段時間叫做「魔幻時刻」，因為那時的陽光美到像是有魔力，會讓人感到凡事皆有可能。

而當我用鑰匙打開大門時，完全就是這樣的感覺。金色的陽光透過窗戶照進來，讓整間公寓都彷彿充斥著魔力，包括所有的物品、植物和生命。

我屏住了呼吸。

因為從我站的地方看過去，可以看到阿嬤和媽媽都在廚房裡，沐浴在這陽光下。她們看起來容光煥發，就好似我在作夢一樣。阿嬤站在火爐旁邊煮東西，專心攪拌之餘，還能用西班牙語、塔加洛語以及英語跟媽媽講著什麼荒謬的故事。媽媽則是坐在餐桌旁，面前的砧板上滿是鮮豔的紅甜椒和黃甜椒，雙手還不停的切啊切。她沒有繼續穿著睡衣，而是換上青綠色的無袖背心和白色的牛仔短褲，頭上綁起了鬆散的辮子，聽著阿嬤的故事在那大笑。那一剎那，我試著去想像媽媽還是青少年和年輕女子時的模樣。

那個媽媽無憂無慮。那個媽媽很快樂。

那個媽媽心裡充滿了希望與夢想。

我感覺心就像被揪住了一樣。

我想要她變回去，變回以前那樣。

我向前走，不知不覺的穿過走廊，進到廚房裡站在媽媽身旁。從這麼近的距離一看，我發現她身上的瘀青仍然清楚可見。我朝她那挪動了幾步。她身上的溫度、陽光的溫度還有爐火的溫度，都讓我感覺此時此刻無比的真實。

我現在正陪在她身旁。

也許這樣就夠了。

「我也來幫忙吧。」我從甜椒堆裡拿了一顆黃甜椒，然後抓了一把刀子。

媽媽聽到後立刻轉過頭查看，可能是忘了自己身在何處，也可能是想確定爸爸沒有在暗中監視，又或許她只是想看一眼阿嬤溫暖的笑容。她們四目相交之後，阿嬤確確實實的笑了，還點點頭，像是在給與支持。

媽媽也笑了，然後轉頭看著我，笑容燦爛到瘀青似乎都消退了一點。「好啊。」她終於回應我了。

切，切，切。

我很想說出心裡話，告訴她我已經讀過那封信，但又害怕毀了這個氛圍。最終我沒有開口，媽媽也是，我們只是安靜的聽著阿嬤說故事。

我陪在媽媽身旁。而媽媽也陪在我身旁。

此時此刻，這樣就夠了。

27

當天晚上，我其實應該要去找東尼烤麵包，嗯，準確來說是隔天凌晨，但是自從跑掉之後，我還沒和他見過面或說過話。

東尼會生我氣嗎？

他會對我感到失望嗎？

他會討厭我嗎？

當我在街角麵包店的後門徘徊時，這些疑問和不安便在腦中揮之不去。到目前為止，東尼一直都對我很好，應該這麼說，是比很好還要更好。但是萬一我已經踩到他的底線呢？萬一他也有凶惡的一面呢？第一印象畢竟可能不準，不是嗎？

舉例來說，像外人見到我爸時，總會感覺他很像雜誌上的年度好男人，事業有成、英俊瀟灑，還充滿魅力。也許我爸以前的確就像《君子雜誌》或《GQ雜誌》的年度好男人，也許他真的曾經擁有過那些優點。

但他變了。

變成了禽獸。

說真的，我不知道是不是所有男人都像我爸那樣，但也可能只是我比較不幸，剛好有個很差勁的爸爸而已。總之，我沒辦法知道東尼跟我爸是否不同，我唯一能做的，就是敲門，然後默默祈禱。

叩、叩。

我突然好想轉身跑去躲起來。

東尼不好意思的笑著打開了門。「艾芭，我真高興妳來了。」

我放下了心中的大石，他看起來也是。

我走進門後停下了腳步。「東尼，我、我想跟你道歉，我不應該鬧脾氣。你已經有夠多問題要煩惱了。對不起。」

他沉默了一會兒，什麼也沒說。我雖然害怕，但依舊直視著他的臉。他神色僵硬，額頭、臉頰、眉毛和下巴一動也不動，不過好在表情馬上又放鬆了下來，眼角也皺起了魚尾紋。「我的確是有很多煩惱，艾芭……但這絕對不包括妳。我很謝謝妳這麼喜歡麵包，還很關心這間店。」他打開手臂擁抱我。

我也有點想伸手抱他，但不知該怎麼做。我爸媽從來都不會用肢體來表達情感，所以我也不太會用肢體來表達自己。於是我呆站著，像根柔軟的麵條那樣讓東尼抱著，感受著他的溫暖和體貼。

這感覺真好。

我還從不知道自己有這麼需要這個擁抱。

最後，他在我臉頰上親了一下，然後拍拍我的背說：「來吧，我們來做麵包。」

「好呀。」我走去拿了圍裙。

呼吸呀，艾芭……

街角麵包店還在，東尼也是，我也是。

活在當下，別再胡思亂想了。

「我們今天要做什麼？」我問。

東尼示意要我跟著他到一張鋼桌旁邊，「今天我們要實驗，用新的配方做一種加泰隆尼亞地區的傳統糕點。」他解釋。

「糕點？」

他點點頭。「沒錯，嗯，確切來說這比較像是介於麵包、酥皮和蛋糕之間的糕點，是這個時節最受歡迎的點心。每年的六月二十三日，我們會慶祝夏至的到來，而其中一個慶祝方式是吃Coca de Sant Joan，也就是俗稱的聖約翰麵餅。通常的做法都是加商業酵母，但這次我們要嘗試改用酸麵種。」東尼打開料理臺上的一盒麵團，「這份麵團我已經做到一半了，妳可以接著幫我完成。」

我瞄了一眼盒子裡面，隨後便馬上感覺空氣中瀰漫著一股無比好聞的香氣，帶點甜味、柑橘味和香料味。「哇，這是什麼味道？」

「裡面有檸檬皮、大茴香籽、肉桂還有泡了柳橙花的水……我們現在要將麵團塑型，塗上蛋汁，接著再擺上櫻桃蜜餞、柳橙果乾、香瓜果乾、松子和細冰糖，然後才能放進去烤。」

「有點像水果口味的比薩？」我問。

東尼露出尷尬的表情笑了，「不太像。」他在盒子旁擺了一個電子秤，又給了我一把切麵刀。「妳先在料理臺上撒點麵粉，再把麵團拿出來，切分成四百克的小麵團，之後輕輕的擀成橢圓形。」

「好的。」

「妳邊做，我來邊準備配料。」他走到了另一張桌子前，桌上有一個碗、幾顆蛋、一塊木頭砧板、幾盒五顏六色的蜜餞以及一罐讓我想起雪花的細冰糖。

我依照東尼的指示，先在臺子上撒一層麵粉，再用橡皮刮刀將香噴噴的麵團從盒裡取出來，當它落在臺面上時還在空中揚起了麵粉。

咚！

我在手上也抹了一點麵粉。

眼前的這坨麵團有許多氣孔，我打開電子秤，先切了一塊放上去，368克。接著又切了一小塊放上去，一直加到剛好四百克為止。

四周靜悄悄的，除了東尼切蜜餞的聲音，就只剩外面路人偶爾傳來的說話聲和腳步聲。我離東尼有一段距離，卻還是聞得到蜜餞的香味，即便聖誕節還遙遠的很，但我還是想起了聖誕節吃的蜜餞蛋糕。

聞著這個香味、想著聖誕節，我不由自主的回憶起了過去。記得還住在紐約的時候，許多鄰居每到聖誕節就會用紅綠相間的玻璃紙包好蜜餞蛋糕送我們，拆開時，玻璃紙還會嘎嘎作響。以前我總會閉著眼睛聞那帶有酒香的甜味。那個味道曾經代表著美好。然而隨著一年年過去，我們收到的蛋糕也越來越少，就好像鄰居一個個都消失不見了。最後一次收到時，我們門前的臺階上只剩下孤零零一個蛋糕。過節的時候我爸酒總是喝得更兇，就連當天晚上也不例外。媽媽不知是做了還是說了什麼惹到他，總之我爸抓起蛋糕便砸了過去，只是最終失手砸在了牆壁上。

啪嗒！

「**去清乾淨。**」他命令我媽。

我當時就躲在門後面，看著媽媽跪在地上收拾。她用廚房紙巾擦著牆壁，再把地板拖乾淨，直到看不到任何碎屑和汙漬。

我感受到了她所受的羞辱，於是臉也發燙了起來。

我不斷眨著眼睛，直到把這份記憶趕出腦中。等最後一份麵團也擀成橢圓形後，我便嘆了一口氣。「東尼……」

他停下動作轉過身來。「嗯。」

「你和我媽媽，嗯，有一起烤過東西嗎？」這雖然聽來像是隨口問問，但我真的需要聽個開心的故事，暫時忘掉我媽跪在地上清理我爸砸爛的蛋糕。

東尼的目光轉了一下，像是在眼前尋找往事，一會兒過後，他便用明亮的眼睛看著我。「說真的，艾芭，我才剛想起這事，妳就問了。小時候，我和妳媽總會幫我奶奶在不同的季節做各種不同的糕點，在夏天做聖約翰麵餅，在聖誕節過後的三王節做國王餅，在復活節烤復活節蛋糕……我們的工作就是幫忙塑型麵團以及擺上配料，和妳正在做的事情差不多。」

「真的啊？」

東尼笑了笑。「真的呀，和妳媽還有我奶奶在一起的日子，就是我對煮菜和烘焙最早的記憶。」

我試著去想像我媽小時候像我現在這樣，和東尼一起做著麵包，可是卻幾乎想像不出來，畢竟我只認識嫁給我爸之後的她。在我心中，媽媽以前的樣子依舊很模糊，雖然在廚房幫忙切甜椒時，她有短暫變回過去的樣子，但那感覺仍不夠真實。我對她過去的樣子仍舊感到陌生。

「來，我示範給妳看要怎麼做。」東尼拿來了一碗蛋液、那罐細冰糖，以及砧板上的配料。「首先，在麵團上輕輕刷一層薄薄的蛋液。」他把刷子放進碗裡，然後在橢圓形的麵皮上刷一層金黃色的液體。「接下來，將水果擺放得美美的……」他從砧板上挑出一些鮮紅色的櫻桃、金桔果乾以及螢光綠的香瓜果乾，接著在橢圓形的麵皮上由外而內排出有規律的圖案。「最後，我們要大方撒上松子和細冰糖。」他抓起了一大把往麵團上一撒。「大功告成！」

這份餅都還沒進烤箱就已經看起來色香味俱全了。

「其他的可以讓我做嗎？」

「當然好呀。」東尼退後讓我接手。

我以他的成品當作範本，將剩下的也都排上果乾，排最後兩份時還小小發揮了一下創意，一份排成有些抽象的樹與花，另一份則是用蜜餞排出了一隻鳥。

「你覺得怎麼樣？」完成後我問東尼。

「完美！從現在開始，擺配料就由妳負責。」他眨著一隻眼睛對我說。「現在，我們得用溼的廚房紙巾把它們蓋起來，大約再一小時就可以開始烤了。」

於是我們等了一個小時。

一小時過後，餅發得更蓬鬆了，差不多有之前的兩倍大。東尼將麵餅一個個送入超高溫的烤箱裡，二十分鐘過後，當金黃色的橢圓形麵餅出爐時，配上五顏六色的蜜餞看起來就像是彩繪玻璃一樣。

東尼只等了幾分鐘便迫不及待的幫我和他各切了一片。「如何？」他問。

我咬了一口，確定每一種配料都有吃到一點，細嚼慢嚥之後才吞下。「真的、真的很可口，只不過……」

東尼皺起了眉頭。「只不過什麼？」

「這其實就是水果比薩。」我咯咯笑著講。

他假裝被我冒犯到，生氣的翻起了白眼。「好啦，好啦，水果比薩就水果比薩。」

從那一刻起，我決定了，蜜餞蛋糕就該留在過去。

畢竟我們人在西班牙，而在這裡，每個季節都該吃不同的糕點。

28

跟東尼烤完麵餅後，我更加下定決心要做些什麼幫他留住街角麵包店。我一直想到他和媽媽小時候一起裝飾麵餅，這是我們家的傳統，或許正是時候該恢復傳統了。

瑪麗之前提議我、她和阿金一起到海邊集思廣益。我一直以為她是指搭公車或火車到附近的濱海鄉鎮，但沒想到居然是指走路二十分鐘到海邊，而且結果還真的只需要二十分鐘而已。

巴塞隆內塔海灘就在城市裡面，海灘旁有一排棕櫚樹和木頭步道，一路蜿蜒朝著岩地延伸過去。岩地上面還有一棟魚鰭狀的建築物，聳入雲霄，建築物表面全是鏡子。有的人躺在浴巾上曬日光浴，有的人則在海裡游泳。

我甩掉人字拖，把腳埋進米色的柔軟沙粒中。「海灘怎麼會在這裡？這是真的嗎？」我望著眼前的藍色大海說。

阿金望著我，綁起馬尾後那雙眼睛看起來更大了。「海灘本來就在這裡啊。」他聳著肩膀解釋。

阿金沒聽懂我的意思，於是我笑了，但還是克制著不笑出聲來。

瑪麗也笑了，「走吧，我們去找個地方坐下來。」

在人群中穿梭了幾分鐘後，我們發現海灘上有一片空地，距離水邊幾呎，卻不會離小吃攤太遠，畢竟吃的顯然最為重要。在地上擺好浴巾、提袋、水瓶和其他東西之後，我便尷尬的站著。瑪麗穿了一件萊姆綠的連身泳裝，肩帶處還有小雛菊的花紋，阿金則穿了一條有點街頭塗鴉風的海灘褲，搭了一件白色背心，顯得他的手臂更加瘦長。只有我一個人沒穿泳裝，而是穿著短褲和T恤，雙腿還白到發亮。

「妳是要坐下還是要幹嘛？」瑪麗瞇起一隻眼睛抬頭看著我。

我重重的在阿金旁邊的浴巾上坐了下來，笨拙的調整著坐姿。經過那天在衣櫃裡的怪事之後，這是我和他第一次碰面。我不是在說接吻奇怪，畢竟那很正常，對吧？奇怪的是他親的人怎麼會是我。

「要下水嗎？」阿金問。

瑪麗搖頭。「先不要，等真的熱到受不了再去。」她說完就從提袋裡抽出筆記本。「先來腦力激盪一下吧？」

「啊！我知道腦力激盪的意思！」阿金跪坐了起來。「點子，我們需要想出好點子來。」他講。

「沒錯。」瑪麗說。

「沒錯，沒錯。」我跟著複述。

她將筆記本翻到空白的一頁，寫上幾個粗體字當標題：

街角麵包店救援計畫

阿金看了她寫的字，皺起了眉。「我了解妳們很想幫忙，但是我爸……很死腦筋，」他用拳頭敲了下自己頭腦的一側。「他什麼都想自己扛，我媽就是因為這樣才離開他的，她說我爸像一座……孤島。」

「那麼，我們就得改變他。」我說。

阿金看了我一下，眼神像是在說「祝妳成功喔」。

瑪麗用筆敲了下本子。「好了，回來討論計畫。」

「好的。」我邊說邊在腦子裡不斷思考，卻只想得到東尼需要更多客人，畢竟越多客人代表賺越多錢。我很確定麵包店的忠實客戶多半都是街坊鄰居的老太太，但只靠她們是行不通的。「我認為麵包店需要重新裝潢。」我最終這樣說。

「喔喔喔，我可以畫草圖！我們可以把招牌、門面，甚至店內都翻新！」瑪麗興奮的說。

我拍了下手。「太棒了，但我還得調查一下，看其他麵包店都在賣些什麼，還有看美食部落客的貼文都在寫什麼。」

「對！」瑪麗一邊自言自語一邊草草寫下，「大翻修，畫草圖，調查，調查，再調查。」然後她興奮的跳起來、舉起筆，好似那是支魔杖。「妳應該找妳媽幫忙一起調查，這樣等妳把資料給東尼看時，她就可以挺妳，幫忙說服……他們以前是最好的朋友，是吧？」

「像兄妹一樣。」我笑著回答。

阿金就坐在我和瑪麗中間，一下看右一下看左，不過當我提到他們像兄妹時，他便點頭說：「對！沒錯，有一次我爸給我看他和妳媽的照片，還跟我說他們像兄妹一樣。」

我的脖子後面漸漸感到刺痛，但不是因為頭上炙熱的陽光，而是因為我腦中浮現了和我媽一起調查的畫面。我們走訪過一家家麵包店，刺探敵情，試吃別家店的麵包，然後再匆匆跑進附近的咖啡店裡記下心得。幫助東尼也許能凝聚我們的感情，甚至幫我媽找回自我，變回以前的樣子。

「我感覺這個計畫很棒。」我露出燦爛的微笑，「瑪麗，我和我媽去調查的時候，妳可以試著開始畫草圖，而阿金，你要確保風聲沒有走漏，別說溜嘴了。」

「別說溜嘴，知道了。」他用最嚴肅的表情比了個動作，假裝把嘴巴縫起來。

瑪麗迅速闔上筆記本，放回提袋裡。「好了，我現在是真的很熱。」她站起來問，「有誰也想下水嗎？」

「嗯……」我看了一眼在海裡玩水的人群，每個人看起來都不突兀。女生都穿著貼身的背心或裸露的比基尼，男生則穿著海灘褲和防曬泳衣，有些甚至還穿著暴露的三角泳褲，看起來就跟內褲沒兩樣。「我就不下水了。」我說。

「我也是。」阿金說。

我轉過去盯著他看，剛剛不是他最早提議要下水嗎？

瑪麗聳聳肩，光著腳跳著跑過沙灘往海裡去，動作看上去有點滑稽。她被腳下的沙粒燙得跳來跳去，臉部扭曲，一入水便呼了一大口氣，「啊！」，聲音大到我們坐在這都還是聽得一清二楚。

阿金開始偷笑。

我用手肘戳了戳他。「別笑她啦！」

「什麼？」

「別笑啦！」

雖然我大聲的要他別笑，但其實我們根本都在憋氣、忍笑。我感覺自己憋到臉逐漸變紅，而阿金的臉倒是早已成了西班牙番茄冷湯的顏色。

呼！

我們同時吐了口氣，開始深呼吸。只不過我打了個嗝，還很大聲，這讓我們兩個都爆笑起來，倒在了浴巾上。我側著身子，阿金則整個躺平了。

幾分鐘過後，等終於笑到沒力，我便疲憊的躺著，盯著阿金的側臉看。他有些頭髮掉出了馬尾，看起來蠻奇怪的，有點像羅馬雕像，又有點像八〇年代重金屬樂團的成員。他的自然捲被汗水浸溼，黏在了髮際線上，看起來就像頭上有一圈光環。他察覺到我在看他，於是轉過身來和我對望。頓時周遭像是安靜了下來，彷彿水花聲、嬉鬧聲和海浪聲都消失不見了。

就好像只剩下我們兩人。

阿金的手臂伸過浴巾，我一開始還不太明白他想做什麼，但隨後便發覺他一根接著一根的勾起我的手指。皮膚接觸傳來的電流讓我縮了一下，當然，我指的不是真的有電，但那感覺就像觸電一樣。

「你在幹嘛？」我小聲問他。

「牽妳的手呀。」

我困惑的皺起眉頭。不知為何，我始終告訴自己那天的吻純屬意外，他可能是因為當時太悶，不夠通風，所以才做出意料之外的舉動。但這次又來了，他牽著我的手，好像他喜歡我，而且還是男女朋友之間的那種喜歡。

「可是……可是為什麼是我？」我問。

阿金靠得更近了。「為什麼不能是妳？」

我用一隻手肘撐起身體，用下巴指著人群說。「你看那些人……那些女生。她們不像我，她們都更漂亮、更聰明、更……更少女耶！」

「更少女？」他一臉不解。

「你知道呀，就留長頭髮、穿洋裝、擦口紅呀。」

他搖搖頭。「我又不在乎那些。」

「為什麼？」

「因為我就喜歡妳呀，艾芭……我喜歡妳懂得欣賞音樂，欣賞真正好的音樂，也喜歡妳敢於做自己，把自己的內心展露給別人看……不會因為流露情感而不好意思。我還喜歡妳逗我笑，即便妳有時候是在笑我……」我開口要辯駁，阿金卻舉起手打斷。「沒關係，我習慣了。常常會有人笑我，但妳，妳笑是因為妳懂我，是在陪我一起笑。」

我的目光游移了一下，因為毫無經驗，所以不知道該如何回應他的告白。最後，我再次與他四目相對，眨著眼睛說：「我對談戀愛一竅不通耶。」

「我也是。」他回我。

「好的。」

「好的。」

於是就這樣了。我們只是躺在浴巾上，各自想著心事，他想他的，我想我的。

我猜我們會一起摸索吧。

29

我回到家時，阿嬤正在客廳裡挪動家具。我站在原地，曬傷的臉隱隱作痛，心裡期盼著她別發現我腿上黏著沙粒。

「發生什麼事了？」我問。

阿嬤將一張木桌推到客廳中央，推好之後便抬起頭來，用堅定的眼神看著我，「我臨時起意，決定今晚來辦個小聚餐，算是歡迎妳媽回家。」

「好的。」

我看著她在桌下擺弄，接著突然從兩端各拉出一片桌面，把一張方桌變成了長桌。

「我可以幫忙嗎？」我走上前去。

阿嬤拍掉手上的灰塵。「我也許老了，艾芭，但是我仍然壯得像頭牛。」她對我眨了一隻眼睛。「要不妳先去洗個澡，等等陪妳媽去逛菜市場？」

跟我媽逛菜市場，完美，我正好可以邀請她加入我們的計畫。

我們的救援計畫。

肯定會成功的。
必須得成功。

我們去了當地最著名的聖卡特琳娜市場，雖然博蓋利亞市場也同樣有名，但阿嬤說那裡總是擠滿觀光客，太難買菜了。

從家裡走了一小段路，繞過迷宮似的小巷弄後，我們便到了聖卡特琳娜市場。媽媽停下腳步，掃視著眼前怪異的景象，那看起來就像是十九世紀的建築物上停了一艘彩色的外星太空船。

「這裡都沒變耶。」她帶著笑意說。「那個波浪狀的馬賽克風屋頂是我搬到紐約前一年才蓋好的……」

她說到紐約時聲音顫抖了一下。我用眼角餘光偷看一眼，發現她有點感傷，好似在回憶，於是便假裝沒看見。

「看起來真的有點奇怪……但我喜歡。」我呵呵笑著說。

媽媽又笑了。

呼，好險。

「走吧，裡面更棒。」她招手要我繼續往前。

一走過入口的拱門，我耳邊便傳來一陣嘈雜，像一群小昆蟲在嗡嗡作響，這讓我想起紐約的中央車站，因為那裡總是人來人往，也充斥著各種人聲。但不同的是，這裡塞滿了攤位，賣著各種新鮮農產品、堅果、香料、起司、蛋和肉品。除此之外，還有賣三明治的小販、小酒館以及幾家咖啡店，店內還擺著光亮的吧臺和高腳椅。

「我小時候幾乎每天都和阿嬤來這裡逛，等年紀夠大後，她就會直接給我購物清單，讓我自己來買菜。」媽媽說話時眼睛裡閃著光芒。「我還有一輛金屬菜籃車，可以放得下所有東西。」

這一次，媽媽說的話我依舊想像不到畫面。記得還住在紐約的時候，她總是上網從生鮮電商那訂少量的食物，根本不會說要去逛菜市場。

她從短褲的口袋裡掏出一張購物清單，又調了一下肩上的提袋。「走吧，艾芭。」

我們先去到一位老太太的攤位買了一打雞蛋，是說那老太太竟然把頭髮染成和母雞一樣的棕紅色。媽媽拿了有貼「los más frescos」的雞蛋，我猜那大概是指「最新鮮」的意思。這些蛋的顏色不是白色或棕色，而是濃淡不一的粉紅、粉綠和粉藍色，讓我想起了復活節吃的彩蛋。

接著，我們去逛了一下農產品區。媽媽看得驚呼連連，還塞給我一堆試吃品，有無花果、桃子、李子和我根本不認識的水果。最後我們買了幾盒草莓、一把野生蘆筍，以及做沙拉用的綠色蔬菜和玉女小番茄。我還從沒見過這麼新鮮爽脆的蔬菜水果，看起來就像剛從田裡摘下來似的。

不幸的是，媽媽把最糟糕的海鮮區留到了最後。我不是說這裡海鮮不新鮮還是有什麼問題，相反的，就是因為太新鮮了，所以每次我一轉身就發現有魚在瞪著我看，或是有海鮮伸出觸手要碰我的手臂。至於味道，我只能說不怎麼好聞，混雜著鹹味、魚腥味和海草味。我將T恤拉上來摀住口鼻，攤販看到後都哈哈大笑。

呃。

他們可能在偷偷說我是guiri。

哼。

隨便他們怎麼說啦。

媽媽指了一下小烏賊和迷你的魚蝦，於是一名留鬍子的男人撈了一些放進袋子裡秤重量。等錢一付完，我衣服都還沒拉下來便趕緊指了指旁邊的咖啡店。

「好啦，知道啦，正好阿嬤要的東西都買齊了。」她說。

走到咖啡店時，我終於又能呼吸了。魚腥味變成了咖啡的香氣，真是太好聞了。我們坐上高腳椅後，媽媽招手攔下一名店員。

「麻煩給我們一杯告爾多咖啡[46]和一杯拿鐵。」

我呆呆的看著她。「妳確定要幫我點咖啡？」

媽媽揚起嘴角說，「我開始喝拿鐵的時候比妳現在還小，艾芭，只不過我爸爸都說他的才是拿鐵，因為他喝咖啡總會加特別多牛奶。」

我聽到「爸爸」時身體抖了一下，因為從我到巴塞隆納之後，或是應該說從出生到現在，從來沒聽過任何人提起阿公，就好像沒這個人一樣。

「他、他後來怎麼了？我說阿公。」我問的時候，店員正好把咖啡送到我們面前。

我看著媽媽舀了一小茶匙的紅糖加進告爾多咖啡裡攪拌許久，就像是在迴避我的問題。明亮的燈光之下，她臉和脖子上的瘀青再次變得清楚可見，顏色從先前的紫紅變成了淺綠。她眨了眨眼睛，然後才用一言難盡的眼神看著我，那表情讓我想起了有次在地鐵上看到被行人踩爛的紅玫瑰。

[46] 告爾多咖啡（Café cortado）是指濃縮咖啡加牛奶，為西班牙傳統飲料。

「我嫁給妳爸不久，阿公便過世了，妳阿嬤說是我讓他心碎而死。」

「心碎？」

媽媽點點頭。「我是阿公的小公主，他總是覺得我值得最好的對象，但當時我被愛情沖昏了頭，不明白他說的。我離開時，他好難過。我打碎他的心……結果得到了什麼？阿公當初早就看清了妳爸的真面目，是呀，阿公怎麼可能會看錯……」她的聲音嘶啞，越講越小聲直到沉默。

從外表看來，媽媽也許沒事，但是她的內心肯定還沒釋懷，仍然感到悲痛。我伸出手，輕輕撫摸著她的手指。

「妳不是什麼都沒得到，媽……妳還有我呀。」我輕聲的說。

過了一秒鐘。

安靜且漫長的一秒。

我想起了媽媽的那封信……

妳是我生命中僅存的美好。

「我讀了妳的信……」我眨著眼說，根本沒發覺雙頰已被淚水浸溼了。

媽媽的臉頰也溼了。她靠過來，溫柔的一次伸出一隻手來抱著我，就像害怕碰著了一樣。

「信裡的每一個字都是我的心裡話，艾芭……**妳是我生命中僅存的美好**。如果沒有妳，我可能根本不會在這，也許早就放棄了，也許不會離開妳爸……」

我們就這樣抱在一起哭，哭到咖啡都冷了，就像是在彌補過去，補足那些錯過的淚水、擁抱和諒解，不再像以前一樣將淚水往肚子裡吞。

哭根本不丟臉。

此時，我明白了原來這一直是句謊言，媽媽從來都不覺得哭丟臉。她之所以這麼說，只是為了麻痺自己。

擁抱完後，媽媽用雙手捧著我的臉，親了我的額頭，就像我小時候她常親我那樣。

「我們該走了，阿嬤還在等我們。」她翻找著提袋裡的皮夾。

「等一下。」

她停下動作聆聽。

「還有件事妳該知道。」我脫口而出。

「是什麼事，艾芭？」

「東尼他……」

「東尼？」媽媽皺起眉頭。

我坐到高腳椅的邊緣，方便靠得近一點。「他的麵包店……街角麵包店可能要收掉了。」

「好可惜喔。」

「重點是，我真的很喜歡那裡，我喜歡做麵包，喜歡那間店，還有店裡的一切，而且東尼……他一直是個很好的朋友，我們就像過去的妳和他一樣。媽，東尼幫了我非常多，所以現在我也想幫他。我有制定個計畫，但能夠成功的前提是妳要去找他談，說服他試一試。拜託啦，媽。」

媽媽垂下肩膀嘆了口氣，像張被坐垮的沙發。「我已經很久沒和他見面了，艾芭，我不確定自己能幫上什麼忙……」

「拜託啦，至少考慮一下嘛？」我懇求她。

她沒有馬上回答，而是從皮夾裡拿出幾張歐元，留在櫃臺上，接著才滑下高腳椅說：「好啦，我會考慮看看。」

我知道她不想讓我抱太大的希望。

但我的心裡也只能抱持著這些東西了。

抱持著希望與夢想。

30

阿嬤再次驚豔到我了，準確來說，是阿嬤和曼倪一起驚豔到我了。他們把客廳變成了超級華麗的餐廳，在桌上鋪了一條復古的繡花桌巾，而且兩端還各放了一對銀製燭臺，中間則插著一束簡單的玫瑰。正當曼倪和艾德瓦多輕快的點著一根根蠟燭時，門鈴響了。

「我來開！」我邊說邊衝去開門。

我一打開便看見東尼和阿金站在門口，東尼的雙手分別拿了一瓶酒和一條用棕色紙袋包好的麵包，阿金則是捧著一束罌粟花。

「喔，哇，這束花是給我的嗎？」我開玩笑。

「對的。」阿金說完便把花舉到我面前。

我看向他黑白相間的T恤、高腰牛仔褲，以及褲子上的吊帶，但總之就是不和他對視。

「嗯，喔，謝啦。」我接過花束，尷尬的想找個地洞鑽進去。

「我們可以進去嗎？」東尼繃著上唇，很明顯是在憋笑。

「喔對，請進。」

我們安靜的在門口站了一下子，也不知道要幹什麼。接著東尼突然像被冰凍一樣僵住了身體，我回頭一看，媽媽就站在後面，臉頰上掛著兩行淚水。她雙手垂在大腿兩側，緊緊揪著身上的無袖洋裝，眼神又讓我想起了地鐵上那被踩爛的玫瑰。

「東尼……我……真的很對不起。」她用沙啞的聲音說。

東尼打開雙臂走向她，手上依舊拿著麵包和酒。「Mi hermanita，我很想念妳呀。」

他叫媽媽**我的小妹妹**。

他們抱在了一起。

我眨了下眼睛，看向別處，感覺像打擾到了他們敘舊。

我用嘴型無聲的對著阿金說：「過來。」接著帶他走到客廳。

曼倪一看到我們便從沙發上跳起來，「哇——！罌粟花！很別出心裁喔！」他邊說還邊用手肘戳著阿金。

我本來完全忘了手裡有花，但現在突然感覺它沉甸甸的，彷彿有兩噸重一樣，卻又不知道該怎麼辦。幸好，曼倪從我手上接過了花束，拿進廚房。

呼，好險。

阿金重重的坐在了沙發上，身旁便是艾德瓦多，而我也一樣啪的一聲在阿金身旁坐了下來。艾德瓦多歪頭撫摸著鬍渣，端詳起阿金的打扮。與此同時，阿金也欣賞起艾德瓦多的領結。那領結粉綠相間還帶有黑色圓點，讓我聯想到了西瓜。

「穿吊帶？」艾德瓦多指著阿金的吊帶說。

「是啊，很酷，不是嗎？」阿金回應，然後又指指艾德瓦多的領結說：「我喜歡你的領結。」

我感覺，嗯，自己有點被排除在外，就在這時，我注意到阿金放在大腿上的手，他指尖上的指甲油讓我想起了旋轉的銀河。「我喜歡你指甲上的彩繪。」我說。

他揚起嘴角，開口好像要回應我的讚美，好在這時阿嬤、曼倪、媽媽和東尼都從廚房裡走了過來，手裡端著一盤盤菜餚。

呼，又逃過了一劫。

這時每個人都忙著上菜，對那一盤盤的菜餚流口水。沒人有空關注我，我也難得慶幸自己能被晾在一旁。

「來吃吧！」阿嬤說。

「大家坐下來吧！」曼倪大喊。

一陣拉椅子的聲響過後，大家終於都坐定位，迎來了片刻的安靜。坐在主位的阿嬤一一看向每個人，然後清了清喉嚨。「我們家總算團聚了。歡迎回來，我的寶貝女兒伊莎貝爾，謝謝妳和艾芭回到我的生活裡。希望我們原諒彼此，放下過去，用愛迎接未來的生活。」

媽媽捏了捏阿嬤的手。「謝謝妳，媽媽。」

接著東尼和艾德瓦多開了兩瓶紅酒，一一倒入大家的玻璃杯裡，包括我和阿金的也是。

「乾杯！」

我們傾過身來、確實的和每個人都相互碰了杯。我等了一下，想看誰會阻止我喝酒，畢竟我又還沒成年。結果，沒人阻止，就連阿嬤和媽媽也沒有。

呃。

西班牙的文化真的和美國差很多。

我沾了一小口，一開始還覺得有點難喝，不過再試一次之後，便漸漸喜歡上這個味道。這酒其實一點也不差，微甜，微酸，還帶點水果和香料的氣味。

我瞄了一眼阿金，發現他在對我笑，只是臉的下半部被酒杯擋住，看起來完全扭曲變形，於是我呵呵笑了出來。

阿嬤拍了下手說：「¡Buen provecho![47]」

盤子在我們之間傳來傳去，所有從菜市場買回來的食材都變成阿嬤口中的「西班牙家常菜」，不只有一大張馬鈴薯蘆筍烘蛋、一大盤搭配檸檬片和大蒜蛋黃醬的香炸什錦海鮮，還有一碗超大的沙拉，裡面滿是有機蔬菜和玉女小番茄。當然啦，東尼帶來的麵包也切好放在了砧板上，旁邊搭配著各種起司和冷切肉。

這是我吃過最豐盛的一餐，就連原本噁心的小烏賊和迷你魚蝦也變得十分美味。我從來不知道可以這樣到菜市場裡買新鮮食材，然後當天煮來享用。飯就應該這樣吃呀。

我一邊品嚐著食物和紅酒，一邊悄悄的觀察每一個人，尤其是媽媽和東尼。我甚至連阿金也觀察了，畢竟他挺顯眼的。

等開到第三瓶酒時，媽媽和東尼都雙頰泛紅，飛快的用西班牙語和加泰隆尼亞語聊著天。我根據勉強聽得懂的片段，聽出來他們正在回憶童年往事。他們不斷發出各種笑聲，應該大部分的故事都十分好笑，阿金聽見也時不時小聲的說「太荒謬了吧」、「還好妳聽不懂」或是「妳媽太有趣了」。

我媽很有趣？我還從沒想過有天會聽到別人這樣形容她，不過現在看來好像也確實如此。大家都成了聽眾，只要她一開口，不管是英語、塔加洛語、西班牙語、加泰隆尼亞語，還是同時夾雜著不同語言，每個人都會立刻爆笑，而且是笑出眼淚的那種。

我好驚喜。

現在我能稍微看見我媽以前的樣子了。那個阿嬤和東尼口中的媽媽回來了，就坐在我眼前，不再像傳說一樣只出現在我的腦中。

這一切讓我開心，卻也感到難過。原來過去這些年，我始終都沒有認識我媽，認識真正的她，這感覺就好像我們是初次見面。我喜歡這個她，非常、非常的喜歡。她的每個笑容、笑聲和有趣的故事，都讓我感覺內心在一點一滴的解凍。

最後，我的心裡好溫暖、好舒暢。

這個地方。

這些人。

這就是家該有的模樣吧？

吃完加了鮮奶油霜的草莓沙拉，等咖啡和茶也都送上桌之後，媽媽看起來就像剛跑了一趟馬拉松。她的洋裝皺了，妝脫了，頭髮也亂了，不知何時還踢掉了腳上的涼鞋。

「艾芭，要幫我一起洗碗嗎？」媽媽拍著我的肩膀問。

「沒問題。」我跟著她走進廚房。

我們站到陶瓷水槽前，一人一槽，一個負責洗，一個負責沖。媽媽在她的水槽裡放滿溫熱的泡沫水，洗好碗後便拿給我沖乾淨。酒精讓她的雙眼有些矇矓，卻沒讓她漏掉任何一點汙漬，就好像她已經洗了一輩子的碗，從不用洗碗機似的。

洗好碗後，她停下來用矇矓的雙眼看著我，伸手撥開我臉上的一根長髮。「妳把頭髮留長了……很好看。」她帶著微笑說。

雖然這幾個字似乎聽起來無傷大雅，但在那一刻，我心中所有的溫暖和舒暢頓時全部消失，取而代之的是以前充斥在心裡的冰冷和憎恨。我的身體變得僵硬，脖子後面也感覺刺痛，以前被爸媽批評外表時，我也是這樣的感受。過去我會不發一語的直接走開，但自從來到西班牙之後，我遇見了許多人接納我做自己，因此也變得更勇敢、更自信。阿嬤、東尼、瑪麗、阿金、曼倪和艾德瓦多，他們從不評論我的外表，所以我也不要媽媽再這樣評論了。

「其實我不打算把頭髮留長，只是因為有點忙所以才沒剪。」我清楚的說出每一個字。

媽媽眨了眨眼睛，然後直勾勾的盯著水槽裡用過的玻璃杯和餐具。「喔……當然。」

我有點想犀利的回嘴，叫她「少管我」、「走開」，或是說「我不會再忍受妳講這些屁話了」，可是我又看得出來她蠻不好意思的。我承諾過要給她時間，於是我忍住了。

我用手摸了一下媽媽的手臂，再順著往下滑到她的手上捏一捏。

「沒關係的，媽媽。」我說。

她也捏了下我的手。「怎麼會沒關係，對不起，艾芭，我只是還需要點時間來擺脫妳爸的影響……我答應妳從現在開始會做得更好。」

看得出來她是真心的。

「謝謝妳。」我輕聲的回，深怕再大聲一點眼淚就要潰堤了。但出乎意料，我不但沒哭泣，反而感覺心裡又暖了起來。隨著暖意傳遍全身，我突然想向她表達我的愛。「媽？」

「什麼事？」她回應我。

「我很高興妳在這裡。」

她將目光從水槽轉向我。「我也是。」

我向她靠了過去，「媽？」又喊了她一次。

雖然不確定是誰先主動的，但最後我們抱在了一起。

這是我今天的第二個擁抱。

她抱著我。

我也抱著她。

看來我還是知道如何擁抱的。

「是說，妳知道還有碗要洗吧？」她突然在我耳邊說。

我微笑了。「知道啦。」

我們又繼續刷著碗盤。媽媽在遞給我最後一個玻璃杯時，一直等到我和她對視後才鬆開了手。「我一直有在考慮妳的計畫……」

我吸了口氣。「所以呢？」

「我願意幫忙，艾芭。」

「妳願意？」

「是呀。」

31

媽媽和阿嬤都睡著後，家裡再次安靜了下來。空氣中瀰漫著一股香味，聞得出來有海鮮、麵包、草莓、咖啡和紅酒，如果再細聞，甚至還能聞出一點東尼、艾德瓦多和曼倪身上的氣味，似乎是香水、鬍後水還是髮油什麼的。

我回到房間，倒在床上，把筆電、筆記本和《塔庭麵包》放在身邊。我翻開食譜，不斷調查，調查，再調查。食譜上有的酸麵種麵包，差不多就是街角麵包店所賣的大部分品項。我端詳著照片，發現書裡有加了各種瓜子、堅果和香草的傳統麵包，也有諸如甜餐包和可頌的麵點。要是沒有時間壓力，我大概會花整晚細讀這本食譜，但現在我有任務在身，要想幫東尼留住麵包店，就得盡快定出好的計畫說服他。

於是我將食譜放一旁，打開筆電。我逛了有關麵包烘焙的部落格和網路論壇，還搜了一下 Pinterest 和 Instagram，畢竟這些網站最適合找靈感。我查到了各種街角麵包店沒賣的酸麵種麵包，像是用五彩蘿蔔、甜菜根和薑黃根染色的麻花麵包，以及諸如中東口袋餅、印度烤餅和墨西哥薄餅的麵餅，甚至還找到用酸麵種做的蛋糕。

我匆匆寫下這些點子，並建立了自己的 Pinterest 圖板。

忽然間，我瞄到了很有趣的東西：無麩質麵包和純素麵包。東尼本來就有賣純素麵包，因為傳統麵包恰好就只用麵粉、鹽和水，只有一些種類還會額外添加奶油、牛奶、蛋和糖。不過無麩質麵包我知道他確實沒賣，雖然無麩質飲食可能只是一時的流行，不過我在論壇上看到有些人確實無法消化麩質，吃不了一般的麵包。

嗯……。

麵包店不是應該滿足每一種人的需求嗎？

這顯然是個我們忽略的商機。

我寫下更多想法，在 Pinterest 上新增了更多圖片。之後我坐起來，望著透過窗戶灑進來的月色，腦中已經能想像出麵包店重新裝潢後的樣子。復古中還帶點現代感，除了會用許多玻璃、西班牙瓷磚和回收的廢木材裝潢，還會新增一長條吧臺和金屬高腳椅，旁邊的牆上也會畫滿向日葵，讓客人能坐下來喝咖啡、茶，或是熱巧克力。店裡還會擠滿了各種客人，有帶小孩來填飽肚子的家庭、喜歡八卦的老太太、穿著瑜珈服的健身達人、好奇的觀光客，還有手牽手的情侶。大家會進門來，憑著各自的喜好購買法國麵包、可頌等等。我會有時在後頭幫忙東尼烤麵包，有時和艾絲妲或其他店員待在麵包店前面。

我深呼吸，欣賞著月色和閃閃星光，感受微風從敞開的窗口吹進來。希望、喜悅和興奮在我體內油然而生，從胃裡蔓延開來，經過心臟、雙頰和額頭，一直傳到手指和腳趾。

這種感覺難以言喻，只能說就好像**奇蹟**一般不可思議，彷彿整個宇宙都打算助我一臂之力。

我打從心底知道這個計畫一定會成功。

現在只差說服東尼了。

但是要如何說服他呢？

嗶。

我皺著眉頭看向筆電，螢幕上跳出一個對話框。

歐拉，艾芭。

一看到頭像裡那蓬亂的頭髮與靠太近的眼球，我便馬上知道那是阿金。我、他還有瑪麗互相交換了社群帳號，好讓大家更新彼此的進度。

嘿，什麼事？

對話框裡出現一排跳動的小黑點，看來阿金正在打字。

嗶。

我們什麼時候可以再見面？😂

我敲了敲鍵盤。

不確定。

黑點再次出現。

嗶。

不確定妳想不想見面喔？😭

我翻了翻白眼。

我當然想見面。我的意思是明天我和我媽有事要忙，要去逛些麵包店。你知道的，去調查一下競爭對手。

黑點再次出現。

嗶。

哦，我懂了，就好像我們去觀察別的樂團，調查別人都怎麼打扮、怎麼表演、玩什麼樂器。這就是所謂的良性競爭，對吧？

對！完全正確。

嗶。

好吧，那麼我們很快會再見面囉？

我想再翻一次白眼了，但他的追求似乎……很迷人？諂媚？還是窩心？

我笑了笑。

對啦，很快，我保證。

黑點繼續跳動。

嗶。

😂😂😂Buenas noches[48]，艾芭。

晚安，阿金。

嗶。

😴😴😴

嗶。

對話框消失了。

我打個哈欠，倒在了枕頭上試著放空。

[48] "Buenas noches" 意思為「晚安」。

32

我累壞了，而媽媽也因為前一晚喝太多紅酒所以頭痛，但我們還是得照計畫走，畢竟這很重要。我們打算先去街角麵包店，而且要特地表現出不經意的樣子，然後再走訪一家家麵包店，刺探敵情，這會是我調查的重點。

叮叮叮。

開門走進店裡時，門上的小鈴鐺響了。我在心裡默默提醒自己，記得要建議東尼拿掉這個鈴鐺，畢竟到時候顧客一多，肯定會超級吵。

叮叮叮！叮叮叮！

說真的，誰要整天聽這個聲音啊？

言歸正傳。

我們進去後在門口徘徊了一下。媽媽仔細看著店裡的一切，聞了聞麵包發酵的香味，接著靠過來小聲的說：「嗯，這間店蠻棒的……不過怎麼都沒客人？」

「就是說呀。」我也小聲的回她。

這時，站在櫃臺的艾絲妲看見了我們。「歐拉，艾芭。Toni está en la trastienda.」

每一次我從前門走進來，她都會跟我講這句話，今天也不例外。

我搖了搖頭。「喔，沒關係，我們今天只是進來逛一下而已。」

我轉身要向艾絲妲介紹媽媽，卻發現媽媽已經跑到了店的另一頭，觀察起貨架、空蕩蕩的白牆，以及沾滿灰塵的乾燥花束。

我很清楚知道媽媽對室內的擺設與整潔很有一套，記得還住在紐約時，她收藏了好幾疊有關室內設計的雜誌。在我們聘請清潔人員每週大掃除兩次之前，媽媽總會把家裡整理得一塵不染。隨著年齡增長我才慢慢了解，她之所以這樣是因為不管和我爸相處得有多糟，至少家裡的環境衛生她還能維護好。我以前經常看到媽媽哭紅了雙眼，帶著脖子上的新瘀傷，在浴室或是廚房裡刷地。

我的喉嚨腫脹了起來，感覺呼吸困難，心臟就像快要跳出胸口了。我大口的吸氣，試著嚥下口水、記憶和傷痛。

「伊莎貝爾！艾芭！」東尼出現了，看起來像是才剛起床、還沒梳洗。「我不知道妳們今天會來。」

我看過去媽媽那邊，希望她能冷靜應對。我可不想讓東尼發現我們的計畫，畢竟他知道以後一定會變得沮喪又悲觀，但要是我們說服他時能出其不意的提供完整方案，也許他就會明白這提議有多棒，願意嘗試一下。

拜託別漏餡了。

我想假裝笑一下，但發出來的聲音卻像嗆到一樣。「嗯，呃，我平時來這裡也都沒有提前講耶……」

哈哈哈。

我又假笑了一次。

「說得也是。」東尼回。

幸好，媽媽很冷靜，她笑著親了東尼的雙頰。「我們在幫媽媽跑腿辦事，但艾芭堅持要帶我先來看看麵包店，她很喜歡這裡，東尼。」

東尼頓時看起來像是吞下了一顆松果，咳了一下才接著把手放在我背上。「彼此彼此，我們也喜歡艾芭來這裡。」

我倒抽了一口氣。

萬一計畫沒有成功，我很快就不能再來這裡了。

東尼繼續說：「如果妳們今天沒打算久留，至少帶點東西回去……」他快步走到櫃臺後面，用棕色紙袋裝了兩個捲起來的糕點交給媽媽。「這是蝴蝶酥，妳小時候超喜歡吃的。」

媽媽先是愣了一下，接著呆滯的快速眨著眼睛。蝴蝶酥顯然在她心中勾起了什麼，只不過看不出來她是開心、悲傷，還是懷念。

我用指尖輕輕的撫摸著媽媽的手。「媽？」

她回過了神。「我、我真不敢相信你還記得那件事，東尼。」她總算開口回應了。

「我怎麼可能忘記？」東尼轉頭看向我，「有一次放學，妳媽在街上撿到錢，於是決定去買一大袋蝴蝶酥，結果吃到臉頰撐得鼓鼓的。」

媽媽笑了出來。「天啊，沒錯，我吃完之後肚子撐得好難受，記得接連的幾個月我都不敢再吃了。」

叮叮叮。

店門打開，兩位老太太走了進來。

「早安，東尼。」她們異口同聲的打招呼。

我拉了拉媽媽的衣角。

「改天見囉，東尼，我們該走了。謝謝你的蝴蝶酥。」媽媽揮揮手說。

「拜拜，東尼。」我說。

東尼揮著手好像還想說什麼，但那兩位老太太已經圍住他，笑著找他聊天，還捏了捏他的手臂，好像他是個調皮的小男孩一樣。

東尼確實有他的忠實顧客。

但如果要讓麵包店成功轉型，他還需要更多客人。

非常、非常多。

我們走訪的第一站是菲瑞爾麵包店，位於鄰近的波恩社區，走路一下子就到了。這家店藏身在一條超級小的巷子裡，我們第一次經過時甚至都沒發現，但等真的找到時，我一眼便看出了它有什麼魅力。

它的正面漆著柔和的粉色，店門則漆上如芹菜般的綠色。櫥窗裡用各式西點模擬出自然風景，用麵包當作山丘，用巧克力雕出雞、豬和牛，用棉花糖當成雲朵，再用糖果餅乾裝飾出花朵。

「這家店好可愛。」媽媽驚呼。

我推開門走進去，沒有聽見叮叮響的鈴鐺聲。

果然！

我就說吧。

店內的色調也是粉色與綠色，一邊放了張老舊的農家木桌，桌上的一個個蛋糕都用玻璃罩蓋著，另一邊則放貨架和冷藏櫃，架上有各種麵包和糕點，而冷藏櫃裡擺著許多造型奇特的甜點，有的像仙人掌盆栽，有的像迷你優格瓶，有的甚至像孵出小雞的蛋。除此之外，還有一區是擺著包裝好的餅乾、巧克力、果醬、凝乳起司和卡士達醬。雖然現在還很早，但店裡已經擠滿了客人，可以聽到大家用不同的語言在交談，有日語、德語、西班牙語和英語。許多孩子不斷歡呼尖叫，幾乎就像在逛玩具店什麼的。

「哇。」我低聲讚嘆。

「真的很驚人，」媽媽看著收銀機說，「他們肯定賺翻了。」

我們也走入了人群，用手肘擠出一條路來好過去試吃甜點和糕餅。結果全都美味到讓人彷彿置身天堂，尤其是那包著香甜起司與新鮮覆盆子果醬的酥脆可頌。

話雖如此，大部分的客人卻根本不關心麵包。整間店過份華麗，充斥著糖、巧克力和水果，而且到處都五顏六色的，讓人眼花撩亂，有種迪士尼樂園的感覺，繽紛、歡樂但卻空洞。

「我們走吧。」我大喊好讓媽媽聽得見。

一走到外頭我便趕緊深呼吸，雖然空氣中依稀聞得到酒壞掉的酸味和垃圾的臭味，但我卻感覺好太多了。店裡就像百貨公司的香水區，有太多味道混雜在了一起，讓我有點反胃。

「我們要不要再跑一站，之後就坐下來吃個午餐，讓妳有空做點筆記，如何？」媽媽問。

「好呀。」

於是我們又出發了，在迂迴曲折又狹窄的巷弄間穿梭。

雖然我們四周始終人來人往，走著走著卻不時感覺像是只有我們二人。媽媽的身上散發著溫暖，但不像夏天一樣灼熱，這股暖意拉著我向她靠攏，讓我特別能感受到媽媽就在身邊。

我們陪伴著彼此，就像一般的母女一樣共度時光。這感覺雖然陌生卻又出奇的熟悉，就好似我一直以來都在身旁為她保留了位置，而她也只是終於決定現身了。

我們的下一站是「Pain」麵包店，媽媽說那店名是法文「麵包」的意思。這聽起來似乎很做作，把店名取作「麵包」就算了，還故意用法文來引人注目，更別說在英文裡，這個字的意思是「痛苦」，有夠不吉利的。不過一走進店裡，我卻馬上覺得這真是個恰如其分的店名。整家店不是黑就是白，用了許多金屬、玻璃和鏡子裝飾，地板還亮得嚇人。我感覺自己一旦碰到店裡的東西就會被割傷，在那整整齊齊的麵包上留下血跡，而且這些麵包的價錢大約是東尼那邊的四倍。

沒錯，也許 Pain 的確最適合當這間店的店名。

那些一身黑的店員全都用懷疑的眼神盯著我們，好像認為我們會偷塞幾條長棍麵包到袖子裡再溜走。

「請問能幫妳找什麼嗎，太太？」一個留著超細八字鬍的男店員問。

媽媽沒有露出一絲膽怯，畢竟她以前可是高級精品店和珠寶店的常客，連店員都能喊出她名字的。

她抬著頭、挺著胸。「就只是看看而已。」她揮揮手說，像是在趕店員走。

「好的。」那店員咬牙切齒的回答。

我看得出來他不太高興就這樣被打發走，於是我走上前，故意靠得太近。「事實上，我想問你們有沒有賣無麩質麵包？」我用有點討人厭的語調問。

頓時所有店員都睜大眼睛，尤其是那位咬著牙的先生，他甚至還把手放到心上，嘴巴張大成一個正圓形。「無麩質？」他憤怒的語氣就好像我剛剛用髒話羞辱了他媽媽一樣。

「是的，無麩質。」我板著一張臉複述。

「沒有沒有，沒有！」

我看向媽媽，她的臉有點紅，脖子上的血管也都浮上來了，大概是在憋氣免得大笑出來。

我清了清喉嚨。「好吧，那麼看來也沒什麼好逛了。因為我要是吃了這裡任何一塊貴死人的麵包，大概會吐得亂七八糟，還可能產生嚴重過敏反應而死掉。」

那咬著牙的店員倒退了一步，好像怕我會傳染疾病一樣。隨他便。這段對麩質過敏的說詞當然是我捏造的，但天啊，他的反應也太沒禮貌了。我們跺腳走出去，連頭都沒回。雖然我其實很想回頭看，因為我百分之百確定他們會拿起掃把和拖把，把我們經過的地方徹底打掃一遍，不過我最終還是決定跟著媽媽，抬頭挺胸的帶著尊嚴離開。

直到我們走離店家至少六公尺後，媽媽才終於忍不住爆笑出來，甚至還笑出了豬叫聲。直到最近我才知道，原來媽媽這麼搞笑。

「我、的、天、呀！」她喘著氣說。「那店員需要吃一顆鎮定劑消消氣！」

「要吃一堆才夠吧。」我說。

我們看向彼此的眼睛，然後我也大笑出來，但不是因為店裡的情況有多好笑，而是因為媽媽像豬叫的笑聲會傳染。也不知道我們到底笑了多久，但總之我最後笑到都口渴、肚子痛，還滿頭大汗，而媽媽看起來也是。接著我們走到最近的一家咖啡廳，不過那其實更像家小酒館，菜單上列了一大堆酒水，像開胃菜之類的菜餚只有少少幾樣。

服務生讓我們坐到戶外的座位，位置剛好能鳥瞰整條街道，不過好在我們頭上有把大陽傘遮蔭，所以涼爽多了。一陣清風捲過，把行人的裙子、洋裝和領帶全都吹了起來。即使有點西班牙音樂在空中飄揚，但我仍可聽到樹葉沙沙摩擦的聲音。

媽媽點了一瓶叫做「維奇嘉泰蘭」的氣泡水給自己，一杯檸檬汁給我，還點了一堆小菜。服務生走開後，我們就坐在那裡喘息，我也時不時偷瞄媽媽。我現在依然記得她過去的模樣，總是打扮得無可挑剔，準確來說，她過去的一切我都覺得無可挑剔，包括髮型、妝容、姿態和禮儀。

相較之下，現在坐在眼前的媽媽我幾乎不認識，不只素顏、頭髮隨風飛揚，樸素的藍色棉質洋裝也被汗水浸溼、皺巴巴的。她的瘀青差不多都消退了，只剩下一點黃綠色的痕跡。

「太有趣了。」她打破了沉默。

我低頭看著桌子，不知道為什麼又感覺有點彆扭。「謝謝妳陪我一起做這些事情，媽。」我含糊的說。

「艾芭，這是我最起碼能做到的。我得彌補妳……彌補東尼。這些年來，我傷到太多人的心了。」

我抬起頭來。「但那不是妳的錯。」

「當然是我的錯，是我容許這些事發生，全部都是。」她的眼睛帶著水光，我知道她努力在忍住淚水。「我唯一的藉口就只有當時太年輕，太容易上當受騙了。」

我張口想問關於我爸的事，問媽媽為何情況會如此失控的急轉直下，而她又為何容許這種情況發生，但最終我沒問出口。目前問這些可能太多、太急了。過去那麼多年我都沒問，一下要她給出所有答案可能太苛刻了，於是我只是回：「東尼說他有一次在紐約看到妳，但妳連話都沒說就跑掉了。妳當時為何要跑開呀？」

她嘆了口氣，彷彿這件事已經過去非常久。她眨著眼睛，好像在腦子裡回溯那天的畫面，然後才將雙手放在桌上，靠過來。「我當時覺得很丟臉，艾芭，很羞愧自己變成了那副模樣。我不想要東尼看到我……至少不要以那種方式，這也是我遲遲不敢回巴塞隆納的原因。」

「可、可是他就像妳的哥哥啊。他會體諒妳的。」

媽媽搖搖頭。「我相信他會嘗試體諒……但問題是如果連我都不愛自己，別人再怎麼嘗試愛我也沒用。雖然他們可以一而再，再而三的嘗試，但到頭來都將於事無補。我不想讓東尼經歷這種過程，對我而言他太重要了。」

說到這裡時，服務生來了，站到我們兩個中間，在我們面前擺上飲料後又匆忙離開。我聽得到媽媽玻璃杯裡氣泡水的嘶嘶聲。

「我要妳答應我一件事，艾芭。」

我縮了一下。

話題怎麼會從她和東尼身上，跳到我這邊呢？

媽媽啜飲了一口氣泡水，把手伸過桌子握住我。「答應我，千萬不要失去自我。如果有人以愛的名義要妳改變，趕緊逃跑，因為那個人不配擁有妳，知道嗎？」

我點點頭。「知道了。」

「答應我好嗎？」

「我答應妳。」

「很好。」

33

當晚我感覺心裡七上八下，即使阿嬤和媽媽上床睡覺後，家裡安安靜靜的，但我依然無法沉靜下來，就好像肚子裡有隻天竺鼠在嘎嘎作響的滾輪上奔跑。

我穿上皺巴巴的牛仔褲，以及印有大衛．鮑伊的T恤，拿著布鞋，躡手躡腳的走到外頭的門廊。我想散個久一點的步，應該會有所幫助。等穿好鞋，來到街上時，我徘徊了一下。我完全知道自己想走去哪裡，只是不知為何卻又故意假裝不知道。

先不管了。

我朝著街角麵包店走去，知道東尼就在那裡。雖然我還沒準備好要展示我的計畫，但我想陪在他身旁，希望給他支持，讓他感覺事情總會好轉的。只要他好過些，我就也會好過些。東尼漸漸變得像是我的精神支柱，倘若他撐不下去了，那我也會跟著崩潰的。

街道上出乎意料還蠻空的，但這完全沒讓我心情好轉，因為深夜的寂靜、影子和回聲只會讓一切顯得既悲傷又寂寞。

希望之樹，堅定不移。

我得不斷這樣提醒自己。

最後，我總算來到麵包店所在的街角。我穿過馬路，快步走到後門，聽見耳邊傳來音樂後又突然停下了腳步。東尼辦公室敞開的窗戶傳出了一段旋律，它隨風飄揚，迴盪在巷子裡。我一開始不清楚那是什麼歌，於是便走近聆聽。我越靠越近、越靠越近，最後站到了窗臺邊。

你需要的是愛……

原來是披頭四。

我記得這首歌，因為以前住在紐約時，雜貨店店員山迪就常放披頭四的歌，那是他最喜歡的樂團。這首歌總是讓我覺得很特別，感覺既歡樂又感傷。

透過玻璃窗的裂縫，我看到東尼坐在辦公桌前，桌上都是文件。我正想揮手喊他，卻突然看到他抖了一下，然後用雙手摀住臉，身體有好一會兒都沒動。接著他又抖了一下，頭也開始微微顫動，這時我才看出來，原來他正在抽泣。

我沒什麼偏見和刻板印象，幾乎沒有，但老實說，我從沒看過一個成年男子哭成這樣。他抽泣到整個身體都在發抖，呼吸聲破碎，淚水還不斷往下流。

我想要進去安慰他，或許也應該這麼做，但又覺得不太合適。我算哪根蔥，有什麼資格安慰他？

東尼需要的是獨處，而不是被一個煩人的小孩打擾。

我退離窗邊，看不見東尼，也聽不到音樂了。

恐懼包裹了我的全身，身體裡不斷抽痛、翻攪、打結，感覺就像被撕裂一樣，尤其是我那顆無數次碎了又補的心。

剩沒多少時間了。

我的救援計畫。

看來得加速了。

超越音速還不夠。

我必須要超越光速。

34

我早上一起床便趕緊聯絡瑪麗、向她求救，還好，她中午之前都有空。她提議我們到公園野餐，順便定下計畫的最後方案。我到樓下跟她會合時，她手上正提著一個有把手的金屬容器，裡面有許多夾層。

「那是什麼？某種核子武器嗎？」我問她。

她得意的笑著舉起來讓我看。「這是多層便當盒，我媽給我們準備了早餐。」

「了解，讚喔。」

「走吧，去公園走這條路比較快。」她說著快步拐進旁邊一條巷子。

瑪麗要不是肚子很餓，就是很認真看待我的求救，她跨著大步前進，即使我習慣了紐約的超快步調還是依然覺得很趕。等走到公園入口時，我早已滿身大汗，輕易就能聞到自己腋下的汗味。

「到了，這裡是城堡公園。」她說。

這地方真是壯麗。說真的，雖然我幾乎不曾說這個詞，畢竟也沒人在用，但拿來形容這裡卻非常貼切。公園入口有座巨大的紅磚拱門，上面砌出尖塔，還雕刻出天使和人像。穿過拱門後有條看不見盡頭的步道，兩邊種著棕櫚樹，中間是蔥郁的草皮，還看得見一座噴泉和幾棟像是老舊玻璃溫室的建築物。

嘰嘰喳喳！嘰嘰喳喳！

我抬頭一看，發現樹上和空中有幾百隻戴著項圈的綠色小鸚鵡，頸背是粉藍色的，鳥喙則是紅色的，另外還有一些看起來像鸚鵡的大型鳥類。

「這些鳥都是逃跑出來的。」瑪麗用手指著說。

「逃跑？」

「是呀，牠們都是生活在熱帶地區的外來種。過去幾年，好多品種的鳥從港口的貨櫃箱裡逃出來，然後飛到公園裡棲息，即使這裡冬天比較冷，但牠們還是生存了下來。」

「哇！」我驚呼。

牠們跟我一樣也是外來客，學會適應並把這裡當成家。

「我們去找個地方坐下來吧。」瑪麗說。

我跟著瑪麗走到一棵枝葉茂密的大樹，樹下是一片方型草地。她從提袋裡取出一條野餐墊鋪在草地上，和我盤腿坐下來，接著打開便當盒。

「裡面有水煮鵪鶉蛋、蔥油餅、水餃以及幾片柳橙。」瑪麗說。

我撕下蔥油餅咬了一口。「嗯，我喜歡這個。」

「妳嚐看看餃子，這是我媽的拿手菜。」瑪麗塞了一顆進自己嘴巴，吞下去後便拿起素描本。「我畫好了翻修麵包店的草圖，現在只需要再上點顏色、描點黑線，就大功告成了。」

她翻過一頁頁紙張，我雖然是倒著看，卻依舊很佩服她的畫功。翻好後她將素描本旋轉過來好讓我看清楚些。其中一頁畫著街角麵包店的外觀，整體設計看上去沒什麼改變。雖然線條較為俐落、有現代感，不過顯眼的彩繪玻璃和老舊的店門仍然保留了原本的復古魅力。而真正令人眼睛為之一亮的，是正面加大的窗戶，以及戶外人行道旁的桌子。隔壁一頁則是店內的草圖，有西班牙瓷磚、老舊的木頭櫃臺，還有一個金屬貨架，上面擺著包裝好的商品，以及外型流暢的小吧臺，前方擺了六張金屬凳子。所有的物件全都完美結合在一起，不會突兀。看到這一頁時，我的目光停在了空蕩蕩的白牆上。

「要不要在這面牆上畫向日葵？」我問。「我覺得在這一片黑色、白色、木頭與金屬中，黃色會非常顯眼……妳覺得呢？」

瑪麗咬著唇思考。

自從阿嬤送我向日葵鑰匙圈，還承諾要帶我去卡莫納看一望無際的向日葵花海，向日葵似乎就變成我最愛的花了。這實在很不像我，因為我對花卉從來就沒什麼想法，但現在向日葵成了我所期待的未來，所以一方面也象徵著我的希望與夢想。

瑪麗在提袋裡翻找，接著掏出一盒彩色鉛筆。「向日葵……」她先用黃色的鉛筆快速動筆繪畫，動作看起來就像在蹂躪紙張。幾分鐘過後，她又換了支黑色鉛筆，加上一點線條。「好了！」

太棒了，說真的，我要是路過看到這個畫面，一定會馬上走進店裡。

「瑪麗，妳太神了。」

她聽到後臉都紅了。「那個，這些大部分是妳的想法，不過……我也覺得自己確實畫得不錯啦。」

我大口吃起第二片蔥油餅，並更加仔細的研究她的草圖。「是說招牌為什麼空著呀？」我指著店門上頭那一小片空白問。

瑪麗皺起眉頭。「妳不覺得街角麵包店聽起來有點普通嗎？如果麵包店要重塑形象，幹嘛不改個響亮一點的店名？」

嗯。

她說得好像也沒錯。

我看著她用黑筆慢慢完成草圖的最後幾筆，四周則有許多人在散步，玩飛盤和遛狗。

嘰嘰喳喳！嘰嘰喳喳！

各種體型的鸚鵡都停在樹梢上面，淡藍的天空掛著幾朵蓬鬆的白雲。即使我不看瑪麗，仍然可以聽到她用黑筆畫圖的沙沙聲。

不久，沙沙聲停了下來。

「那個，艾芭……」

我將目光從天空中移到瑪麗戴著眼鏡的雙眸。

「這個計畫也有可能行不通。」她皺著眉說。

「一定得行。」

「但萬一不行呢？如果街角麵包店無論如何就是得收掉呢？」

瑪麗歪著頭看我，身體動也不動的坐著，只有馬尾在隨著清風擺動。

「絕對不會行不通。」我堅定的講。

瑪麗擺弄起手上的筆。「艾芭，就算麵包店收掉，日子還是會照常過下去，不會導致世界末日。妳還是可以見到東尼，也還是可以烤麵包。」

我感覺脖子後面和耳尖開始逐漸發燙，我最不願去思考的事，就是這種最壞的打算。我搖了搖頭。「妳不了解……麵包店就是我的全部了。妳、妳有愛妳的爸媽，在學校成績又好，還有熱愛的興趣和光明的未來。妳……妳什麼都有。」我嘀咕。

「什麼都有？」瑪麗的臉漲紅了起來。「妳認為我的人生很完美？哼，告訴妳，根本就沒有。我爸媽每天都在工作，除非我到店裡幫忙，不然根本見不到他們。成績好？是，沒錯，我每一科都很好，可是我就是因為有獎學金才付得起學費，必須比所有人都用功才能繼續在這裡上學。妳知道我為什麼總是盡力去交朋友嗎？因為我是華裔，即使在這裡出生，大家還是把我當成次等移民，要不然就當作我是中國人，和遊覽車上的觀光客一樣。這樣的人生妳覺得夠完美嗎？」

我真想化成一灘水直接滲進地底下。我怎麼會這麼盲目？這麼無知？也難怪我從沒交過好朋友，畢竟我自己就是個糟糕又自私的人，根本不值得瑪麗的友情。

「對不起，」我輕聲的說，「我沒想到妳有這麼多困難要面對。」

「沒必要道歉，艾芭，妳要做的是張開眼睛去了解別人也有自己的難題。」

瑪麗握了握我的手，我雖然覺得自己真是個混蛋，但也還是握了回去。

「我會的，謝謝妳。」

瑪麗又拿起黑筆繼續描圖。雖然我明顯讓她難過，害她想起了不開心的事，但她卻還是打算幫助我。

我是付出了什麼才能交到像瑪麗這樣的真朋友？

沒有，我什麼都沒付出過。

也許我可以做點什麼來幫她？回報她的好意？

我思考著她剛剛說的每件事，包括她父母工作太辛苦，需要拿獎學金付學費，還有每一天都得面對別人的歧視。

我想想……

也許阿嬤可以再多請一名廚師或總管，這樣瑪麗的爸媽就有時間休息了。

我想想……

不行，這樣會導致他們被減薪。

我想想……

也許我可以說服阿嬤給他們加個薪？要是他們有足夠的收入，瑪麗就不必再依靠獎學金了。

我想想……

快想呀，艾芭，想。

突然間，我想起阿嬤曾經講過，「**大廚蘇師傅跟我們十五年了，他太太陳姊負責管理餐廳。我就只要簽簽支票而已。**」

這樣聽起來阿嬤似乎不怎麼想經營自己的餐廳，要是她做的只是簽支票，幹嘛不把餐廳賣給瑪麗的爸媽呢？這樣餐廳就是他們的，不只能賺比較多錢，也比較自由。他們可以自己當老闆，而阿嬤也可以專心去做別的事。

我想想……

等等，等一下。

別的事……

不就是街角麵包店！阿嬤顯然很欣賞東尼以及他的麵包，還說他的麵包店是「**巴塞隆納最不為人知的祕密**」。那她幹嘛不投資自己喜歡的事業呢？何況這樣可以把我們大家凝聚在一起，就像經營家族事業什麼的。這點子簡直完美，如果阿嬤同意，一切問題就都能解決了。

但前提是阿嬤要同意。

我想想……

35

瑪麗的話在我心中揮之不去。她說得沒錯，我的計畫的確有可能行不通，而萬一不行，日子還是會過下去的，但我不想這樣，我要以自己想要的方式來過。

嗯……。

看來我得去說服阿嬤。

這是唯一的方法了。

回到家後，我便窩在房間裡查更多的資料。我記下更多食譜，寫好提議時要說的話，並繼續研究瑪麗的草圖。我專心了很長一段時間，根本沒發覺太陽已經下山了。我獨自坐在床上，昏暗的房間裡只剩筆電發出來的光。

突然有人敲了門。

「請進。」我說。

媽媽將門推開了幾公分，探頭進來。「晚餐準備好了。阿嬤煮了加泰隆尼亞風味的香腸和豆子。」

我皺起鼻子。「我現在有點忙，可以等一下再自己做個三明治吃嗎？」

「再忙還是得吃飯啊，艾芭。」

「拜託啦？」我盡可能的模仿阿金那無辜的表情。

她瞄了一眼我的筆電以及散落在身旁的紙張。「好啦，我會幫妳留點菜。」

「謝謝。」

她又停了幾秒鐘。「如果需要我幫忙記得要說，好嗎？」她笑著講。

「好的。」我點點頭。

門關上後，我又逛起了無麩質麵包的論壇。我邊抄筆記邊截下幾個麩質不耐症患者的留言，他們都表示希望超市或麵包店就有賣美味的無麩質麵包和糕點。相信這個點子會讓轉型後的麵包店變得獨一無二。

把好的麵包賣給所有人。

我聽到媽媽和阿嬤在廚房裡的閒聊、餐具刮過盤子的聲音，還有洗碗時嘩啦嘩啦的水聲。時間一分一秒的流逝，直到一切都安靜了下來。

但我仍舊清醒著，繼續敲著我的鍵盤。

我瞄了一眼鬧鐘，驚訝的發現原來快到午夜十二點了。就在這時，我聽到音樂聲透過敞開的窗戶飄進來。我停下手邊的事仔細聆聽，發現是有人在溫柔的彈著吉他，用低沉的歌聲唱著我聽不太出來的曲子。

又過了幾秒鐘，我聽出來是什麼歌了。

那正是大衛．鮑伊為電影《魔王迷宮》所寫的〈當世界淪陷時〉。

我從床上爬起來，將窗簾撥到一旁，看見在皎潔的月光下，阿金正坐在前門的長椅上。他撥弄著一把西班牙吉他，像是沉浸在自己的世界裡，低頭望著下方，頭髮像黑色絲絨一樣遮住了半張臉。

當世界淪陷

向下淪陷

阿金抬起頭來，目光沿著建築物往上走，最後幾乎來到了我的窗戶。

我憋著一大口氣，感覺所有體溫都聚集到了臉上。

他以為自己在幹嘛啊？

天啊，天啊，天啊。

我把窗簾拉上，後退了幾步，就像靈魂出竅了一樣。雖然我正站在這裡，也知道發生什麼事，但卻驚呆了，感覺難以置信，身體也輕飄飄的。

阿金正在窗外對我唱情歌。

這種事只會出現在庸俗的愛情電影裡面，現實生活中又不會發生。

對吧？

他萬一把阿嬤吵醒了呢？把媽媽也吵醒呢？萬一所有鄰居都醒來，然後發現是他在對我唱情歌呢？

天啊，天啊，天啊！

我穿上拖鞋躡手躡腳的穿過走廊，出門下了樓梯來到街上，直接走到尚未察覺的阿金面前。

「阿金！」我小聲的吼他。

看到我之後，他停下了動作。「艾芭？」

我雙手叉腰盯著他。「看到我這麼訝異嗎？提醒你，我就住在這裡。」

「我知道呀。」

「都三更半夜了，你還在我窗戶外面彈吉他唱歌。」我說。

「我睡不著呀。」

「然後呢？」

「然後我就想，也許來這裡唱歌給妳聽也不錯……妳喜歡大衛．鮑伊，對吧？他的這首歌十分浪漫。」他邊傻笑邊說。

浪漫。

我放下叉在腰上的手。他這樣做確實有點甜，但是也很擾人。

我深深嘆了一口氣，在他身旁坐下來。「這首歌是很不錯，我的確很喜歡，但是，阿金，你還是不能這樣做呀。」

他皺起了眉頭。「為什麼？」

「這樣太過頭了。」

「怎麼會太過頭？」他問。「我以為女生都喜歡這樣耶？」

我灰心的往後一倒，不知道該怎樣解釋連自己都不太清楚的感覺。沒錯，我的確喜歡阿金，老實說，也許還不只是喜歡，但這件事我從來沒有經驗。說實在的，這裡的一切對我而言都是全新的，新的人，新的地方，新的經驗和新的感受。

我連腳跟都還沒站穩，就已經快要被他迷得神魂顛倒了。

我看著他的眼睛，發現他難得沒有化妝。「我很榮幸你會喜歡我，但我有很多問題還沒解決，而且同時還有那麼多事情發生……」

他的嘴唇在顫抖。

喔天啊，拜託別哭。

他往下看了吉他一眼，然後把下巴抬高。「但……我們仍是朋友，對吧？」

「當然呀！」我立刻回答。

「偶爾會……牽手的朋友？」他揚起一邊眉毛問。

我笑了出來。「對啦，偶爾會牽手的朋友。」

我將手塞進他溫暖的掌心中，和他就這樣牽著手坐了一下子。終於鬆開手之後，他又拿起了吉他開始彈奏。

這次我沒有閃躲，也沒有感覺到臉在發燙。

我聆聽著，知道他仍是在唱給我聽。

無論是出自什麼原因，總之現在，我覺得自己不再介意了。

36

「艾芭，起床。」

張開眼睛，阿嬤在旁邊，廚房餐桌也是，以及吃了一半的香腸三明治，還有那些草圖、食譜、筆記、時間表和重整計畫。即使我的臉頰還貼在木頭上，仍可以看出阿嬤正瞇著眼在研究她眼前的一堆文件。

「妳最近很忙。」她說。

我把自己撐起來，打著哈欠。「嗯，是。對不起，弄得亂七八糟。」

「不要緊。妳要咖啡嗎？」

我點點頭。「好，謝謝。」

她起身給我倒了一大杯，比平常的還大。但我可一點都不抱怨，啜飲一口，啊，天啊，太棒了。搬到西班牙後，我才曉得咖啡如此迷人。我是說，便利商店賣的咖啡也不錯，但不像這杯讓人讚嘆！

「謝謝。」我抹掉上唇的牛奶鬍子。

阿嬤又坐回來。「妳認為東尼會接受這些嗎？」

「怎麼會不要?」我說。

「嗯，經營事業是很複雜的。一個人可以有世界最好的經營計畫，但若沒有資金，也是沒用的。」

我聳聳肩。「有銀行啊，我猜有這樣一份提案，應該可以從銀行貸款吧。或甚至找到投資人。」

「很抱歉，艾芭，也許這些都太遲了。跟銀行貸款是個冗長又複雜的過程，找投資人更像大海撈針，尤其是這樣一個已經岌岌可危的事業。」阿嬤解釋。

我盯著她，屏住呼吸。

說啊，問她啊！

我坐直了身子，挺起胸，想讓自己鼓起更大的勇氣。「嗯，如果——」我沒往下說。

萬一她笑我？

萬一她拒絕？

阿嬤揚著眉毛。「如果什麼?」

「如果這人是妳呢?要是妳是投資人呢?」我往下盯著桌子，害怕看她的反應。

「我?」她好像有點意外。「我沒那麼多錢，除了退休基金以外。」

「但——但妳有餐廳……我在想，妳可以把餐廳賣給瑪麗的爸媽，我很確定他們一定願意買下的。妳不是常說妳就是簽簽支票而已嗎？」我又把目光上移，直視著她。

阿嬤嘆了口氣。「我是，沒錯，是這樣，妳說的大部分都對。但餐廳是我媽媽和爸爸留下來的，現在是我的……有一天，會是妳和妳媽媽的。」

「我不——」我的聲音卡在喉嚨。我想說的是，**我不要餐廳，阿嬤**。但我曉得這樣說會傷她的心。於是我又繼續瞪著桌面。

沉默。

最後，在沉默許久後，阿嬤用手抬起我下巴。「為什麼這件事對妳如此重要呢，艾芭？」

我玩弄著手上一張紙，捲起來又打開，在想著應該怎麼解釋。那不是一個複雜的問題，但不知為什麼，似乎沉重的壓在我的心上，像有一大塊麵包塞進我的肋骨裡。

我咳了咳。

然後一長串話就吐了出來。

「很久以來，我一直覺得自己一無是處，妳懂嗎？就好像即使我人間蒸發了也不要緊，沒人會在乎，沒有人會想念我，尤其是我爸爸。我一直讓他失望……因為在他理想的生活裡竟出現這樣不理想的女兒。但我來到這裡與你們在一起，開始有存在感了，好像也許有一天，我會是個有用的人，能夠做出改變。」我停下來喘口氣：「而東尼……就像我從未有過的爸爸，這樣講有點矯情，可是每次在我最需要時，他總在那裡。當我孤獨一人，被應該要照顧我的人拋棄時，他扶起我，讓我覺得自己是重要的。這是我生命中從未有過的感覺。我……我不要這種機會消失，尤其是一切才剛開始。妳明白我在說什麼嗎？」

阿嬤彎身在我的額頭親了一下。「我明白，艾芭，我懂，也覺得妳試著幫助東尼的這件事情做得很棒，我答應一定盡我所能來幫忙。」

這不完全是我想要的反應，但我仍努力擠出笑容。至少她沒有說這不可行。她將手擺在瑪麗的草圖上。「這些圖畫得出奇的好，但為什麼沒畫招牌？」

有意思，她問的問題和我問瑪麗的一樣。

「瑪麗認為我們應該為麵包店改一個新潮的店名，一個比較能抓住別人注意力、比較特別的名字。」我回答。

她揚起一邊眉毛。「要叫什麼？」

「不知道，還沒想到。」

「嗯，」阿嬤拍了一下手，眼睛看向遠處。「花點時間，閉上眼睛，好好想，然後把心裡想到的第一個念頭丟出來。」

這樣閉著眼睛坐在這裡感覺有點怪，嗯，我到底要想什麼？不過反正也沒什麼好損失的，所以我就照做。

閉上眼睛，我看到了街角麵包店的門口，看到了自己站在店裡的後廚，對著一堆麵團拉摺、搓揉。我可以看到窗戶裡坐在辦公室的東尼，我看見他的眼淚和桌上的文件，我聽見一段旋律，是那首〈你需要的是愛〉正在播放著，歌詞像一隻隻悅耳的螢火蟲在他身旁飄旋。

我睜開眼睛。「是愛，帶來奇蹟。」我輕聲說。

一片安靜。

我做出一個在桌上揉麵團的動作。

阿嬷的嘴唇慢慢揚成了一個笑容。「奇蹟，嗯？……奇蹟麵包店！這個好！」

「真的？妳也覺得？」

「對，對，但我覺得還要再加上一點什麼……給我支黑筆。」她指著我前方的簽字筆說。

我交給她，然後看著她在那片空白填上了優雅的文字。

奇蹟麵包店

用愛給你今日份的奇蹟

放下筆，她得意的看著自己的筆跡。「用愛給你今日份的奇蹟」，她大聲唸出來。

完美，我覺得不可能再更完美了。這個意義完全就是我想傳達的。

給每個人的奇蹟。

太好了！

「謝謝阿嬤。」我說。

「好，很高興這顆老人的腦袋還算靈光。」她用拳頭敲著腦袋。「來點早餐吧？我認為妳需要阿嬤的弗拉門戈雞蛋！保證提供妳一天的精力。」

完全沒概念弗拉門戈雞蛋是什麼東西，但光聽名字就覺得好吃。

「好的，謝謝。」

阿嬤提過來一籃的雞蛋、一些番茄、洋蔥和西班牙辣味豬臘腸，又拿了砧板、一疊碗和烤盤。不管她要變出來的是什麼，希望裡面有我需要的精力、魔力和幸運。

因為今天，我就要對東尼提出這份出色的企畫案了。

37

我又穿上了那件印著大衛．鮑伊「奇蹟星塵」的上衣，雖然它大概有——呃，一週沒洗了。但這是我的幸運衣，不是說以前穿上它就曾有好運，而是這件衣服就是會讓我有種說不上來，但能無往不勝的感覺。

我要去做這件事。

我會戰勝的。

我會救下麵包店。

從此以後，我們會過著幸福快樂的日子。

劇終。

「準備好了嗎？艾芭？」

「好了。」我跟媽媽說。

我們並肩站在街角麵包店的入口，我穿著那件臭T恤、膝蓋有破洞的牛仔褲，以及早已磨損的布鞋。媽媽則像一朵剛盛開的雛菊，清爽的白色長褲，黃色背心，和一雙涼鞋。她將長髮紮成了馬尾，沒有一絲亂竄的髮絲，彷彿在慶祝她的瘀青終於都不見了。

叮叮叮。

那見鬼的鈴鐺讓我神經緊繃。

麵包店裡空盪盪的，只有艾絲妲一人，正忙著在那本綠色帳簿上寫著字。她用筆指指後面，沒停下手上的筆。我們走過廊道時，我無法對安靜的麵包店視而不見——太安靜了，連蟋蟀也會這樣覺得。

我將企畫案緊緊抱在胸口，媽媽幫我用那種塑膠文件夾將所有紙張固定在一起。企畫案封面用印刷字體寫著：

奇蹟麵包店：用愛給你今日份的奇蹟

企畫案

這份企畫案看起來十分正式又專業，正是說服東尼慎重考慮所需要的。

吸口氣。

冷靜。

冷靜。

冷靜。

我們走進後廚，東尼背對著我們。他的手裡也有一本像帳簿一樣的筆記簿，而他前方的料理臺上，有成堆成疊的東西：金屬盆、盒子、籃子、抹刀、擀麵棍、淺盤和鍋子。

媽媽清了清喉嚨。「歐拉，東尼！」她用很快活的聲音說道。

他轉過來，筆記簿差點掉到地上。一瞬間，他的臉色沉了下來，其實我差點沒看到他臉色的迅速轉換，因為被他的大鬍子遮掩住了。但我確定他臉色先沉，然後才笑開，連魚尾紋都跑出來了。「伊莎貝爾！艾芭！我不知道妳們要來！」他拉過來兩張凳子，「喝點龍蒿茶如何？」

「好啊，聽起來不錯。」媽媽坐了下來。

「嗯，欸，好喔。」我在另一張凳子上坐下，緊張地看著媽媽。

我們看著東尼打開快煮壺，從旁邊一個罐子裡取出新鮮龍蒿葉，剪了幾片葉子放進茶壺裡。看得出來東尼相當不安，這就讓我更緊張了，因為東尼通常冷靜得如同一團正在發酵的麵團。

「是這樣的，東尼，我們其實是來這找你的。艾芭有東西想給你看。」媽媽輕描淡寫地說。

東尼在工作臺上擺了幾個杯子，在倒茶前朝我望了一眼。「喔，真的？」

我溜下凳子，將企畫案移開胸前。「我……我覺得我可以幫你做點事，來改善這個地方。」

東尼似乎不太懂我意思，他皺起眉頭說：「我不了解。」

「我這裡有份計畫書……」我走向他，將企畫案擺在臺子上。

東尼盯著封面看了許久，眼光一次又一次在那幾個字上掃視。但他什麼都沒說，也沒任何反應。我用發抖的手將資料夾打開。

「你看，這裡有銷售計畫，讓你可以吸引更多生意上門。有我的研究和食譜，以及如何重新裝潢店面的建議……瑪麗還畫了幾張示意圖，你可以看到大致會是什麼樣子。」我給他看了店鋪內、外部的草圖。

他仍沒說話，只聽到他急促的呼吸聲。

「你覺得如何，東尼？這是不是蠻棒的計畫？」媽媽在背後問。

「寫得……寫得很棒。」他用沙啞的聲音回答。

我在研讀他的表情，希望能看出一點端倪，但似乎徒勞無功。「所以？」

東尼用指頭描著草圖，然後慢慢地，以非常、非常緩慢的速度闔上了企畫案。

「問題是……」

他的眼睛看著我，這時我看出線索了——蹙緊的眉頭、緊繃的下巴和蒼白的臉。

「問題是，我已經決定設立停損點了，艾芭。我下週就要把店關掉了。」

我聽到媽媽倒吸了口氣。不過也有可能是我倒吸口氣，因為突然間，空氣彷彿在我喉嚨中燃燒，我手腳麻木、雙腿癱軟，身體搖搖欲墜。東尼把凳子拉到我身後，輕輕扶著我坐下。

「對不起，艾芭。」他輕聲地說。

媽媽起身拍著他的背。「確定嗎？東尼？」

「我沒有選擇了，伊莎貝爾。」

他們互相凝望，好像在用眼神做無聲的交談。不管他們講的是什麼，我知道一切都太晚了。

我失敗了。

很快，就不再有街角麵包店。永遠沒有了。

以前的那個艾芭會立刻從凳子上跳下來，遠遠跑開，因為她從沒愛過一個地方，愛到要留下來。但這個新的艾芭，卻想把自己用鍊子捆在房子中間的柱子上，在腳上灌上水泥讓身體牢牢固定在地上，然後把每一寸肌膚用快乾膠黏在牆上，那樣就沒有人能逼我離開了。

東尼靠了過來。「關掉麵包店並不表示我們就不再見面，艾芭，我們是一家人，還是可以繼續一起烤麵包。我也還有很多想教妳的東西。」

「好吧。」我很小聲地說。

我的聲音聽起來像別人的，像從個機器或機器人還是殭屍身上發出來似的。

東尼把杯子遞過來。「沒事的。來，開心點，喝口茶。」

我啜飲了一口熱呼呼的液體。龍蒿茶無論在我舌頭、上顎或喉嚨都是苦的，苦味一直在我體內不斷蔓延，直到我全身都苦澀起來。

不只是龍蒿茶苦。

是我本身就是苦的。

因為生命就是該死的不公平。

38

從街角麵包店回家後，我把自己關進房間，我需要獨處。然後，我脫掉那件奇蹟星塵的上衣。

我受夠了好運。

我穿著運動內衣和牛仔褲倒在床上，感覺很可悲。如果我是蔬菜，一定是冰箱蔬果抽屜中被遺忘在最下層的小黃瓜——軟趴趴、不爽脆、滲出酸液。

我抓起耳機戴在頭上，身體癱垮，整個人蜷縮在牆邊。世界最好離我而去，讓我自己獨自療傷。我搜尋歌單，找到一首大衛．鮑伊最沮喪的歌〈流沙〉。它的旋律充滿傷感，鮑伊的嗓音在哀訴，好像壓抑著想哭的衝動。歌詞犀利得有如剃刀，每次他叫喊著無力、失敗、無法相信自己時，就同時在我心上割上一刀。

我彷彿也真的踩入一座巨大的流沙裡，不管有多少雙手伸過來救我，不管我抓住了多少樹枝，我就是困在其中，不知自己能否逃得出來。

因為我已經被生命打敗過太多次了。

我挪動身體，想找個東西來擦掉臉上的淚痕。

然後我就看到她了。媽媽站在門旁，看起來又像那個破掉的瓷偶了。

「我剛剛敲了門……」

耳朵裡尖銳刺耳的音樂蓋過了她的話。我脫下耳機，用淚眼看著她。

「我也很難過，艾芭。」她走過來坐在床緣。

「我……我真的以為……這計畫可行。」我用沙啞的聲音低語。

她伸手輕撫我的腿，然後把手放在我的腿上。「我知道……」

「我真笨。」

「不，妳不笨，妳做的事情很了不起。」媽媽也用力在吸鼻子，然後用指尖抹了抹眼睛。

我坐了起來。「那麼為什麼？為什麼東尼連考慮一下都不願意？」

「這不光是一個人的事，艾芭。東尼得考慮他的員工、他的供應商、他的房東。他得做出他認為最正確的決定，事情沒那麼簡單。」

事情沒那麼簡單，我真恨這句話。對我來說，這聽起來像藉口。每當有人（精準來說是大人）不想解釋事情時，總是會說：「事情沒那麼簡單。」**隨便啦**。

他們為什麼不能直截了當的說話？我這輩子遇到太多喜歡粉飾太平的大人了。

媽媽：「喔，我滑倒，臉就撞到浴缸了。」

爸爸：「妳媽媽頭在痛。」

媽媽：「他不是那個意思，艾芭，他還是愛妳的。」

爸爸：「要是妳正常點我就會愛妳了。」

謊言，全都是謊言。

這不再只是關於東尼、我和麵包店的事了。我內心的怒氣湧現，隨時都要爆發。我瞪著媽媽，她逃離了，她哭夠了，她開始療傷了。現在一切都沒事了。而我呢，我整個人生都因為她錯誤的選擇而毀了。

這一點都不公平。

「妳為何不為我想，媽？為什麼？為什麼妳要留在爸爸身邊那麼久？」我急促地大聲吐出這些字。

媽媽畏縮了一下。「我無法彌補妳受過的痛與忍受過的苦，我知道說什麼都沒用，艾芭。我只能說，那是我人生最大的錯誤，我一輩子都會為此後悔……對不起，真的很對不起。」

我看著她的皮膚從淡黃色變成深沉的粉紅，她的嘴唇在顫抖，雙頰和額頭都揪成一團。剎時，我覺得自己很糟糕，再一次將她心中的悲傷挖出來。但我馬上就了解，那些悲傷其實一直都在那裡，她只是很善於掩藏。

「妳決定離開他的原因是什麼？」我問。

她發出像是被勒住的聲音，然後眼淚汩汩流出。「我曉得我要是再不走，總有一天他會失控……殺了我……」

我的骨頭、肌肉和血液全部凍結。我從沒想過我的爸爸可能會殺了我的媽媽。是，他當然可能，他又高又壯，而且渾身怒氣，而我媽媽是隻翅膀受傷的小鳥。只要他脾氣失控，失去他僅剩的那一點自制力，就可以把她活活踩死。

我全身顫抖，即使不知道自己還有沒有力氣移動，我仍在床上奮力地一吋一吋慢慢移向她。等到離她夠近了，我跪起來用雙手環抱她的脖子，「瑪哈吉塔，媽媽。」我低聲告訴她。

我愛妳。

她將我抱在腿上，好像我重新變回一個小女孩。我們兩個就這樣在彼此的懷裡痛哭，直到兩人最終彷彿合為一體。

我們兩人都活下來了。

一會兒後，我們已經哭不出來了，濃烈的情緒已把我們所剩的力氣榨乾。媽媽吻了我的額頭。「該休息了。」她說。

我滑下她的大腿。「好。」

她整理了一下自己，順順衣服和頭髮，深吸了口氣後才從床上站起來。走到門邊時，她停頓了一下回頭看我。有道光從窗外投射進來，照亮了她的頸子和鎖骨，那麼平滑、空無一物，感覺像是少了什麼。

「等等！」我喊著，撲向床頭櫃打開抽屜，拉出了一個紙袋。「拿去吧……」我把紙袋交給她。

媽媽打開袋子，掏出了那條如火焰般赤紅的絲巾，是我在恩坎特買給她的。「真漂亮。」

「現在妳應該不需要這個了……但我看見這條絲巾時，就想到了妳。」我說。

她將絲巾湊近胸口。「我很喜歡。艾芭，謝謝妳。」

這樣講聽起來可能很笨、很老套或很肉麻，但看到她握著絲巾——一條她是因為想戴，而不是因為她必須遮掩什麼而戴的絲巾，讓我的內心感到溫暖又想流淚。

一直以來，我都告訴自己我恨她。

但事實上，我只是渴望愛人與被愛。

39

接下來幾天我過得渾渾噩噩，分不清楚過到星期幾。像以前媽媽從超市買回來的，那種很花俏的超級食物冰沙，根本不可能嚐出裡面包含了哪些成分。而現在，我也無法分出哪天我做了什麼。

頭昏昏腦鈍鈍。

我只知道瑪麗來過，帶了她媽媽為我做的甜甜的酥炸花生餃，希望我能開心些。通常我是個嗜甜如命的螞蟻人，但吃花生餃時，我滿腦想著的是傳統發酵麵包鬆軟的口感，以及一刀切下去時，那些酥脆的外皮碎裂的聲音。

一天晚上，阿金又來窗口對我唱情歌，他選的是一連串的快樂歌曲串燒。也許太快樂又太大聲了，因為附近房子有位婦女開窗大吼，叫他閉嘴，要不然就叫警察了。

大多數時間我都躲在房間，戴著耳機。媽媽和阿嬤催我去呼吸點新鮮空氣時，我就走到外頭的長椅上坐下來，什麼事也不做。

我坐在椅子上時，那位餵鴿子的老先生就忽然出現了。他在椅子另一端坐下來，推了一下頭上的草帽跟我打招呼。我向他微笑，至少我試圖笑一笑。但他的表情告訴我，他不買帳，因為他直接把一整包牛皮紙袋裝的麵包屑推給我：「拿去！」他用粗啞的聲音說。

我左看看右瞧瞧，希望有人出現來拯救我，這樣我就不必和這位老先生講西班牙文了。但附近沒人。

「拿去！」他又重複一次，把袋子朝我湊得更近。

我瞄了瞄他厚厚的黑框眼鏡、淺灰色的眼睛、圓鼓鼓的鼻子、他那藏在鬆弛雙頰下的笑容；他的衣服，雖皺但乾淨。那時我便了解他並不是壞人，只是個寂寞的老人，除了餵鴿子外，沒事可做。

我伸手到袋子裡。「謝謝。」我對他點點頭。

他笑得更開了，然後拍拍自己前胸說：「我是喬治。」他發音的方式，有種濃厚到不行的西班牙腔，聽起來像在清喉嚨裡的痰。

「我是艾芭。」我回答。

他用自己發明的手語，擺擺手臂假裝在丟麵包屑給我們四周的鴿子，一邊看著我。我猜從我太過明顯的美國腔調他已經猜出，我的西班牙文一定很糟。

我撒了些麵包屑給最靠近身旁的鴿子，牠們開始啄著地面。

「讚啦！」他大聲叫著。

然後他也撒出麵包屑，一隻隻叫著鴿子的名字、跟牠們講話，好像牠們是他最好的朋友。不知為什麼，看著他，讓我情緒激動起來。一位孤獨老人和他的鴿子朋友。

我們就這樣沉默地餵著鳥。隨著時間過去，我們身邊出現了越來越多的鴿子。每隔一陣子，喬治就會瞄瞄我，像在關心我如何了。有我在旁邊似乎讓他十分自在，雖然我們根本沒交談。

這樣很好。

丟麵包屑、看著鴿子啄食、聽著牠們咕咕叫著還要，似乎有種安撫人心的能力。其實，我感覺好多了。當然，不是全好了，但已經好到能笑、能享受照在我臉上的陽光了。

「艾芭！」

我匆匆轉過頭，看到曼倪沿著街道走過來。他穿著海軍藍與白色相間的船型領上衣，潔白的短褲和平底帆布鞋，看起來一副要揚帆出海的樣子。走到我前面時，他親吻了我雙邊臉頰。

我淺笑了一下。「嘿，曼倪。」

「嗨，妳好啊。」他愉悅的說，然後彎腰向喬治打招呼：「歐拉，嘉西亞先生。你好嗎？」

「很好，很好。」看到他，喬治的眼睛頓時亮了起來。「我今天有助手了。」他用西班牙文說著，還指了指我。

「那很好呀，艾芭是很棒的女孩。」

他們倆在聊什麼，我一點頭緒都沒有，除了「女孩」這個字。

鴿子啄著喬治的鞋子，所以他繼續撒著麵包屑，還一邊興致勃勃地講故事給牠們聽。

曼倪將手伸出來給我。「走吧，女孩兒，先讓我帶妳去剪頭髮，然後再去吃『哈囉哈囉』[49]。」

「剪頭髮？」我說。

他笑出來。「是的，親愛的，妳頭上看起來好像長雜草了。」

「嗯，好吧，但讓我先去跟媽媽和阿嬤說一聲。」我站起來，走到椅子另一端。

「再見，喬治。」

他也伸出手握了握我的手。「再見，艾芭……¿Mañana otra vez?」

我望向曼倪。

「他在問明天妳還會跟他一起餵鴿子嗎？」

我笑著回答。「會，明天。」

在那瞬間，喬治灰色的眼睛閃亮了起來。然後才回去看著他心愛的鴿子。

咕咕咕。

我衝上樓梯，突然因為要剪頭髮這件事而興奮起來，無法忍受那座比糖漿的流速還慢的電梯。我的鑰匙叮噹作響，然後啪地一聲，鎖開了。我用力推開了門。

砰！

門把撞在牆上。

糟了。

「艾芭？」媽媽皺著眉頭從廚房走出來，手上還端著一杯冒著蒸氣的咖啡。

「欸，抱歉，門太大聲了。」我咬著脣說。

媽媽把食指擺到嘴脣上示意我降低音量。「阿嬤在睡午覺。」

「喔。」我雙腳在原地躊躇著，不只因為我很想趕快去，也因為不知道媽媽對

㊾ 哈囉哈囉 (halo-halo) 為塔加洛語，一種菲律賓甜點。

於我要去剪頭髮會有何反應。「嗯，是這樣的，曼倪在樓下，他邀我去他朋友的理髮店修頭髮，結束後再去吃點心……」

她有一會都沒反應，或是至少企圖不要有反應，但我看到她兩眉之間的皺紋深鎖了一下。她的眼光流連在我額頭上方，好像在搜索我後面有沒有人站在那裡。不過我曉得她在幹嘛，她是想再看一眼我茂密的長髮。幾秒鐘後，她的眼光向下，然後笑了笑——那種我會形容是認命的微笑。她不會跟我吵，只會順其自然。

「我可以當跟班嗎？」她用快活的聲音說：「我不介意離開一下這間房子。」

我胸口緊縮了一下。有很長一段時間，我的短髮是我和爸媽，以及媽媽和爸爸吵架的原因。現在，她突然笑瞇瞇地問她能不能跟去。我實在不太希望我剪髮時她在旁邊。

萬一她在最後一分鐘反對我剪髮呢？

萬一她想逼理髮師幫我剪的新髮型，是比我要的還更長的頭髮呢？

萬一她想當跟班的主因，是想脅迫我改變主意呢？

嗯……

我直視媽媽閃閃發亮的眼睛，她的笑容——嗯，她的笑容看來蠻真誠的。

也許她是想補償我？

我猜這可以成為培養親子關係的時光，一個讓我們永久拋棄過去，大步向前的機會。

「好啊，」我終於回答了。「沒問題。」

媽媽高興到真的跳起來，差點把手上的咖啡打翻。「太好了！我去拿皮包。」

我看著她跑回廚房。

深吸一口氣。

怦怦，怦怦。

我既擔心、緊繃又有點驚慌，但只能祈禱，等一下不會後悔。

40

我坐在理髮店的椅子，難為情的盯著前方的鏡子。曼倪說得沒錯，我的頭髮亂得像過長的雜草。

這家理髮店很小，位於拉巴爾區，只擺得下四張椅子。但裝潢的方式卻讓它看起來寬敞無比。一面牆覆滿了極富魅力的好萊塢名人壁畫；爆炸性的地磚排列法讓我想起萬花筒；整間店到處都點綴著怪怪的小裝飾品。曼倪站在我身旁，歪著頭；我正後方是他的理髮師朋友路比，是個瘦瘦高高的菲律賓人，留著一頭染成淡金色的精靈系短髮，正用指頭梳理著我的頭髮。

「想剪成什麼樣子？」路比用塔加洛語問道。

他當然不是在問我，曼倪自認為是我的個人髮型師。

這是他同情我的方法嗎？

還是他只是看膩了我頭頂上的鳥窩頭？

隨便啦。

幾秒鐘後，曼倪拍著手說：「年輕的奧黛麗赫本遇上大衛貝克漢……不錯吧？」

他們同時尖叫起來。

我瞪著他們，思忖著不知道我會變成什麼樣子。然後我又偷瞄向媽媽坐著的地方，她正翻閱一本叫做《歐拉》的西班牙雜誌。她裝作在看書，其實很明顯是在偷聽。

曼倪捏捏我肩膀。「相信我，艾芭……路比是全巴塞隆納最厲害的理髮師。」

「媽？」我不曉得叫她幹嘛。我是說，剛剛我根本還不希望她來呢。但也許這就是原因，我需要測試她，看她是不是發自內心、真誠地接受我不可能像她的這個事實。

她揚起眉毛看過來。「喔，嗯，妳自己做決定吧，艾芭……但我確信不管曼倪和路比設計出什麼髮型，應該都會很好看。」

嗯，至少她是企圖支持我。

我聳聳肩。「好吧。」我對曼倪和路比說。

之後遊戲就開始了。路比像個佛朗明哥舞者般移動，不停扭動、踱著腳，旋轉著剪刀、梳子、噴瓶、剃刀及吹風機。這一陣混亂讓我看得入迷，甚至忘了要留意鏡中的自己，直到路比抓了一點髮油抹在我頭髮上。

突然，世界靜止了。

我幾乎認不出自己。那個在鏡中回瞪著我的人，是個十分清楚自己是誰的人。

有個性、充滿自信。我一邊的頭髮幾乎推平了，但上方，長長一束頭髮落在我前額上，沿著側臉邊緣越來越薄。

「怎麼樣？妳覺得如何？」曼倪問。

我眨著眼，在鏡中的角落搜尋媽媽的身影。她望著我，眼睛瞪得又圓又亮，嘴巴微微張開，雜誌被遺忘在她腿上。

路比兩手扶著自己的臉，眉開眼笑。「啊！Ang gwapo naman.」

我皺了眉。「什麼意思？」

「說妳很帥。」曼倪眨了眨眼說。

「很帥？女生也可以帥嗎？」我問。

曼倪玩鬧著撞我的手臂。「當然囉！就像男生也可以漂亮一樣……好比說，嗨？」他猛眨著睫毛說。

他講得沒錯。曼倪是很漂亮，高高的顴骨，琥珀色的眼睛，又長又濃密的睫毛，在陽光下發亮的光滑肌膚。

「你很漂亮，曼倪。」我說完又回來看著自己，笑了開來。「我的確也蠻英俊的。」

「艾芭……」突然間，媽媽來到了我身邊。

曼倪和路比退到一旁去，忙著掃地，還一邊用高昂的塔加洛語在聊八卦。我在椅子上坐立難安，因為媽媽這時目瞪口呆。然後她伸出手撥開我太陽穴上的頭髮，用指尖觸碰我半邊垂落的髮絲。

「妳看起來……」媽媽停頓了一下，好像在尋找她真正想用的那個字。「妳看起來像……像妳最美好的模樣。」

我看進她充滿淚水的眼睛。

她是說真的。她是發自內心真誠地說。

我伸出手，她將自己的手放在我手上面，我們掌心握在一起，十指相扣。「謝謝妳，媽媽。」

我還可以再多說一點，可以多解釋一下我的感覺和情緒，我所有的一切。但不需要了，在這一刻，她的眼和我的眼、她的笑容和我的笑容，我們緊握的手、我們落下的淚，就是全部了。

在我大變身之後，我們走到附近一家叫做 Miss Matamis 的小餐館，曼倪說，那是塔加洛語裡「甜姐兒」的意思。這家店我會形容為可愛，有糖果色的牆壁、心型的座椅，還有許多用來裝飾的擺飾。

「嘿，曼倪，好嗎？」櫃臺後的那位女士看到我們後開口打招呼。她有張圓圓的臉、蘋果樣的雙頰、光潔及肩的黑髮，以及一個絕對可以拍牙齒廣告的笑容。

「嗨！親愛的姐拉姊！」曼倪回答後，輕手輕腳繞過櫃臺去親她。然後又指指我和媽媽說：「這是伊莎貝爾和艾芭，瑪德阿姨的女兒和孫女。」

姐拉尖叫，快速繞過櫃臺到我們站的地方，她先親吻了媽媽兩邊臉頰，然後彎下身來用她帶著糖霜味的雙手捧著我的臉：「Sus! Ang payat mo, naman![50]」她大聲說著。

我投給媽媽和曼倪一個詢問的眼神，*她到底在講什麼東西啊？*

媽媽皺著眉頭，揮了揮手，好像在回我，*就別管她說什麼吧，艾芭。*

相反地，曼倪吃吃笑了起來，還拍著姐拉的手臂。「哈！妳啊，改講英語吧……艾芭聽不懂塔加洛語。」

她倒抽了一口氣，放掉我的臉。「妳每個禮拜都要來看妳的姐拉阿姨，我會把妳餵胖，再教妳塔加洛語的，好嗎？」

我點點頭笑了笑。通常若有個不認識的人說我瘦得像皮包骨，還像在捏黏土那樣捏我，我都會超級不爽，可是妲拉身上有股強烈的神仙教母氣質，我拒絕不了這種魅力。媽媽也是。

連在曼倪為我們找到座位後，媽媽還流連在櫃臺旁，跟她閒扯大笑，好像她們是許久未見的好朋友。媽媽三聲道齊下，用英語、塔加洛語和西班牙文跟她開著玩笑。她的神態快活、友善又自在瀟脫，讓我覺得好快樂。但卻又同時覺得這和前一刻的我差太多，轉變得太快了——所有的一切突然都變成一股壓力，壓得我喘不過氣。

吸口氣，艾芭。

我看出店前的窗口，看向外頭一片小小的廣場，那裡有樹、凳子、人行道咖啡座，以及不偏不倚矗立在正中間的一座雕像。人們在那裡做日光浴、隨意交談，大一點的孩子在練著各種滑板技巧。在紐約時，人們根本不太在乎別人在做什麼，除了少數人，像我在地鐵的守護天使，雷夢娜。但在巴塞隆納，每個人好像都會注意別人，即使是全然的陌生人，他們也會在街上彼此微笑打招呼。

譬如那位給我芙烈達．卡蘿名言的老太太。

50 「天啊！妳瘦得跟皮包骨一樣！」

譬如喬治，那名餵鴿子的男人。

他身上有股安定人的力量。

某種熟悉感。某種令我冷靜的東西。

「那個餵鴿子老人，嘉西亞先生發生什麼事嗎？」我問曼倪。

他撫著心口，做了個哀傷表情。「他是個鰥夫……太太去年過世了，從那時起，他就自己一人。」

「他沒有小孩嗎？」

「有，他有一對兒女，都已經長大了。一個住在瓦倫西亞，另一個在馬德里。他們試圖說服他賣掉公寓、搬去和他們住，但他拒絕了。他說這裡有太多他和太太的回憶……艾德瓦多和我每週幫他清理一次房子，也會多煮點食物帶過去給他。他是個好人，有美好的心靈；某方面，對我們來說，他已經像自己的叔叔了。」

我有點後悔問了這個話題，因為我眼睛開始感覺刺痛，喉嚨後頭也像是腫了起來。

一個可憐、寂寞的老人。

我再次看向窗外，企圖趕走刺痛感。我曉得寂寞的滋味是什麼，曉得全世界沒有人在乎妳是什麼感覺。每一次我逃開，都不知道要跑向誰，因為根本沒有人在哪裡等我。

直到現在。

「『哈囉哈囉』的時間到了！」妲拉越過店裡走來時這樣宣布，媽媽跟在一旁。她手中的托盤上，擺著一個巨無霸玻璃碗，裡頭是山一樣高的剉冰，混雜著一大堆五花八門的東西。她把大碗放在桌子正中間，再擺上三支湯匙和一疊紙巾，接著從一個小壺往剉冰頂端淋上鮮乳狀液體。「請享用！」說了後才搖搖擺擺的走回櫃臺。媽媽在我旁邊椅子坐下來。「喔……我好久沒吃『哈囉哈囉』了！」她說。

「嗯，這到底是什麼？」我問。

曼倪瞠目結舌地瞪著我。「親愛的，沒有『哈囉哈囉』的夏天是不完整的。在這堆剉冰底下，妳會找到成熟的波羅蜜、椰子絲、甜豆，以及各種果凍。剉冰上有幾塊布丁、幾片芭蕉、紫山藥冰淇淋、紫山藥椰奶泥，再撒上脆米片。她最後在上頭淋上去的是濃縮鮮乳。」

「超怪。」我說。

「才不呢，是人間美味。」他回我。「來，動手吧。」

我看著曼倪和媽媽用湯匙將冰和一和，讓冰吸滿濃縮鮮乳，再攪入其他東西。我有點猶豫，但心一橫，決定豁出去了！我把湯匙插進去，試圖每種都拿一點，然後放入嘴巴。剉冰暫時麻痺了我的舌頭和牙齦，等麻痺感一過，各種口感和味道的食物就瞬間爆炸開來。

「妳覺得怎樣？」媽媽問。

我的嘴裡還塞得滿滿的，但仍抿著嘴擠出了一個歪歪的笑容。「好吃！」我含糊地回。等全吞下去後，我指指那個紫色冰淇淋和紫色的泥狀物問：「那是什麼東西？」

「那是紫山藥冰淇淋和紫山藥椰奶泥……是一種紫色芋頭，在菲律賓通常用來做蛋糕和點心。」曼倪解釋。

媽媽也點點頭。「天啊，在我小時候，阿嬤的家人都會遠從菲律賓寄來一罐又一罐的紫山藥泥。我記得她以前會把這些薯泥拿來當內餡，做成美味的紫山藥小餐包。」

我用湯匙舀了一些紫山藥椰奶泥，嚐了一下。味道甜甜的、帶點樸實的土味，還有一種很難形容的餘韻，像香草、開心果，還是什麼。

我的心開始撲通撲通直跳。

美味的小餐包。

麵包。

現在我腦海裡想的，都是我可以拿這個叫做紫山藥的東西來做什麼——鬆軟的紫山藥風味傳統發酵麵包，或是用紫色條紋打著結或編著麻花辮的麵包，或內餡是奶油紫山藥泥的蓬鬆牛奶麵包。我真想跑去街角麵包店告訴東尼這一切。

但我想起來了。

明天是最後一天了。

之後，那裡就會清空、擋起來，最終變成別的東西。

我嘆了口氣。

唉……

所有美好的東西終會結束。

我猜我不能再抱怨，是該向前行的時候了。

41

那晚，東尼邀請我們過去與街角麵包店道別，像是最後的慶祝。走近店門口時，我緊張地抓著手上那罐從「甜姐兒」買來的紫山藥椰奶泥，這是我準備送給東尼的謝禮。我的手心冒汗，希望罐子別摔到地上，把地磚染成一大片紫色的災難現場。謝天謝地，阿嬤和媽媽都忙著端其他食物，沒發現我拖拖拉拉地跟在後面。而且我是真的拖著腳步在走。

嘎吱，嘎吱，嘎吱。

我停在入口處。門上的鈴鐺，那個世界上最惱人的鈴鐺，不再**噹噹作響**。鈴鐺已經被拆掉了，其他東西也是。唯一還留著的，是固定在那裡的櫃臺，就這樣了。我的眼睛掃視著整間店面，牆上有拆掉架子後殘留的縫隙和孔洞。櫃臺上原來擺收銀機的位置已經明顯不同。正面展示架上，陽光留下了麵包籃的曬痕。所有的印記，都是從前的痕跡。

「走吧，艾芭。」阿嬤說。

我跟著她和媽媽走到後頭。我聽到彈奏吉他的聲響，也聞到了比薩的味道。

「歐拉！」

「哈囉！」

「妳們好嗎？」

「很好，很好！」

「好極了。」

一陣爆炸性的寒暄冒出，我退到後面，讓他們親彼此的臉頰，趁這時間我把工作房好好的瀏覽了一次。每道線條、每個角落；每塊木板條和瓷磚片；每個汙漬和刮痕；每團粉塵棉絮和蜘蛛網。全都是我最後一次看到了。

「艾芭，謝謝妳能過來。」東尼擁抱了我。他聞起來像麵團、番茄和羅勒。我閉上眼，企圖記下這一刻、這個味道，我要將它藏在腦中的某個區域，將來可以回味。

放開手後，我試圖笑著說：「很高興能在這裡。」

這是真的。我很高興。

我極度需要一個正式結束的句點。

但為何道別這麼難？這麼痛？這麼令人心碎？

唉。

東尼也笑著，但在那歡欣表情的掩飾下，我看得出來他內心的情緒也十分澎湃。

「今晚我們一起來烤點什麼吧，在這裡的最後一次。」

我點點頭，遞給他那罐紫山藥椰奶泥。「這是紫山藥泥……我想你也許會想嘗試做些甜麵包、點心，或其他東西。」

「啊啊！」他像舉著獎盃似的把玻璃瓶高高舉起。「謝謝妳，我已經想到待會可以來做什麼了。」說完還朝我眨了一眼。

「東尼，開瓶器在哪裡？」媽媽問。

他走到房間另一邊去。阿嬤在整理食物、盤子和餐具。媽媽搖晃著一瓶西班牙酒。東尼這裡蹲一下、那裡彎一下，在四散的箱子間尋找那支不見蹤影的開瓶器。

我漫無目的走著。

對，我很好，完全沒事。

就在這時，我看到了坐在角落凳子上彈著吉他的阿金。他用我見過最呆、最可愛的笑容對我笑著，雖然我想退縮，但沒有，因為這時候，我需要所有人的微笑，即使是呆呆的也好。

我朝他走過去。「希望你沒有要彈任何悲傷的歌。」

阿金眨眨眼。「別擔心，艾芭。今天晚上我只會彈奏快樂的曲子。」

我咚地一聲在他身旁的凳子坐了下來，阿金則繼續撥弄著吉他。我一時聽不出這首歌的旋律，因為節奏比錄音版的樂曲慢太多了。但等他輕輕唱出幾個字後，我聽出來了。

是鮑伊，那當然。

我笑了。

「〈現代人的愛情〉，是嗎？」

「對，我還在練習。」阿金回。

「是要表演嗎？」

「沒有，我只是在練習，音樂家都是這樣，練習再練習。」

我看著他邊彈邊唱，沉浸在自己的小世界裡。只有他、吉他和音樂。他的頭髮蓋住了半邊臉，但每當他轉頭，頭髮就被甩到一邊，露出他繃緊的下巴和深鎖的眉。這表情和東尼專注時一模一樣。

唱完歌曲，他看看我，然後鬆懈了下來。他自己的小世界又敞開了，那傻傻的笑容也回來了。「妳的髮型很漂亮，艾芭。」他眼睛閃著亮光說。

我碰碰太陽穴附近的一綹頭髮。

他注意到我剪頭髮了。

我迎上他的目光。「不帥嗎？」

「不帥，是漂亮。」

霎時間，我突然有點希望自己的頭髮夠長，讓我能躲在長髮後面。因為我知道此刻臉頰上肯定已經蒙上一層難為情的緋紅。

「開飯囉！」阿嬤用特大的音量叫著。

鬆一口氣。

大家都圍著食物站著，隨興拿取東尼用傳統發酵法烤的比薩和阿嬤的西班牙海鮮麵，這其實就像西班牙燉飯一樣，只是把飯換成了麵。我們席地而坐，將盤子擱在自己腿上。一邊歡笑聊天，還一邊喝了更多的酒。最後終於來到了甜點時間——焦糖布丁，是阿嬤前幾代的祖先傳下來的祕方。

我甚至不曉得我們還有家族祕方。

幾小時過去，所有食物都清空了，酒也是。媽媽有點微醺，但仍盡可能地幫忙清理。阿金已經倒頭趴睡在臺面上。我收了所有的盤子和玻璃杯，送到大水槽去。

「謝謝。」媽媽說。

「沒問題。」我回。

她的目光從我臉上飄到髮上，然後將我的一小撮頭髮塞在耳後。「今天很好玩！也許我們之後可以再去一趟路比的理髮店？我在考慮要剪個適合夏天的髮型，長度大約到下巴，有打層次的那種。妳覺得如何？」

我覺得如何？

媽媽從不曾問我任何外型上的意見，從沒有過。我微張著嘴，呆呆看著她。她的臉頰紅潤，長髮從法式辮子中散了開來，眼影也有點糊了。但她還是很美，即便她剃成光頭，依然美麗。

「嗯，我想我會喜歡。」我說。

「那就這樣說定囉。」她笑得更開了，伸手去扭開水龍頭。「妳去跟阿嬤說我們很快就要走了。」

我左看看右看看，環顧了整個房間。

阿嬤跑哪去了呢？

還有東尼……他也下落不明。

我晃到後頭，也就是東尼的辦公室。辦公室的門關著，但門後傳出不清楚的講話聲。我敲敲門，裡頭的聲音就停了。

「請進。」是東尼的聲音。

我走進去。辦公室蠻空的，只剩一張大桌子和幾張椅子。

「嗯，對、對不起打斷你們了。」我有點結巴的說。

阿嬤站了起來。「沒關係，我們只是在回味舊時光。」她說。

東尼笑了出來，雖然他和媽媽喝了差不多量的酒，他的眼睛卻依舊明亮清晰。

「那麼，準備好要烤東西了嗎？艾芭。」他問。

「是的。」我說。

阿嬤用一種很了解的表情瞄瞄東尼又瞄瞄我。「我猜你們兩個又要烤一整晚了。我會把咖啡和早餐準備好等妳回家的，艾芭。」

「謝謝阿嬤。」

「隨時等妳回來，艾芭，隨時。」她親了我額頭，讓我想起在機場的那天，她過來抱我時，身上聞起來的焦糖味就和現在一樣。

真希望那時我就知道，她會是這麼棒的一位阿嬤。

42

今天就是我們最後一次在街角麵包店烤麵包了。

只剩東尼、我和一個不省人事的阿金。

「要叫醒他嗎？」我問。

「不用，讓他去睡，他只要一睡就跟死豬一樣。」

我咯咯笑出來。

東尼從箱子裡拉出幾條圍裙，給了我一條。「嗯，我想今晚就來做個特別又有趣的。」

「特別又有趣。好喔，我加入。」我說。

他撈出那罐紫山藥椰奶泥，重重放在工作臺上。「我在想，可以用這個來做雙色螺旋麵包。我的冰箱裡還有奶油、牛奶、蛋和椰漿。通常大份麵團發酵需要八到十小時，但今天這麼熱，也許四到五小時就夠了。妳覺得如何？」

「太好了！」我大叫著。「太棒了！」

事實上，雙色螺旋麵包正是我在計畫書中特別提到的麵包，我可以想像小小孩央求著爸媽給他們買一個、兩個、三個。

我的意思是，誰會不喜歡雙色螺旋麵包，不是嗎？

「好，那麼就開始吧。」東尼說。

他量了些牛奶和奶油到一個小鍋裡，放到爐子上用小火煮到奶油完全融化。在等它們冷卻的時候，我們又秤了些酵母、糖和蛋一起混進去攪拌器裡。

喀噠。喀噠。喀噠。

攪拌器雖厲害，但蠻吵的。我望向阿金。

沒錯，還是死豬一頭。

之後我們慢慢將牛奶和奶油也倒進攪拌器裡，等所有材料都混合均勻，變成起泡的液狀後，再加入中筋麵粉和鹽。

喀噠。喀噠。喀噠。

攪拌器的葉片轉啊轉的，直到麵團變得柔軟、不黏鍋。這時東尼將那一大坨麵團放進中型容器裡。「可以開始揉麵團了，拉摺個幾次，我去準備做內餡的材料。」他吩咐我。

我最喜歡拉摺的過程，將溼黏的麵團從一邊拉到另一邊，有種鎮定、安撫的效果。接著靜置醒麵，然後又重來一次，直到整個麵團具彈性又柔軟。那真是最令人放鬆的時刻了。

東尼在我身旁放了一部食物處理機，以及紫山藥椰奶泥、椰漿和糖。「艾芭，現在先不管麵團了，準備做內餡吧？」

「喔，好。」我擦擦手問：「該怎麼開始？」

「把薯泥倒進食物處理機，慢慢加進些椰漿和一點糖繼續攪拌，直到看起來沒問題了。用點烘焙師的直覺。」他對我眨了個眼。

哈，說得倒容易。是說，我連專業烘焙師都還談不上呢，又該怎麼去相信自己的直覺呢？

管他的。

直覺就直覺吧。

我挖了幾勺紫山藥泥倒進處理機，加了兩大匙的糖，和四分之一杯的椰漿。

拌一下，拌一下，拌一下。

看起來還是有點黏稠，我再加進一點椰漿。

拌一下，拌一下。

再一點。

拌一下。

大功告成！餡料看起來不再黏稠了，已變成絲綢般光滑的紫色內餡。

「你覺得如何？」我問東尼。

他往下瞧了一眼食物處理機，用根小匙挖了一點出來嚐。「完美！看，我就跟妳說了吧——烘焙師的直覺！」他大叫：「好，再去做兩次的拉摺，之後就可正式等它發了。」

拉。摺。拉。摺。拉。摺。拉。摺。拉。摺。

醒麵。

拉。摺。拉。摺。拉。摺。拉。摺。拉。摺。

「完成。」

東尼拍拍手，脫下了圍裙。「好啦，現在有四、五小時可以打發了……妳去我辦公室睡一下吧。」他建議。

「什麼？」阿金的頭從臺子上抬起來，揉著臉問。

我噗哧一聲笑出來。我的笑聲一定會傳染，因為東尼也開始捧腹大笑。

「什麼事那麼好笑？」阿金瞪著他惺忪的雙眼問。

「沒事，就是一隻想睡覺的豬。」我回道。

「啥？」

「沒事……」

阿金舉手投降。

「好，那麼……誰有撲克牌？」我問。

接下來那四個小時，我們就在玩牌，因為我最不想做的就是睡覺，我要一直保持清醒，每一小時、每一分鐘，直到日出。

然後我就要跟街角麵包店道別。

我們一直在煮咖啡，一大壺一大壺的煮。阿金、東尼和我，打了許多輪的撲克牌和一種叫做chinchón的西班牙遊戲，那有點像撲克牌版的麻將。等到我們都不想玩了，東尼便開始講阿金小時候的糗事，把他丟臉死了。像有一次他在兩歲時，想進去馬桶洗澡，後來又把浴缸當作馬桶；另一次在七歲時，他拿了吉他和帽子，站在公寓外的大街上唱歌想賺點錢。不幸的是，錢沒賺到，倒是賺到很多老太太過來捏捏他臉頰，最後警察還像抓罪犯那樣把他拖回家。然後九歲時，他無可救藥地愛上數學老師，愛到在每一頁數學作業上該填數字的地方都畫上愛心。

我這輩子沒笑得那麼大聲過。

「夠了啦！」一臉羞赧的阿金說。

我用手摀住嘴巴，結結巴巴地說：「對不起……那些愛心……我只是在想像那些數學公式的後面都是紅色小愛心的樣子。」

他翻翻白眼。

東尼笑出來。「好啦，我兒子，放你一馬吧，我們還有個雙色螺旋麵包在等著呢。」

這時候，麵團已經發到兩倍高了。東尼把麵團丟到撒了麵粉的臺面上，輕巧地用擀麵棍將它壓平成長方形。

「來，把內餡均勻抹上，離邊緣留大約半吋的距離。可以嗎？」他把裝著餡料的大碗交給我。

「好的。」

我用湯匙把餡料挖出來，接著，再用抹刀從一邊塗抹到另一邊。這時我聽到阿金又開始彈起吉他來了。

登。登。登。登登登噹。

登。登。登。登登登噹。

我怒瞪著他，他開懷大笑，笑到我幾乎都可以看到他的咽喉了。〈壓力之下〉可不是我正需要維持僅存的專注力、不想搞砸時希望聽到的歌。

我又用抹刀塗了幾次，然後才挺直背脊好好看了一眼。

「很好，艾芭，塗得剛剛好。」東尼說：「現在，把它緊緊捲起來，不急，慢慢來。捲好後，把接縫處和頭尾捏緊。」

捲起來。慢慢來。捲緊，然後把接縫處和頭尾捏緊。

第一次捲最難，但等我把邊緣捏緊後，發覺好像也沒那麼難。

登。登。登。登登登噹。

登。登。登。登登登噹。

我太專注在這上頭了，連阿金逗我的吉他聲都煩不到我了。我捲了又捲，捲了又捲。最後一個捲了，我仔細地把柱狀麵團要黏合的地方朝下，再把頭尾壓緊。

完美。

這時我連東尼的肯定都不需要了，我知道我做得恰恰好。

「太好了。」東尼抓了把小刀。「剩下的我來。注意看，下次妳就可以自己做了。」

東尼流暢地將柱狀麵團切成長條型，只留下最頂端沒切。然後先把兩束麵團扭轉在一起，再開始綁辮子，最後彎成一個圓形。

「大功告成！我們的紫色地瓜麵包。」東尼說。

「紫山藥雙色螺旋麵包比較好聽。」我說。

「好，那就叫紫山藥雙色螺旋麵包。」

我看著那些紫色的扭結及彎曲的線條，宛如充血的血管。「其實，它長得有點像人的心臟，你不覺得嗎？」我說。

東尼瞇上眼睛。「對，確實是蠻相似的。」

想想還真是諷刺。我的心已破碎成片，而在這，我們卻創造了一顆全新的心。要是有這麼容易就好了。

43

我將烤好的紫山藥雙色螺旋麵包靠在胸口。不過麵包本人當然是好好裝在紙袋中，不然我的上衣早就沾滿麵包屑和紫色汙漬了。但話又說回來，誰在乎呢？我自己早已滿身大汗，渾身髒兮兮了。

我們在空空的店裡，東尼、阿金和我，透過窗戶看見外頭的天色，從夜幕沉沉、濛濛黑到晨曦的微光，太陽剛剛升起，一片淡藍的天際帶著薄霧，還未轉成金黃。天色真美，只是也帶點哀傷和寂寞。

沒有人開口。

連阿金都沒有，這個平時的垃圾話之王。

我已經跟後廚道了再見，指尖觸碰裡頭冰冷的金屬工作臺和石牆。

我突然喘不過氣來。

我依舊無法置信。

但不知什麼緣故，望著店內讓我的心情最為激動。在宛如心臟一樣的雙色螺旋麵包下方，我的心，我真正的心隱隱作痛，而且跳動得很慢，似乎企圖要延緩這無法避免的一刻發生。我第一次聽到門上叮叮作響的鈴鐺聲，第一次聞到那彷彿只有天堂才有的香味，也是東尼和我第一次正式認識的地方，都是在這個空間裡。

當我的手輕撫過木頭櫃臺和堅硬的玻璃櫃時，我知道自己眼淚開始盈滿眼眶，一直推擠著、爬著找尋出來的途徑。

別，艾芭。

別哭。

第一次踏進街角麵包店時，我在哭。

最後一次，我可不想哭。

再見了。

我又環視了一次屋內。阿金倚著牆，盯著自己的靴子；東尼站在靠門的地方，望著窗口空空的展示櫃。我拖著腳走向店門口，每跨出一步，我喉頭越來越痛。我的手摸著金屬門把，然後停下腳步，看著東尼。

「我們有空見囉。」我原本是想輕鬆地講，但結果這句話說出來，卻像訣別，好像在跟垂死的親戚道再見。

打開門。

叮叮叮。

我多麼希望我還能聽到那幾聲愚蠢的鈴聲。

「艾芭，」東尼拍拍我的背，我轉過身和他對望。「這給妳。」他交給我一個玻璃罐，上頭還貼著手寫的標籤。我瞇著眼讀上面的字，給赫特族的小賈霸。「這是妳的酸麵種，可以自己在家做實驗……」

「喔，」我看著罐子裡那團白白的東西，這是屬於我的街角麵包店紀念品。「謝謝你，東尼。」

我吸了吸鼻子，努力拖延快要決堤的眼淚。

「沒事的，」他笑著說：「走著瞧。」

我瞧不見。

我也不確定到時候能瞧見什麼。

於是，我假裝微笑，手裡牢牢抓著雙色螺旋麵包和玻璃罐，大步邁開。

別回頭。

別回頭。

別回頭。

我當然會回頭。但我只回頭看了半秒，眼淚就潰堤了。

我跑了起來。

我使盡全力奔跑，然後告訴自己，我永遠都不會再回到這條街、這棟建築物、這個地方。

回到了家，阿嬤正如她所承諾的，剛煮好咖啡等著我回來。她身上仍穿著白色睡衣和拖鞋，好像才剛起床。

「早安。」她跟我打招呼。

我沒回答，怕眼淚又會奪眶而出。

在進公寓前，我已經盡可能地抹掉臉上所有的淚痕，但我很清楚我的雙眼一定還是又紅又腫。我將裝著紫山藥雙色螺旋麵包的紙袋交給阿嬤，把赫特族的小賈霸擺在流理臺上，便坐下來瞪著廚房桌子。從眼角餘光，我可以看到她從櫃子上取下兩個杯子，倒了咖啡，然後將雙色螺旋麵包放在一個盤子上，遞到我面前。

「做得很棒，艾芭。讓我想起小時候在菲律賓，我的阿嬤都會做一種紫山藥麵包，每週做兩次。就是軟軟的小餐包，裡面有甜甜的紫山藥餡。」

我抬頭看她。「有，媽媽有提過。」

「我們改天可以一起做。」

我點點頭。「好啊，一定很有意思。」

阿嬤露出笑容。「那麼來吃吃看吧？我猜配咖啡一定很對味。」

我看著麵包上的紫色漩渦，看著上頭的辮子和扭結捲成特殊的心型。味道聞起來香甜無比——甜甜的、帶著椰香以及酵母香。我的口水要流出來了。

「好啊。」我回答。

她隨手撕了一大塊（沒錯，就是這麼柔軟易撕），放在小盤子上給我。裡面很鬆軟，帶著一條條溼潤的內餡。

正是在我想像中它該有的樣子。

我咬了一口，真是可口。這是當然的。

接著吞了下去。「太棒了。」我說。

「東尼做的每一樣都好好吃，比好吃還好吃。」阿嬤自己也撕了一片。**嗯嗯、嗯嗯**，她邊吃邊發出讚嘆。

有一會兒，我們只是坐在那裡喝咖啡、吃麵包，卻一點都不會覺得尷尬。阿嬤和我的關係已經到了可以坐在一起，但不用講任何話也沒關係的程度了。在一起才是最重要的。我們呼吸的節奏、身上的溫度和洗髮精的香氣，都縈繞在一起了。

我猜想在其他家庭，應該也是這樣的相處模式。但對我而言，沉默一直很叫人不安，而且痛苦難耐。於是我用不在場來逃避這種感覺，把自己關在房間，或是逃走。

阿嬷用完餐點，將髒盤子放進水槽，然後拍拍我手臂說：「我有東西要給妳。」接著便消失在走廊。

我的反應是皺起眉頭，因為她的那句話有點神祕。她到底是什麼意思？新衣服？書？一張回去紐約市的機票嗎？

怦怦，怦怦。

心臟在胸口狂跳。

我為什麼要這麼緊張？

阿嬷拿著皮包回來，在我身旁坐下。我看著她打開側袋，拿出了一個信封。將信封交給我時，她的目光有點閃爍。「提早來的生日禮物。」

生日？

我的天啊。

因為發生了這麼多的事，我已經完全忘記下週就是我十三歲生日了。「嗯，欸，謝謝。」我喃喃地說。

打開信封後，我瞄了一眼。裡面有幾張長方型的紙，看起來的確像車票之類。

飛機票嗎？

我的眼球大概快要從眼眶掉出來了，因為阿嬤從我手上取走信封，掏出了裡面的紙。「這是火車票，我答應過要帶妳去看向日葵花田，記得嗎？」

啊。

對。

「喔，沒錯。」我鬆了口氣。

「我們只會住一晚，因為餐廳這邊還有不少事要處理。但我想，在妳真正的生日到來前，我們兩人一起做件事應該蠻好的。」她解釋：「現在是六月，也是花季的尾聲，再過幾週所有向日葵就都謝了。」

我鬆了口氣，心跳舒緩下來。

我並不習慣承諾真的會兌現，所以每當有人承諾我什麼事，我通常不會當真，或者乾脆遺忘。這是避免失望最笨但最保險的方法。

「媽媽呢？」我問。

阿嬤拿走我的空杯盤。「她還有很多瑣事沒完成，東尼也請她幫忙處理麵包店最後的事——盤點啦、貯藏啦，看看什麼可賣、什麼不賣。」

「喔，」我站起來打了哈欠。「謝謝妳的咖啡，阿嬤，還有車票和所有的一切。」

阿嬤的臉亮了起來，像夜空中的一輪明月。「不用客氣，艾芭，我愛妳。好啦，現在去睡覺吧。」

「我……我也愛妳。」我說。

我愛妳。

從我嘴巴裡說出這三個字，聽起來好怪異。好像它們不屬於我。

但它們確實出自於我。

因為我愛阿嬤，愛得比我願意承認的部分還多。坦承雖然令人害怕，但感覺是對的事。

離開廚房前我又看看她。她在微笑，但我可以看到她眼角冒出來的眼淚——快樂的眼淚。

44

我累到睡了一整天。等我把自己拖下床時，已經是半夜快十一點了。

我居然睡了十六個小時？

聽起來不太可能。

卻是真的。

我打開房門看了看外頭，一片寧靜。大部分的燈都已經熄滅，只留下了廚房的那盞。即使現在我在走道的另一頭，仍可看到那兒大放光明。我躡手躡腳地走過去。不知為什麼，明明我就可以正常行走，卻總是像這樣輕手輕腳，大概已經變成我的一種習慣了。在紐約的公寓住的那麼多年，我都是這樣偷偷摸摸的，希望爸爸別逮到我，希望只要我夠安靜，他就會忘記我的存在。

也許現在我待在地球的另一端，他真的會忘記我。

而且我還為此感到開心。

因為我並不想再見到他。

走到廚房時，沒人在裡面。餐桌上有個用鋁箔紙罩住的盤子，上頭用便利貼寫著「艾芭」，旁邊還畫了顆大大的愛心。我掀開鋁箔紙，盤子上放了個巨大三明治。我的胃開始咕嚕咕嚕叫。於是我坐下來，花了僅僅三十秒就把它清光。

我打了個飽嗝。

接著清掉了身上和桌上的麵包屑，將盤子洗一洗再擦乾。

再來呢？

廚房的家電嗡嗡作響，我呆滯的坐著，眼神望向那一籃香氣四逸的西班牙柳橙、窗臺上那一碗熟度剛剛好的番茄、靠近鍋架的一串大蒜和插在玻璃瓶中的新鮮香草。然後我看到了，我留在流理臺上的玻璃罐——赫特族的小賈霸。

我嘴角開始上揚。

我以為我會覺得悲傷，因為感覺很像在盯著一罐至親的骨灰。但沒有，我很快樂，覺得釋然。擁有一小點的街角麵包店，不知為何反而讓我覺得好多了。我走過去拿起罐子，抱在懷裡。罐子暖暖的，酸麵種發得很棒，還冒著泡泡。

突然，我有股想烘焙的衝動。

但我有辦法獨力做出自己的東西嗎？

在沒有東尼的指導之下？

我掃視著阿嬤的廚房，找到了陶罐裡的麵粉、一瓶迷迭香風味的蜂蜜、爐子邊的一罐海鹽、架上的一疊不鏽鋼碗，還有阿嬤用來烤香蕉麵包的模具。

為何不試呢？

我將赫特族的小賈霸拿到餐桌上，再把其他必需品也集中過來。很快地，桌上擺滿碗、量杯、湯匙和做一條吐司所需要的材料。但可不是隨意的一條吐司喔，迷迭香蜂蜜給了我個靈感——蜂蜜、新鮮迷迭香、核桃和無花果乾。雖然我沒有食譜，不過我可以即興發揮。畢竟東尼說過，要有烘焙師的直覺。因為阿嬤沒有廚房用的小秤，我量了三杯半的麵粉放入大盆中，灑入一小茶匙的鹽快速攪拌。然後拿了另一個碗，量進一杯半的水、半杯的酸麵種，再大方地倒進迷迭香蜂蜜和一些橄欖油，將所有材料拌勻後，加入原先那盆麵粉裡。接著，我拿叉子將混合物大略拌成粗糙的麵團，用擦手巾蓋住，讓它自行發酵約三十分鐘。

等待時，我扯下來幾枝迷迭香，抓了一把核桃，以及儲藏櫃裡的無花果乾。然後排放在砧板上，慢慢的剁碎。

登。登。登。登登登噹。

登。登。登。登登登噹。

我發現自己居然哼起〈壓力之下〉來了。昨晚在街角麵包店，阿金用吉他彈奏這曲子時，我覺得他真惱人。但不知為何，在阿嬤的廚房裡，這首歌還蠻能鼓舞人心的。

剁完後，我手上沾了水，開始揉那團還很粗糙的麵團，經過幾回的拉扯，直到麵團變得光滑。接著，我再揉進一些迷迭香、核桃和無花果乾，然後繼續幾次的拉摺，讓加進去的材料均勻分布。麵團出乎我意料地好——柔順、不會太溼，也不會太乾。說真的，完美無瑕。

也許我真的知道自己在幹什麼。

呼。

我再一次用布把盆子蓋上。

再來呢？

基礎發酵需要差不多五小時，也許少一點。即使是晚上，廚房也極熱。我擦掉額頭上的汗，喝了一大杯涼水。

嗯……

我想我可以到外面納涼，呼吸新鮮空氣，媽媽和阿嬤常叫我要多到附近逛一逛，雖然我明知她們的意思是白天出去，但有關係嗎？新鮮空氣就是新鮮空氣啊。

不是嗎？

我懶得換掉我那條舊運動褲和上衣，直接套上了帆布鞋就出了門。我走下樓梯，沒搭電梯。我很確定電梯發出的噪音會吵醒全棟鄰居，大家都會來吼我。

走到門口，我在臺階佇足了一下，深呼吸。

新鮮空氣。

哼……

我在開什麼玩笑？

我絲毫不在乎新鮮空氣。

有一瞬間，我還真希望阿金又帶著吉他坐在凳子上，像顆開心果一樣對我唱情歌。至少那樣我就有事做，或有人講話了。可惜凳子上空無一人。

於是我開始到處蹓躂，這是人們在歐洲常做的事——蹓躂，彷彿無憂無慮，與世無爭。我穿過一條條的巷弄。夜很深，街燈為街上的一切打上一層金色光芒。酒吧、餐廳都生氣蓬勃，人行道上的人們笑著，顯然享受著歡樂的時光。每隔一陣子，我會停下腳步，注視街道上的標誌及建築物。它們打燈的方式，讓我想起刻著優美字體的墓碑。

然後怪事發生了。我來到一個轉角，一個我從未轉過的街角。

它，就在那裡。

街角麵包店。只是我是從一個未曾來過，完全不同的角度在看它。

我選擇的是完全不同的方向，走的是不熟悉的街道，結果，卻同樣來到這個我不想來的地方。像一隻無心的飛蛾撲火，像隻鯨魚一次又一次來到同樣的沙灘，像隻嚇壞的野鹿沒有逃離，反而衝向開過來的車燈。

真是無助啊！

我就站在那裡，接受自己的命運。我渴望的盯著店門，雖然不到二十四小時前，我人就在裡面，但店面有一半已被圍起來，招牌也拿掉了。大概是房東急於要抹去街角麵包店的痕跡，連一點麵包屑都不留下。

這一刻我終於完完全全意識到這件事了。

街角麵包店沒了。

真的，真的沒了。

附近有張椅子，我過去坐下，想著這一切。

當我再抬頭時，幾小時已經過去了。

夜空不再漆黑，地平線已露出藍灰色的曙光。我站起來，隔著街望了店門口最後一眼，才轉身回家。

該回去完成我已經展開的工作。

等我將麵團揉好放入麵包烤模，讓它又在流理臺上發到超過烤模邊緣一吋，再丟進去阿嬤的舊烤箱之後，剛過六點。

完工！

我將吐司麵包拿出烤箱，有點斜向一邊，但除此之外，看起來很美——金黃色，我刷上去的蛋液讓麵包閃著光澤。

我做到了，真的真的做到了。獨力完成的。

我輕輕將熱騰騰的麵包倒出來，放在冷卻架上。然後我就那樣盯著它至少有五分鐘，甚至是十分鐘。

我不曾這樣以自己為榮過。

「啊……早安，艾芭，是什麼東西聞起來這麼香噴噴？」

阿嬤大搖大擺的走進來，然後像隻松鼠在尋找堅果那樣的嗅著空氣。

我戴上隔熱手套將我大功告成的麵包舉得高高的，「是早餐！」我用這輩子笑得最開懷的笑容回答她。

45

六天過去了。

我雖然烤了一條又一條的麵包，試圖讓自己保持忙碌，但卻還是感到心碎，無法接受街角麵包店就這樣收掉了。

這六天我過得好痛苦。

假裝著自己很好。

和人閒聊、陪笑。

還要給自己信心喊話。

妳沒事的，艾芭。

放鬆啦。

時間一久就會放下了。

妳以後就會明白啦。

終於，我和阿嬤出門賞向日葵花海的日子到了。我已經準備好要去新的環境，即使只有兩天一夜也好。

我們站在月臺上等車。現在是早上，所以有許多觀光客，以及手拿三明治和熱咖啡的通勤族。我們搭的是西班牙的高鐵，但預計車程卻長達五個小時。顯然搭飛機會快很多，但阿嬤說鐵路旅行舒服多了，真搞不懂。

媽媽來送我們，不但一直往我背包裡塞零食，查看手錶，還問我了無數次要不要先上個廁所。

「媽，我相信火車上有賣零食，也有廁所。」我直截了當的說。

「確實都有。」阿嬤說。

媽媽嘆了口氣，「好啦，好啦……妳也知道我只是想好好當妳媽啊。」

「我知道啦。」我翻了翻白眼。

突然間，車站裡的站務員開始含糊不清的廣播著。

「準備要上車了。」阿嬤說。

旁邊的乘客開始往車廂移動。

「好吧，旅途平安囉！」媽媽說。

阿嬤和媽媽抱了一下，分開後，媽媽用很可疑的表情看著阿嬤，而阿嬤則是張大眼睛，嘛起半張嘴，似乎欲言又止。我皺起了眉頭。

她們到底在幹嘛啊？

「到了之後打電話給我。」媽媽說完後便吻了我的雙頰。「好好玩吧！」

「會啦……媽媽拜。」

「拜拜！」媽媽揮著手不斷送出飛吻，但我們明明就離她不超過一公尺。我開始嘲笑她，又或許是在跟著她笑。老實說，這樣的媽媽其實蠻可愛的，我還從不知道原來她這麼俗。

「走吧，艾芭。」阿嬤招手要我跟上去，但走的方向卻和其他乘客相反。

「嗯，我們不是應該走那邊嗎？」我指著人群說。

「不用，我訂的是頭等艙。」

「哇哇哇，太豪華了吧！」我大叫。

阿嬤對我眨了下眼睛。「到我這個年紀也該享受一下了。」

「那我就託妳的福，順便享受啦。」我呵呵笑著說。

我們走過好幾個車廂。這列車的線條非常流暢，流線型的車頭讓我想到了鯊魚，車廂側面還漆著橘色和紫色的細條紋。

「到了。」阿嬤帶我走過最靠前的車門進到列車裡。

車內的座椅是紫色天鵝絨，全都是兩張或四張一組，每組中間擺了張白色桌子，桌上各有一盞現代風的夜燈型檯燈。車廂裡既乾淨又寬敞，根本無可挑剔，我完全可以在這裡放鬆五個小時沒問題。這裡的乘客不多，大多都是長者。最後，阿嬤選了一組面對面的靠窗雙人座。

「妳坐面對車頭的座位吧。」她說。

「為什麼？有什麼差別嗎？」我問。

「有些人反著坐會暈車，況且妳難道不想看前面的風景嗎？」

我瞇起眼睛看出窗外，想像著模糊的風景迎面而來、一閃而過，不知為何，我的心怦怦跳了一下。「不用啦。」我說完便啪的一聲坐在了背對車頭的座位上。

「隨便妳囉，如果妳想要交換再告訴我。」阿嬤將行李袋放到上方的置物架上，好好的坐了下來。

我也跟著把行李放了上去，接著癱坐在座位上，而列車也開始緩緩移動。列車長先透過廣播向乘客問好，然後才發車、快速前進。轉眼間，有著玻璃屋頂的車站便看不見蹤影，列車匆匆駛過城市街景，來到近郊和郊區，再到看似有不少工廠的工業區。背對著車頭的確感覺有點奇怪，我完全不知道接下來會出現什麼樣的景色，等看到時卻又已經太遲了，來不及欣賞。

四周的景色變成了牧場，除了有低頭吃草的牛群和馬群，還看得見果園和樹林錯落在一棟棟石砌農舍之間。這時，一位金髮女乘務員推著滿是早餐的推車走了過來。雖然她身著灰色圍裙，但看起來仍神采奕奕。

「早安，太太。」她對阿嬤說。「想吃點什麼嗎？」

阿嬤禮貌的笑著回答：「嗯，麻煩給我一杯拿鐵和一個可頌麵包。」

那位乘務員倒了杯拿鐵，在盤子上擺了一個可頌麵包、一點奶油和果醬，然後遞給阿嬤，同時還很禮貌的和她聊著天。聊到一半時，乘務員看過來我這邊說：「¿Y a dónde vas con tu nieto?[51]」

阿嬤突然睜大了眼睛。「Mi nieta y yo, vamos a los girasoles de Carmona.[52]」她回答。

我懷疑她們在講我，卻又一句話也聽不懂，所以便板起了一張臉。看來我實在需要開始學西班牙文了。

「妳要可頌、咖啡還是果汁嗎？」阿嬤問我。

「都好啊。」

乘務員在我面前上了可頌、咖啡和果汁，然後帶著笑容移往下一個座位，只是她的笑容似乎，嗯，不像剛剛那樣充滿生氣了。

「乘務員剛剛說了什麼？」我問。

阿嬤把可頌切成兩半，一半塗上奶油，另一半塗上果醬。然後抬頭帶著狡黠的笑容說：「她以為妳是我孫子。」

我應該驚訝，但我沒有。自從我第一次把頭髮剃短之後，便經常遇到這種誤會。我太習慣了，所以有時候甚至都懶得去解釋，因為面對陌生人，不解釋還容易些。

「我習慣了。」我翻著白眼說。

阿嬤鬆口氣笑了出來，我猜她大概不像我一樣很習慣這種誤會吧。「對了，艾芭，我有件事一直想跟妳討論。」阿嬤忽然開口說。

「什麼事呀？」我端著咖啡的手停在了半空中。

「妳的學校。」

「喔。」

說實話，我早就忘了上學這件事，因為我感覺搬到一個新的國家之後，自己頓時就變成了大人。我都已經有人生目標了，為什麼還需要上學呢？

「妳媽和我考慮幫妳註冊瑪麗讀的那所美國學校。雖然妳會低她一個年級，但我們覺得這學校很合適，而且也方便，畢竟這樣妳在學校就已經有朋友了……妳覺得如何？」

我放下咖啡，以免潑得自己一身。媽媽和阿嬤在車站裡互使眼色難道就是因為

---

51 「您和孫子要上哪去呢？」

52 「我孫女和我要到卡莫納看向日葵。」

這個嗎？我懂了，媽媽知道我不喜歡上學，所以決定由阿嬤來告訴我這消息。

「嗯，那個，我自己還沒有認真想過這件事。」我直說。

「我知道妳以前在學校裡過得不好，艾芭，但我們認為這是個讓妳改變的好機會。妳媽和我都會陪妳走過每一步，瑪麗也會在學校幫妳，妳不用再獨自面對一切，再也不需要了。」

有那麼一下子，我只是盯著盤子看，盯著我那只剩一半、味道一般的可頌，那杯不怎麼熱的咖啡，還有被我咬過的指甲。我想了想阿嬤的話，她說得沒錯。我已經很久很久沒被人這樣愛著。早在我學會走路之前，家裡就已經變了。我也想起了瑪麗的傾訴，包括拿獎學金付學費，她的華裔身分，還有她得拚盡全力融入大家。

我去上這所學校也需要經歷這種掙扎嗎？

我會被同學取笑嗎？

會被霸凌嗎？

還是會被當成隱形人呢？

「可是這所學校不是還蠻貴的嗎？」我最後只擠出了這幾個字。我看著阿嬤，發現她的棕色瞳孔裡帶有琥珀色的斑點，顏色和她廚房裡的迷迭香蜂蜜如出一轍。看著她的眼神，我感覺心靜了下來。

「這方面妳完全不用擔心。」她拍了拍我的手。

「好的。」我說。

「很好，那麼就說定了。」

之後，我們繼續吃早餐。阿嬤吃得津津有味，但我只吃了一點可頌，咖啡則幾乎沒再喝過。我吃不下不是因為沒胃口了，而是因為剛剛的對話在我腦海裡盤旋，速度快得跟這輛列車一樣，讓我有點暈頭轉向。我不願再想起紐約的那些破事，包括我讀過的學校，討厭過的老師和同學，不及格的考試，以及我沒交的作業。這些全都過去了。

未來才是最重要的。我仍然有機會改變，往好的方向前進。我坐了起來，感覺手指麻麻的，身體裡有什麼在翻攪，彷彿可頌的酥皮全都變成了小巧的蝴蝶在胃裡飛舞。

「阿嬤？」

「什麼事，艾芭？」

「我可以跟妳換座位嗎？」我說。

她笑到眼角都皺了起來。「當然可以，妳等著期待後面的風景吧。」

46

我們抵達塞維亞車站時大約是下午兩點，阿嬤的表妹，也就是我的表姨婆會來車站接我們。看來她應該就住在四周種滿向日葵的卡莫納鎮上，那裡向日葵花海可真是聞名全球呢。

車站裡像是擠了幾十億人，於是我們便逛了一下。這個車站很大，有點像充滿現代感的玻璃停機棚，只不過裡面有許多鐵軌。

在出入口來來回回徘徊一陣子後，我們終於聽到了有人在喊阿嬤的名字。

「嘿！瑪德姊！」

阿嬤揮了揮手。一開始，我還看不出來她在對誰揮，畢竟人實在太多了，而幾秒鐘過後，身形嬌小的姨婆出現了。她又是揮手又是歡呼，看上去像剛中了樂透一樣。大概是因為她把捲髮染成金色、穿著鮮豔的藍紫色荷葉邊襯衫、合身的牛仔褲以及厚底鞋，所以我腦中也浮現貴賓狗與《大青蛙布偶秀》的豬小姐合體之後的模樣。

「瑪德，妳太迷人了！太美了！」她同時用西班牙語和塔加洛語喊著，然後一把將阿嬤拉過去緊緊抱住。

阿嬤的眼睛閃爍著水光，緊緊抱住姨婆，看來是有點激動。擁抱完後，阿嬤握住我的手，把我拉了過去。

「帕琪塔，這是我孫女艾芭；艾芭，這是妳姨婆帕琪塔。」她介紹。

姨婆用戴滿首飾的手捧著我雙頰說：「我的天啊！妳長得就跟妳媽一模一樣。」

姨婆的身上彷彿散發著彩虹、愛心和亮光，讓我情不自禁的微笑了。「謝謝。」

「我們還是趕快出發吧，得照行程表跑。」阿嬤說。

姨婆皺了一下眉毛。「我都兩年沒看到妳了，妳居然還有規劃行程表？」

「如果妳願意花時間過來拜訪，我們就不用操心什麼行程表了。別忘了，我又還沒退休。」

我聽著她們鬥嘴，拚命的忍住不要笑出來，然後跟著走進一個塞滿車子的停車場。最終，我們停在了一部亮橘色的休旅車旁邊，只是對姨婆而言，這車實在太高大了，我敢說她八成需要一把梯子才能上車。

「這是我的新車，小柳橙。」她按下遙控器解開鎖。

「小柳橙？」阿嬤揚起一邊眉毛問。

姨婆的手在空中揮了一下，像是在無視阿嬤的嘲笑。「出發！」她喊完便一躍跳上了駕駛座。

婗婆不凡的身手簡直把我驚呆了。

我倒是像隻樹懶一樣，慢慢的爬上車，繫上安全帶。小柳橙轟隆轟隆的發動後，我們就顛簸的出發了。我一邊看著窗外，一邊聽著姨婆和阿嬤像兩隻母雞一樣在前座聊天。目前看來，塞維亞和巴塞隆納蠻相似的，古典風與現代風的建築交錯林立，棕櫚樹和小公園散布其中。比較不同的是，有些老舊建築和紀念碑有著華麗的石雕拱門、梁柱和馬賽克瓷磚，充滿濃厚的阿拉伯風。這裡比巴塞隆納還熱，炙熱的陽光照在地表上，讓每個東西看起來都有點黃澄澄的。我猜這裡的居民應該都很習慣了。姨婆將冷氣開到有如寒流過境一樣，於是我拿出包裡的帽T穿上，看著車子開上公路。

「就因為有人堅持要照行程走，所以我只好帶了一些潛艇堡，這樣午餐就可以在車上解決，不用停下來。」姨婆指了指我身旁的購物袋，那上頭印著「千層酥・三明治・飲料」。「自己拿喔。」她說。

我隨意抓起一個潛艇堡，順便也遞給阿嬤一個。我不知道這是什麼口味，但它十分美味，每一口都能吃到不同的食材，有烤雞、茄子、甜椒、菲達起司，甚至還有鷹嘴豆泥。

「拿好妳的潛艇堡喔！」姨婆說完便切換車道加速前進。收音機打開後，大聲的播著阿巴合唱團的〈舞后〉。我認為這大概是世界上最老掉牙的歌，但姨婆和阿嬤顯然不認同，她們全都大聲的跟著唱。

她們的情緒就像會傳染一樣，我翻了幾次白眼之後，也跟著開始隨音樂擺動身體，還高聲唱著：「喔，看那女孩——！」城市在歌聲中遠去，我們逐漸來到了鄉村。

下了公路之後，姨婆先是開上一條小一點的路，接著轉進更窄的鄉間小道，最後開上沒鋪柏油的泥土路面。剛開始，塵土到處飛揚，但等車速慢下來後，煙塵便消散開來。車窗外放眼所及都是向日葵，一大片鮮綠的葉子裡點綴著黃色的花朵。

我倒抽了一口氣。

阿嬤轉過頭來看著我。「從這裡開始就全是向日葵了，艾芭。」

我坐正了起來，整個人倚著車窗，鼻子幾乎貼平在玻璃上。收音機仍在播著阿巴合唱團，那是一首我沒聽過的歌，叫做〈小小的姑娘〉，旋律夢幻、哀傷，但同時又充滿希望。

哀愁。

傷心。

痛苦。

這些歌詞像針一樣扎在我的心上。

然而轉眼間，歌詞又變成了關於跳舞、晴空中的太陽和唱首新歌。我心上的針頓時不見了，取而代之的是滿溢的希望。

我感覺這首歌唱的就是我。

阿巴合唱團是在唱給我聽。

向日葵永無止盡的延伸到天邊，遠方還有一棵大樹，枝葉繁茂像把打開的亮綠色大傘。等開得更靠近那棵樹時，我把頭往前伸到座位中間問她們：「我們可以停一下嗎？拜託？」

「可是最棒的花田還要再開一陣子耶。」姨婆說。

「沒關係，這邊就很棒了。」我堅持。

於是她把車停到路旁。「好吧，反正我也該休息一下了。」

我打開車門，溜下皮椅，穿著布鞋嘎吱嘎吱的踩在泥土和碎石上。蓬鬆的雲朵十分稀疏，因此陽光也分外毒辣，我一下車便立刻感覺皮膚像是被太陽烘烤著。

姨婆坐在一顆大石頭上，吃起了她的潛艇堡，阿嬤則打開了一瓶冒著氣泡的冷飲。

「我要走到那邊去。」我指著那棵樹。

「別迷路了！」阿嬤說。

「不會的。」

我費力的穿過花海，這些向日葵比我還要高大，心型的葉片撫過我手臂，鮮黃的花朵往下垂，彷彿在看著我。這是種奇妙的感覺，我被花朵團團包圍，摸不清楚自己的去向。我繼續往前走，順著地形爬上了一個小山丘，等登上坡頂時，我終於能眺望身邊蔓延好幾哩的黃色花朵了。

這裡真的美到就像在做夢。

做一個我不願意醒來的美夢。

終於，我走到了大樹下。它的樹枝隨著微風搖擺，我走上前來到樹幹旁，將手放在那粗糙又凹凸不平的樹皮上。

希望之樹，堅定不移。

這棵樹是個好的徵兆。雖然我通常不迷信這種說法，但此時此刻，我深信它的出現是為了提醒我。

懷抱希望。

保持堅強。

一切都才剛剛開始，還有更明亮的天空與更晴朗的日子在未來等著我。

一切都會變得更好。

我唯一要做的就是去嘗試改變。

我轉過身來，倚在樹幹上，盡可能的遠眺。遍地的向日葵都融為了一體，就像鋪上了一張金黃色的地毯。

我的未來就在某處。

雖然現在還看不見。

但我知道它確實存在。

這是我有生以來，第一次興奮的想走出去尋找未來。

47

一眨眼，我的賞花假期便過去了。

我都還沒回過神來，就已經回到了巴塞隆納的阿嬤家，是說今天剛好是我的十三歲生日。

我從背包裡拿出鑰匙圈，摸了摸上頭金黃色的向日葵吊飾，然後打開門鎖。

「快點開門。」阿嬤瞪著我催促道。

我擺起了臭臉。「急什麼呀？」

「今天是妳生日，大家都會過來一起吃晚餐，怎麼可能不急。」

我瞄了一眼廚房牆壁上的時鐘。「現在連五點都不到耶。」

阿嬤像隻緊張的蚱蜢一樣，前後來回踱著步。「給妳十分鐘換衣服。」

「只有十分鐘？」我抱怨。

「對，十分鐘。」

哼。

我趕緊回到了房間。現在到底是什麼情況？雖然阿嬤經常滔滔不絕一直講西班牙的風俗民情和傳統，但就我所知，裡面可不包括在九點之前吃晚餐。現在太陽都還沒下山，但她卻一直催我打扮好，準備和大家一起慶生、吃飯。

況且，我還有點想爬上床去小睡一下。

唉，隨便阿嬤啦。

她說十分鐘就十分鐘吧。

我把背包丟在床上，翻找裡頭的體香膏。既然沒時間沖澡，那我至少得重新抹一層體香膏。於是我迅速脫掉上衣，在腋下抹了抹，然後繼續在背包裡翻找，拿出一件乾淨的黑色上衣。完美，黑色夠正式了，不是嗎？最後我用手指梳了一下頭髮。

一切都準備就緒了。

哼。

誰說我需要十分鐘呀？

我大步走回前門，看見阿嬤已經拿好皮包等在那裡，嘴脣上重新補了一層口紅，還穿著一條繽紛的繡花裙，搭了一件襯衫。

「妳穿得有夠喜慶。」我看著她的打扮說。

阿嬤也看了一下我的打扮。「哼，快點走啦。」她抓住我的手臂。

「好啦，好啦。」

阿嬤一走出門便開始快步疾走，根本就不符合她說的西班牙傳統。

「等等啦！」我努力跟上去。

她用眼角看著我。「大家都在等我們。」

「所以呢？遲到幾分鐘他們又不會怎麼樣。別忘了，今天是我生日耶。」

她一樣沒有慢下腳步，事實上，似乎還加快了速度。我努力的想跟上她，以至於都忽略了我們走的方向，終於，阿嬤突然停了下來。

「我們到底要走去哪？」我問。

「去一家古巴餐廳。別擔心，妳會喜歡的。」她邊說邊拿出手機狂點螢幕。

我皺起了眉頭。「妳在幹嘛？」

「傳訊息跟妳媽說我們在附近了。」

我的眉頭皺得更深了。「既然都已經在附近了，幹嘛還要先傳簡訊給她呀？」

阿嬤在空中揮了揮手，接著收起手機。「妳別管那麼多。」

也不知道是什麼原因，總之我們在轉角處又閒晃了一分鐘。阿嬤口中唸唸有詞，像是無聲的背誦著什麼。我瞇起眼睛四處張望，看見周圍人來人往，還有些平時常見的餐廳、小商店和長椅。這裡沒什麼特別的，就只是社區裡街道交叉的路口，只是似乎又感覺有點熟悉。

「走吧。」阿嬤終於開口說。

她帶我彎過轉角，走幾步後又停了下來。我剛想用眼神問她到底在幹嘛，便突然明白了自己在哪裡。

我倒抽了一口氣。

這裡正是之前街角麵包店所在的交叉口，而我第一次意外來這時，走的也恰好是剛才那條路線。和過去不同的是，這次多了媽媽、東尼、艾絲妲、曼倪、艾德瓦多、瑪麗、蘇師傅、陳姊、阿金，以及一大群陌生人。他們全都站在原本麵包店的前面，看起來興奮異常。他們身後掛著一匹灰色的布，類似工地才有的防水帆布，遮住了原本麵包店的店門。

「這、這到底是怎麼一回事？」我結巴的問。

阿嬤沒有回答，反而笑著舉起手比了個讚。東尼看見後也回給她一個讚，接著拉了拉一條繩子，那條灰布就掉下來了。

「生日快樂，艾芭！」大家齊聲歡呼，跳上跳下的拍著手。

街角麵包店消失不見了，但取而代之的是瑪麗的草圖，它跳出畫紙變成真的了。

店門上方有個心型的麵包模型，上頭還有一塊招牌寫著：

「我、我不懂。」我問阿嬤。「怎麼可能?」

她捏了捏我的肩膀。「因為有妳呀，艾芭，是妳把這個主意植進我腦袋的。妳讓我重新思考了自己經營的生意，也思考是否該嘗試新的東西，讓我們一家人一起迎接新的生活。聽到妳的提議我才發現，其實自己一直想嘗試別的生意，只是因為太害怕了所以不敢去想……總之，我把餐廳便宜賣了陳姊和蘇師傅，然後給東尼提了一個他絕對划算的合夥條件。現在我們是麵包店的合夥人，所以奇蹟麵包店也是妳的了，艾芭，是妳和媽媽的了。生日快樂，我的寶貝孫女。」

這時我的眼眶已經充滿了淚水。我望著對街，看見眼前的一切又溼又糊，但那是我見過最美麗的風景，甚至比那一望無際的向日葵花海還美。

我說不出話來。

喉嚨鎖緊。嘴唇發麻。耳朵發燙。

腳趾與手指也都感到刺痛。

我的心，那顆早已破碎的心，奇蹟似的自動拼湊了起來，洋溢著幸福。

「走吧，大家都在等我們。」阿嬷在我耳邊低語。

她牽著我的手，一步一步緩緩穿過馬路，當快要走到店門口時，我耳邊傳來了一首歌。

但不是隨便一首老歌。

而是大衛．鮑伊的〈現代人的愛情〉。

原來是阿金和他的樂團鈕扣眼在表演。我站在人行道上一動不動。阿金的長髮比平時更加毛燥，頭上戴著一頂絲絨製的大禮帽，身上的背心和帽子很搭，而且穿上了喇叭褲和銀色厚底靴。他還像我們在曼倪家時那樣，在眼睛的周圍畫上了鈕扣。他盡情的唱著歌、彈著吉他，而其他團員也都演奏著樂器，有全套的鼓、有貝斯，甚至還有薩克斯風。

他們表演得好棒。天啊，真的超棒。

更多淚水溢出了我的眼眶，順著臉龐流下，滴在黑色T恤上。阿金和我短暫對視了一下。他的眼睛也泛著淚光，臉上的笑容蘊藏著千言萬語，一點都不搖滾。我看到之後便融化了，徹底的化在激動的淚水裡。

大家都在跳舞，每一個人都是。不只東尼、媽媽、曼倪、艾德瓦多和阿嬷，連陌生人也是，包括我不認識的觀光客和麵包店的常客、附近的小孩以及老人。這裡簡直就是個超大型的派對。

只有我動也不動。

周圍實在有太多東西值得我欣賞了。

媽媽穿著寬鬆的白色洋裝，像年輕時那樣跳著舞，我送的那條紅絲巾就綁在她頭髮上，如火焰般隨風飄揚。東尼在她身旁，跳著早就退流行的笨拙舞步。儘管我眼裡都是淚水，看到之後也還是笑了出來。

瑪麗穿著一條淡紫色的裙子旋轉，而她的爸媽也在一旁扭腰擺臀。

曼倪和艾德瓦多則是隨著歡快的節奏慢慢的跳著舞。

阿嬷倒是站在阿金和樂團前面，像個狂熱的追星族一樣邊跳邊歡呼。

我又笑又哭，努力的想跟著大家一起跳。但我的手腳發軟，像果凍一樣搖搖晃晃的，看起來可能還比較像一隻喝醉酒的章魚。

等阿金唱完歌後，我好不容易鼓起勇氣走到他面前。他笑了笑，給我一個大擁抱，然後小聲的說：「生日快樂，艾芭。」

「謝謝你，阿金。」抱完後，我退後幾步看了看他臉上的妝。「你看起來好棒！唱得也好棒！」我讚嘆的說。

他笑了出來。「這是曼倪幫我畫的，而且我幾乎每天都在跟樂團練習，妳喜歡嗎？」

我點點頭。「喜歡。」

突然，有人從我背後插了一句話。「我就知道妳一定會很驚喜！」媽媽說。

我揚起了一邊眉毛。「說是驚喜也太客氣了。」

「走，妳一定要去看看裡面。我、東尼、瑪麗、曼倪、艾德瓦多和艾絲妲花了一整週整修這裡，不過當然還是有請外面的人幫忙啦。」媽媽用力拉著我的手走到店門口，接著站到一旁說：「進去吧。」

我轉動門把，推開門，屏住呼吸。

叮叮叮。

我揚起了嘴角，那個超級惱人的鈴鐺回來了。我走進店裡，那無比好聞的味道一樣還在，只是不知為何，它甚至比過去還香，不只甜味和香料味更加濃郁，還帶點濃縮咖啡剛泡好的香氣。

店內的設計也仍是相同的主題，保留了黑白雙色的西班牙瓷磚、老舊的木頭櫃臺、挑高的天花板和店門口偌大的玻璃窗。話雖如此，加上了瑪麗和我的新點子後，這裡也變得更加新穎和現代，多了工業風的金屬架、冷藏甜點和三明治的冰櫃、線條流暢的吧臺和金屬製的高腳椅，最重要的是還有一大片向日葵壁畫。

「哇。」我低聲讚嘆。

「覺得如何呀，我的合夥人？」東尼從櫃臺後面走出來，穿著一件全新的黑色圍裙，上面印著奇蹟麵包店的商標。

我心中的震驚消失了，取而代之的是止不住的興奮。我跳起來擁抱他，把臉頰貼在他的胸前。「謝謝你，謝謝你，謝謝你。」我不斷重複。

「不會，我才要謝謝妳，艾芭。沒有妳的提案，這些都不會成真。我原本都忘了怎麼向別人尋求幫助，忘了聽取新的建議、忘了成長，也忘了追逐更大更美好的夢想。這麼久以來，我又感到興奮且充滿希望。」

我看著他閃閃發亮的藍色眼睛笑著說：「我也是，東尼，我也是。」

「來，我要給妳看個東西。」他說。

我跟著他走到展示麵包、糕餅和三明治的地方，他指著各種酥脆的酸種麵包。「那邊是我們經典的酸種傳統麵包，」又指著一堆我沒見過的新品，「而在這邊是我們新推出的無麩質麵包。」接著他又指了指糕點和三明治。「現在，我們的糕點和三明治也多了無麩質和純素的選項，而在最上層的架子，妳還可以找到小孩一定會喜歡的品項。」

我粗略的看了一下架子，眼光從巧克力可頌跳到肉桂捲，再到炸蘋果餡餅，最後落在了……

我的天啊。

架上大約有十幾個小巧的紫山藥雙色螺旋麵包，旁邊標示著「艾芭之心」。

「這個麵包就叫作艾芭之心。」東尼說。

我望著他，感覺眼眶再次充滿了淚水。「真的嗎？」

「真的呀，不然要叫什麼呢？」

有好一陣子，我就只是望著所有的麵包、糕點、三明治，以及麵包店翻新後的每個細節。

這裡的所有人。

包括我的朋友。

和我的家人。

這些人和這個地方。

就是我的未來。

我的未來如今就在眼前，像那無邊花海之上的無垠藍天，既明亮又清晰。

48

兩個月過去了。

現在我總是在四處奔波，不再像過去那樣逃跑迴避了。

我有了想見的人。

也有了想做的事。

儘管忙得一塌糊塗，但我很快樂。

這是我打從出生以來，第一次真心的感到快樂。

準確來說，應該是感到了滿足。

「待會見，艾芭！」瑪麗說，就像平時放學後搭完地鐵出來那樣。

「五點見！」我對她揮了揮手。

我們現在有了新的默契。每天五點整，我就會到瑪麗家的餐廳幫忙她裝醬油和辣椒醬，擺好筷子和餐巾紙，確保餐廳裡整潔乾淨。之後，我們就會到我家一起做功課。

但在忙這些之前，我還有一堆別的事要處理。

忙忙忙。

這就是我現在的生活。

我穿上帽T，背好背包，戴好耳機聽著〈反叛者〉。

當然啦，不用想也知道，這還是大衛·鮑伊的歌。

我跑過一條條大街小巷，熟練的穿過車流、人群、狗、樹木、板凳、噴水池和雕像，來到了那個交叉口，那個巴塞隆納裡我最愛的地方——奇蹟麵包店。

我還沒走到店門口，就已經知道店裡非常熱鬧。戶外的座位有客人在喝著咖啡、品嚐糕點，連社區養的灰色獵犬「灰先生」也在一旁吃著有機的寵物零食。話說這是我最近才說服東尼開始賣的新品，畢竟我們總不能自詡用愛給每個人今日份的奇蹟，但卻不賣貓狗的零食，不是嗎？

「歐拉，灰先生。」我拍了拍他的頭，接著才快步走進店裡。

叮叮叮。

我拿掉耳機，停了一下腳步，像平時那樣掃視著整間店。

老太太們如往常一樣在盡情的跟東尼及阿嬤聊天；健身達人在採購每天必備的無麩質純素點心；觀光客邊等咖啡時，邊瀏覽著架上包裝好的餅乾；而跟著爸媽的小孩則垂涎欲滴的盯著甜點看。

東尼說的沒錯，小孩超級喜歡「艾芭之心」。

我跑向櫃臺，鑽了進去，和艾絲妲打招呼。「歐拉！」她正不斷按著收銀機幫一個個顧客結帳。

「妳好，艾芭。」她回答。

我接著跑到吧臺，親了下媽媽的臉頰。「嗨，媽媽。」

她也親了我一下，然後才繼續拉著咖啡機的手把、按著按鈕、加熱牛奶。「先吃個點心再走，要嗎？」她說。

「好呀，好呀。」

我經過東尼和阿嬤的身旁，跑向店鋪後面做麵包的房間。「嗨，東尼。嗨，阿嬤。」

「歐拉，艾芭。」他們異口同聲的回答我。

東尼趁我沒走開時，轉過頭來對我說：「別忘了妳的生吐司，在烤箱旁邊的冷卻架上。」

「好的！謝啦！」

我跑過走廊，布鞋嘎吱嘎吱的踩在瓷磚地板上。

呼！

我喘了一口氣。

店鋪後面的一切都井然有序，裝著天然酵母水和發酵種的玻璃瓶都放在該放的位置，盒子和碗盆也都乾乾淨淨，隨時可以拿來拌麵粉。工作臺上一塵不染，冷卻架也都有好好歸位，等著放上熱騰騰的麵包和糕點。

真好。

吃完晚餐後，我便會和東尼在這裡準備所有的麵團。由於麵包店的生意變好了，所以我還說服東尼聘請一個烘焙助手來幫忙。那位助手叫做艾妮絲，是附近餐飲學校的學生。當我第一眼看到她身上有刺青和鼻環，還把頭髮染成和藍色小精靈皮膚一樣的顏色，我便馬上知道她是我們要找的人。她不僅工作很努力，也很願意冒險，和我一起實驗麵包的新配方。

我看了看牆上的鐘，四點十五分。

又晚了，艾芭。

我繞過周圍的擺設跑向架子，拿了兩袋為我準備的麵包，再用牙齒叼著一個起司丹麥捲，接著從後門，也就是我的貴賓通道走出去。

我繞過垃圾箱，在鵝卵石街道上奔跑，努力嚼著嘴裡的丹麥捲吞下去。我要一邊注意好手上的紙袋別掉了，還要一邊注意著別嗆到自己。每隔一小段路，便會有店家老闆走出來對我打招呼，喊著「歐拉，艾芭！」或者「妳好呀，小妹妹！」我聽到之後也會大聲的回應他們。

我跑了又跑，跑了又跑，等喘不過氣、快要癱掉時，才終於抵達了目的地。

「艾芭！」喬治還是坐在他平時的那張凳子上，混濁的灰色雙眼一看到我便瞬間亮了起來。

我啪的一聲在他身旁坐下，努力的想擠出一句「歐拉」，但實在太喘了，根本說不出話來。

「深呼吸。」他拍拍我的肩膀說。

我最近都在四處奔波，所以有時都忘了要深呼吸，但喬治總是會提醒我。

「深呼吸，慢一點，艾芭。」

我聽著他的話乖乖照做。

每天下午，喬治和我都會在這用我從店裡帶來的麵包屑餵他最愛的鴿子。每週我也帶兩次生吐司過來給他。這種吐司就像枕頭一樣綿軟蓬鬆，他即使用假牙也可以輕易咀嚼。

等終於喘過氣來，我便將手裡那袋麵包屑擺在我們兩人中間並打開。喬治抓了一把，而我也是。

咕咕咕。

鴿子聚集在了我們腳邊。我撒了一些麵包屑，看著牠們對著地板啄呀啄。我現在已經能分辨出喬治最喜歡的三隻鳥了。有一隻叫做「美麗」，是隻胖嘟嘟的母鳥，脖子上的綠色與紫色羽毛斑斕絢麗；有一隻叫「海盜」，牠缺了一條腳，所以總是又跳又啄，又跳又啄；還有一隻叫「卡萊．葛倫」，牠光滑的羽毛上有條紋，看起來就像是穿了西裝一樣，特別有魅力。

我們不斷的撒，直到把所有麵包屑都撒光。接著鴿子便一隻隻飛走，飛過四周高聳建築的屋頂，消失不見。

「再見了，我的鴿子。」喬治對著牠們喊。

我抬頭看著天空，看著讓人放鬆的太陽，以及在微風中沙沙作響的樹葉。

這不只是我住的社區。

更是我的家。

我站起身來，親了親喬治的雙頰。「明天見囉，喬治。」

明天再見了，後天也是，大後天也是。

致謝

在成功孕育出第一本書之後，我腦海中便開始浮現各種疑問。

我難道是僥倖出書嗎？

我還有辦法再出一本嗎？

讀者是否仍會張開雙臂歡迎我的下一部作品呢？

幸好，我有一個很棒的團隊，緩解了我所有的焦慮和恐懼，於是我做到了，再次孕育出新的作品。這回第二次出書是一個很棒的經歷，我要感謝的人太多太多了。

首先，感謝我出色的經紀人溫蒂．施邁茲。謝謝妳大力推廣我的作品，總是在我需要的時候給與鼓勵，也感謝妳提供的所有寶貴建議。我期待未來能繼續與妳合作出書！

感謝我的責任編輯特麗莎．達古茲曼。謝謝妳支持我寫這個充滿各種文化元素的奇怪故事。我衷心感謝妳敏銳的編輯眼光、深思熟慮的反饋，還有每當我寫出幽默橋段時妳所傳來的笑臉貼圖。妳是最棒的編輯了。

永遠感謝總編輯喬伊．佩斯金。感謝妳在一大堆來投稿的稿件中，看見了我的作品並同意出版。感謝妳始終相信我和我的作品。

我很榮幸能與 Farrar Straus Giroux Books for Young Readers 及 Macmillan 出版社

的全體同仁合作，你們都很兢兢業業。

感謝我的母親海倫娜。謝謝妳所有的讚美，也謝謝妳總是在我出書時第一個祝賀。

感謝我的父親瓦虎。謝謝你一直以來的支持和鼓勵。

感謝我的姊姊卡佳。謝謝妳一直以來提供的寶貴反饋和建議，且不斷引薦能幫助我的貴人。

感謝我的丈夫戴蒙。謝謝你陪我度過所有的截稿日，並在我需要單獨工作時帶女兒去海灘玩。

感謝我的女兒薇爾莉特。謝謝妳總是做自己，永遠不要因為任何人改變這點。謝謝妳當我最忠實的粉絲，宣傳我的書，也謝謝妳啟發我書寫真實。我愛妳，直到永遠。

感謝陪我創作的作家朋友，珍納．馬克斯、洛麗安．勞倫斯和香農．多列斯基。感謝妳們的鼓勵、建議和歡笑，我最喜歡和妳們相聚在一起。

很感激和我在同間出版社的好姊妹亞德莉安娜．奎瓦斯。謝謝妳的友情支持，也謝謝妳指點我的西班牙文法。

感謝我的大學死黨黛芭．奧喬雅。謝謝妳在我故事的初稿階段，提供了西班牙文和加泰隆尼亞語的協助。

凱拉．諾爾，真的非常感謝妳分享娥蘇拉．勒瑰恩的佳句，這是我見過最美的句子，用它作為故事的開頭簡直再好不過了。

謝謝梅莉．蘇吉特羅，能跟妳這樣一位作家朋友住在同一個時區真的很幸運，這樣我們才能聊手工藝、聊書，甚至聊些垃圾話。謝謝妳這些年來一直陪在我身邊。

謝謝我國中時期的好友們，蜜雪兒、艾波、關姮和愛琳，很幸運能和妳們維持著堅定的友誼。絕不要小看了童年時建立的友情羈絆。

感謝我平常在華德福學校接觸的媽媽們，妳們既慷慨又熱心。特別感謝愛瑪．希特，是妳鼓勵我在那段焦慮、難熬的低潮期去戶外散心運動。也感謝奧莉佛．德薩梅羅督促我健身。

感謝我的醫生費迪南．布勞那。謝謝你協助改善了我的身體狀況，也總是不厭其煩的回答我沒完沒了的醫療相關問題。

非常感謝自此書出版後便大力推薦的老師、圖書館員和書評們，你們都是童書社群裡不可或缺的一份子！

最終，致我的讀者們。謝謝你們繼續喜愛著我的故事。是你們讓我覺得自己擁有世界上最棒的工作。

國家圖書館出版品預行編目資料

奇蹟麵包店／譚雅．葛雷諾著,趙映雪譯.－－初版一刷.－－臺北市：三民，2022
面； 公分.－－（青青）
譯自：All You Knead Is Love
ISBN 978-957-14-7540-0 （平裝）

874.59 111015350

青青

奇蹟麵包店

作　　者	譚雅．葛雷諾
譯　　者	趙映雪
責任編輯	范榮約
美術編輯	黃霖珍
封面繪圖	李心怡（小肥雞 Lia）
扉頁手寫	溫如生
發 行 人	劉振強
出 版 者	三民書局股份有限公司
地　　址	臺北市復興北路 386 號 (復北門市) 臺北市重慶南路一段 61 號 (重南門市)
電　　話	(02)25006600
網　　址	三民網路書店 https://www.sanmin.com.tw
出版日期	初版一刷 2022 年 10 月
書籍編號	S872350
I S B N	978-957-14-7540-0

三民書局